월 드 클 래 식 라 이 팅 북

필사의 힘

헨리 데이비드 소로처럼 【월든 2】 따라 쓰기

20___년 ___월 ___________ 필사하다

월드클래식 라이팅북

필사의 힘

헨리 데이비드 소로처럼 【월든 2】 따라 쓰기

미르북
컴퍼니

"오늘도 일곱 자루의 연필을 해치웠다.
필사하십시다, 지금 당장!"

어니스트 헤밍웨이

필사는 "손가락 끝으로
고추장을 찍어 먹어 보는 맛!"

시인 안도현

필사의 힘
헨리 데이비드 소로 따라쓰기

“돈도 능력!”이라는 자본주의적 메시지가 강력하게 작동하는 나라, 전 세계를 자본주의로 재편해낸 원동력, 바로 ‘미국’입니다. 그런데 그 미국에서 자본주의 초창기인 1800년대 중후반에 이미 ‘자본에 종속되는 인간’, ‘자연을 파괴하는 문명’의 위험성을 꿰뚫는 경고가 있었으니, 헨리 데이비드 소로의《월든》입니다.

《월든》은 모두가 산업혁명이 보여주는 마법 같은 생산력만 예찬할 때, 이면에서 평생 빚더미에 깔리는 개개인의 삶을 간파하고, 발전이라는 미명 아래 파괴되는 자연의 비명을 직시한, 그야말로 선구적인 책입니다. 거기에 더해, 월든 호숫가의 고요한 정경을 세밀하게 포착한 문장들과 깊은 고독 속에서 건져올린 영롱한 묵상들이 경이로운, 문학적으로도 뛰어난 에세이입니다. 눈으로 읽는 에세이도 좋지만 헨리 소로가 되어 적어 내려가는 에세이도 한 편의 새로운 작품이라고 할 수 있습니다.

그럼 이제 연필이나 펜을 손에 쥐어 봅시다. 헨리 소로가 되어, 헨리 소로처럼 간결한 문체와 가벼운 유머로 예리하게 그려 내는 문장을 한 글자 한 글자 꾹꾹 눌러 써 내려가다 보면 가슴이 먹먹해질 것입니다. 뛰어난 창조력으로 만들어 낸 헨리 소로 특유의 문체를 따라 써가며 인간 정치사회의 권력 현실을 부패시키는 근본적 위험과 모순에 대한 물음에 대해 생각해 봅시다. 그리고 필사의 힘《월든》1권에 이어 손으로 기억하고 싶은, 마음으로 기억하고 싶은 헨리 소로의 두 번째《월든》속 명문장으로 당신 안의 빛과 같은 감성과 열정, 긍지와 희망을 일깨우게 되시기 바랍니다.

이렇게 따라 써 보세요

눈으로 읽고 손으로 한 글자 한 글자 또박또박 써 내려 갑니다. 문장을 천천히 음미하면서 읽어 보세요. 그리고 자신이 헨리 데이비드 소로가 되었다고 생각하고 천천히 따라 써 보세요.《월든 2》를 따라쓰며 내 삶의 노예가 아닌, 내 삶의 주인으로 사는 용기를 내 보세요. 필사의 힘을 온몸으로 느낄 수 있습니다. 따라 쓰다가 무척 마음에 드는 문구가 나오면 밑줄을 그어도 좋습니다. 지금 바로 한 페이지를 채워 볼까요?

마을

오전 중에 풀을 뽑거나, 독서나 집필을 마치면, 나는 대개 다시 목욕을 했다. 호수의 후미진 곳을 잠시 헤엄쳐서 몸에 붙은 노동의 때를 씻어 내거나 공부가 새겨 놓은 주름살을 마지막 하나까지 펴고 나면, 오후는 완전히 자유로운 시간이었다.

나는 매일 또는 격일로 마을까지 천천히 걸어서 다녀왔다. 거기서는 입에서 입으로, 신문에서 신문으로 소문들이 끊임없이 회자되고 있었다. 그런데 이러한 소문도 독을 천천히 주입해 독을 제거하는 방식의 동종 요법처럼, 조금씩 듣다 보면 나뭇잎 흔들리는 소리나 개구리의 울음소리에 비할 만큼 신선하게 들렸다. 나는 새나 다람쥐를 보려고 숲속을 헤매 다니듯, 마을 사람이나 아이들을 만나려고 길을 따

마을

오전 중에 풀을 뽑거나, 독서나 집필을 마치면, 나는 대개 다시 목욕을 했다. 호수의 후미진 곳을 잠시 헤엄쳐서 몸에 붙은 노동의 때를 씻어 내거나 공부가 새겨 놓은 주름살을 마지막 하나까지 펴고 나면, 오후는 완전히 자유로운 시간이었다.

나는 매일 또는 격일로 마을까지 천천히 걸어서 다녀왔다. 거기서는 입에서 입으로, 신문에서 신문으로 소문들이 끊임없이 회자되고 있었다. 그런데 이러한 소문도 독을 천천히 주입해 독을 제거하는 방식의 동종 요법처럼, 조금씩 듣다 보면 나뭇잎 흔들리는 소리나 개구리의 울음소리에 비할 만큼 신선하게 들렸다. 나는 새나 다람쥐를 보려고 숲속을 헤매 다니듯, 마을 사람이나 아이들을 만나려고 길을 따

호수들

때로 사람들과 만나 한담을 나누는 데도 질리고 마을 친구들에게도 싫증이 나면, 나는 오두막에서 서쪽으로 멀리 떨어진, 마을에서도 찾는 사람이 거의 없는 '신선한 숲과 새로운 목초지'[7]까지 산책을 다녔다. 혹은 석양이 기우는 동안 페어헤이븐 언덕에서 월귤이나 블루베리로 저녁을 먹고, 내친김에 며칠 먹을 분량을 따 오기까지 했다. 이런 열매는 돈 주고 사 먹는 사람이나 시장에 내다 팔려고 재배하는 사람에게는 진정한 풍미를 드러내 보여 주지 않는다. 그 맛을 알아내는 방법은 하나뿐인데, 그 방법을 이용하는 사람은 별로 없다. 월귤의 참맛을 알고 싶으면 소몰이 소년이나 자고새에게 물어보라. 직접 따 먹어 본 적도 없으면서 월귤을 맛봤다고 생각하는 건 형편없는 착각이다.

호수들

때로 사람들과 만나 한담을 나누는 데도 질리고 마을 친구들에게도 싫증이 나면, 나는 오두막에서 서쪽으로 멀리 떨어진, 마을에서도 찾는 사람이 거의 없는 '신선한 숲과 새로운 목초지'까지 산책을 다녔다. 혹은 석양이 기우는 동안 페어헤이븐 언덕에서 월귤이나 블루베리로 저녁을 먹고, 내친김에 며칠 먹을 분량을 따 오기까지 했다.
이런 열매는 돈 주고 사 먹는 사람이나 시장에 내다 팔려고 재배하는 사람에게는 진정한 풍미를 드러내 보여 주지 않는다. 그 맛을 알아내는 방법은 하나뿐인데, 그 방법을 이용하는 사람은 별로 없다. 월귤의 참맛을 알고 싶으면 소몰이 소년이나 자고새에게 물어보라. 직접 따 먹어 본 적도 없으면서 월귤을 맛봤다고 생각하는 건 형편없는 착각이다.

Q 따라쓰기를 하면 글쓰기 능력이 향상되나요?

A 네. 그렇습니다. 전반적으로 글쓰기 능력이 향상됩니다. 따라쓰기를 미술에 비유하자면 마치 화가 지망생이 명화를 따라 그리는 것과 같다고 생각하시면 됩니다.

뛰어난 문학 작품을 처음부터 끝까지 따라쓰게 되면 글쓴이가 사용한 어휘, 문장 부호, 문체 그리고 이것들이 모여 이루어진 문장을 자연스레 익히게 됩니다. 그러므로 글쓰기에 대한 자신감은 물론이고 전체적인 내용을 구성하는 능력까지 키울 수 있게 됩니다.

Q 소설 전체를 따라쓰는 것과 일부를 따라쓰는 것 중 어떤 것이 더 효과적인가요?

A 이번에도 미술에 비유해 보겠습니다. 요하네스 베르메르의 〈진주 귀걸이를 한 소녀〉를 좋아하는 화가 지망생이 그림 전체가 아닌 그림 일부분만을 따라 그렸다고 상상해 보십시오. 이 그림이 수백 년 동안 사랑받고 있는 이유는 소녀의 눈망울이 몹시 매혹적이기 때문입니다. 하지만 그림 전체가 아니라 소녀의 눈만 그린다면 눈 아래의 오뚝한 코와 부드럽게 빛나는 붉은 입술은 볼 수 없을 테고 당연히 그림에서 깊은 감흥을 느낄 수 없습니다.

따라쓰기도 마찬가지입니다. 소설 전체를 따라 써야 문장의 장단점을 파악해 장점을 극대화하고 단점을 걷어 낼 수 있습니다. 특정 단락의 문장이 뛰어나다고 해도 그것은 어디까지나 완성된 한 편의 작품 속에서 다른 단락들과 조화를 이루어야 더욱 빛나는 것입니다.

Q 어떤 분이 이르기를 따라쓰기는 자신의 색깔을 잃을 수 있으니 지양해야 한다고 하는데 이 부분에 대해서 조언을 듣고 싶습니다.

A 뛰어난 문장가들의 문장을 따라쓰다 보면 비슷한 유형의 문장을 자신의 글을 쓸 때에도 쓰게 되는 경우가 생길 수 있습니다. 하지만 그것은 짧은 시기에 불과할 뿐이고 끊임없이 글쓰기 연습과 독서를 병행하면 자신만의 색깔을 찾을 수 있습니다.

Q 따라쓰기를 하면 정말 마음이 가라앉고 힐링이 되나요?

A 컬러링북에 색깔을 채워 나가다 보면 마음이 고요해지고 그것에 더욱 몰입할 수 있게 됩니다. 따라쓰기도 마찬가지입니다. 다만 한 가지 더 좋은 점이 있다면 글쓰기 능력도 향상된다는 것입니다.

Q 작가가 되고 싶은데 어느 정도로 따라쓰기를 해야 할까요? 하루에 얼마나 시간 투자를 하면 되는지 궁금합니다.

A 따라쓰기는 순전히 각자의 역량에 맞춰 할 수 있는 작업입니다. 그러니 너무 지치지 않을 정도로 쓰는 게 좋습니다. 다만 하루도 빠짐없이, 5분이라도 시간을 투자해서 매일 쓰는 것이 좋습니다. 이런저런 사정을 핑계로 띄엄띄엄 쓴다면 곧 지루해지고 중간에 포기할 가능성이 높아집니다.

Q 한국 작품이 아니라 외국 작품의 번역물을 선택해도 상관없는 건가요?

A 우리가 외국 작품을 읽을 때 번역본을 읽는 것처럼, 따라쓰기도 원문을 따라쓰기 어렵다면 번역본을 따라쓰는 것도 훌륭한 방법입니다. 다만 여러 개의 번역본을 비교해 보고, 쉽게 읽히거나 문체가 마음에 드는 번역본을 선택하는 것이 좋습니다.

월든 2

마을

오전 중에 풀을 뽑거나, 독서나 집필을 마치면, 나는 대개 다시 목욕을 했다. 호수의 후미진 곳을 잠시 헤엄쳐서 몸에 붙은 노동의 때를 씻어 내거나 공부가 새겨 놓은 주름살을 마지막 하나까지 펴고 나면, 오후는 완전히 자유로운 시간이었다.

나는 매일 또는 격일로 마을까지 천천히 걸어서 다녀왔다. 거기서는 입에서 입으로, 신문에서 신문으로 소문들이 끊임없이 회자되고 있었다. 그런데 이러한 소문도 독을 천천히 주입해 독을 제거하는 방식의 동종 요법처럼, 조금씩 듣다 보면 나뭇잎 흔들리는 소리나 개구리의 울음소리에 비할 만큼 신선하게 들렸다. 나는 새나 다람쥐를 보려고 숲속을 헤매 다니듯, 마을 사람이나 아이들을 만나려고 길을 따

라 걸었다. 그러면 소나무 숲 사이로 부는 바람 대신에 짐마차의 덜컹이는 소리가 들려왔다.

내 오두막 한편으로 길을 따라 나가면 강가 목초지에 사향쥐 서식지가 있었다. 그 반대편 지평선에는 느릅나무와 플라타너스가 무리 지어 자라는 숲과 그 아래쪽에 바쁘게 살아가는 사람들의 마을이 있었다. 그들의 모습이 그지없이 흥미로웠으니, 마치 각자의 굴 입구에 앉아 있다가 이웃 굴로 한담을 나누려 쪼르르 달려가는 프레리도그[1]를 보는 듯했다. 나는 그들의 습성을 관찰하러 종종 마을을 방문했다.

마을은 커다란 신문사 편집실과도 같았다. 그도 그럴 것이 옛날 보스턴 스테이트 가의 레딩 앤드 컴퍼니 서점처럼, 마을 한쪽에는 견과류, 건포도, 소금, 옥수숫가루 등의 식료품을 진열해 놓고 파는 장소가 있었다. 어떤 사람들은 먼저 언급한 상품, 즉 뉴스에 대한 식욕이 엄청날 뿐 아니라 소화 기관도 튼튼해서, 대로변에 꼼짝 않고 온종일이라도 눌러 앉아 온갖 소문이 건조한 에테시안 계절풍[2]처럼 부글부글 끓어오르고 소곤거리며 그들 사이로 스쳐 가도록 내버려 두었다. 아니, 마취액을 흡입하듯 뉴스를 들이마시는지도 모르겠다. 그래서 감각이 마비되고 고통에 무감해진 모양이다. 그렇지 않았다면 들어서 의식에 고통스러운 소식이 적지 않았을 테니 말이다.

마을을 이리저리 어슬렁거리다 보면 그런 양반들이 줄지어 앉아 있

는 모습이 꼭 눈에 띈다. 햇볕을 쬐며 사다리에 걸터앉아 몸을 앞으로 기울인 채 신문 기사를 읽느라 눈을 이리저리 굴리며 기분 좋은 표정을 짓는가 하면, 주머니에 양손을 찔러 넣고 헛간 벽에 기대서 있는데 마치 헛간을 떠받치고 있는 여인상 같았다. 주로 문밖에 서 있던 까닭에 바람에 실려 오는 소식이라면 무엇이든 듣고 있었다. 그들은 거친 제분기와 같아서, 소문이 들어갔다 하면 그 안에서 대충 소화되고 부서진 후, 가게 안의 좀 더 가늘고 섬세한 깔때기 안으로 비워진다.

나는 마을의 핵심이 되는 장소가 식료품점, 술집, 우체국, 은행이라는 사실을 알게 됐다. 또한 마을이라는 기계가 돌아가는 데 반드시 필요한 부품으로 편리한 장소에 교회종과 대포와 소방펌프가 갖춰져 있었다. 집들은 어떻게든 인간을 잘 이용해 먹으려고, 길 하나를 사이에 두고 서로 마주보며 서 있었다. 그곳을 지나는 사람은 누구라도 채찍질을 당했다. 남녀노소 가릴 것 없이 마을 사람 모두가 지나는 나그네에게 쉽게 한 방씩 먹일 수 있는 곳도 바로 그 길이었다. 물론 늘어선 집들 가운데 맨 앞에 사는 사람은 벌어지는 광경을 가장 잘 보고 눈에도 가장 잘 띄며 지나는 나그네에게 최초의 일격을 가할 수 있으니, 가장 비싼 땅값을 지불해야 했다. 한편 마을 변두리에 흩어져 사는 사람들은 달랐다. 그들의 집은 간격들이 멀찍해서, 나그네가 그 사이로 숨어들어 담을 넘거나 소들이 지나는 길로 도망칠 수 있었기 때문에,

토지세와 창문세가 아주 쌌다.

도처에 나붙은 간판이 나그네를 붙잡으려 유혹했다. 선술집과 식료품점은 식욕을 미끼로 잡으려 했고, 포목점과 보석상은 호화로움을 미끼로, 이발소와 구두점과 재단사는 머리와 발과 치마로 손님을 유혹했다. 그 외에도 거리의 모든 집에서 항시 들러도 좋다는 끔찍한 초대장을 수시로 보냈다. 또 이때쯤 내가 집에 들러 주기를 기다리는 친구들도 있었다. 대개 나는 이런 위험에서 멋지게 벗어났다. 길 양편에서 채찍을 맞는 이에게 주는 충고를 새겨들어서, 한눈팔지 않고 목적지로 직행하거나, "리라를 켜면서 신을 찬양하는 노래를 큰 소리로 불러서, 바다의 마녀 사이렌의 목소리를 압도하여 위험에서 벗어난" 오르페우스처럼 고상한 생각에 몰두했다.

나는 가끔은 돌연 마을을 뛰쳐나가 아무도 모르게 숨기도 했다. 품위를 지키는 일에 연연하지 않았기에 주저 없이 울타리 틈새로 빠져나갔다. 아무 집이나 불쑥 들어가기도 했지만, 거기서도 환대를 받았고, 마지막까지 체에 걸러진 소문의 핵심, 그러니까 바닥에 가라앉은 뉴스의 침전물, 전쟁과 평화에 관한 전망, 세상이 지금의 상황을 더 지탱해 갈 수 있을지에 관한 소식을 들은 후 뒷골목으로 빠져 나가 다시 숲으로 도망쳤다.

마을에 오래 머물러 있다가 밤늦게 집에 돌아갈 때면 매우 즐거웠

다. 특히나 폭풍우라도 몰아치는 캄캄한 밤, 환하게 불 켜진 어느 집 응접실이나 강연장을 뒤로하고 호밀이나 옥수숫가루를 한 부대 어깨에 짊어진 채 돛을 펴서 숲속 내 아늑한 항구로 향할 때면 그런 마음이 더했다. 나는 외면의 나 자신에게 키를 맡기거나, 항해가 순조로우면 키를 고정시키고 외부 세계와 완전히 단절된 채, '생각'이라는 유쾌한 뱃사람 하나와 갑판 밑 선실로 들어갔다. "이렇게 항해할 때면"[3] 나는 선실 난롯가에서 이런저런 기분 좋은 생각을 떠올렸다. 몇 번인가는 폭풍우가 심해졌지만, 아무리 날씨가 궂어도 표류할 걱정은 없었다.

숲속은 평범한 밤에도 다들 추측하는 것보다 더 어둡다. 나는 종종 길 위로 솟은 나무 사이로 하늘을 올려다보며 항로를 확인해야 했다. 마찻길이 나 있지 않은 곳에서는 평소 오가며 다져 놓은, 길이라고 하기도 뭐한 바닥을 발로 더듬으며 나아갔다. 간혹 칠흑같이 어두운 숲속에서, 50센티미터도 떨어져 있지 않은 소나무 두 그루 사이를 빠져나가야 할 때면 양손으로 만져 보고 나와 맺은 익숙한 관계를 확인하면서 그 느낌에 의지해 나갔다.

그리하여 어둡고 푹푹 찌는 무더운 밤에, 이처럼 눈으로는 찾을 수 없는 길을 발로 더듬으며 내내 꿈꾸듯 멍하니 걷다가 어느 순간 문득 정신을 차려 보면, 오두막 문의 빗장을 벗기려고 손을 들어 올리는 내

모습을 본다. 그런데 내가 어떻게 집에 돌아왔는지는 한 발자국도 되짚어 기억해 낼 수가 없다. 나는 이렇듯 주인이 정신을 놓아도 몸이 혼자 집을 찾아가는 건, 손이 별다른 도움 없이도 입을 찾아 가는 것과 마찬가지 이치라 생각했다.

몇 번인가 내 오두막에도 늦게까지 방문객이 머문 적이 있었다. 그때마다 밤이 무척이나 어두워서, 나는 그를 집 뒤쪽 마찻길까지 배웅한 뒤 그가 가야 할 길을 손으로 가리키며 일러 준 다음, 계속 그 방향으로 가는데 눈보다는 발에 의지하라고 말해 주었다. 하루는 매우 깜깜한 밤에 호수에서 낚시를 하던 두 젊은이를 그런 식으로 안내해 주었다. 그들은 숲에서 1.5킬로미터쯤 떨어진 곳에 살아서, 평소 그 길에 익숙했다. 그런데도 며칠 뒤 한 청년이 내게 와서는 자신들이 밤새 숲을 헤매 다녔다고 털어놓았다. 사는 곳 근처까지 갔으면서도 새벽녘까지 집에 들어가지 못했다는 것이다. 마침 그날 두 사람이 헤매는 동안에 심한 소나기 몇 번이나 쏟아져 온 숲의 나뭇잎을 적셔 놓았고, 그들도 뼛속까지 흠뻑 젖었다고 했다.

간혹 칼로 도려낼 수 있을 만치 두툼한 어둠이 깔리면 마을의 거리에서도 길을 잃고 헤매는 사람이 적지 않다고 들었다. 마을 변두리에 사는 사람이 마차를 몰고 시내로 장을 보러 갔다가 어둠 때문에 하룻밤 발이 묶이기도 하고, 마을을 찾아온 신사 숙녀가 오로지 발에만 의

지해 밤길을 더듬어 가다가 어느 지점에서 길을 꺾어야 하는지 알 수가 없어 몇백 미터나 길을 벗어나기도 한다고 했다. 어느 때라도 숲에서 길을 잃고 헤매는 일은 매우 놀랍고 소중할 뿐 아니라, 가치 있는 경험이다. 눈보라라도 치면 대낮에 평소 잘 아는 길로 가고 있는데도 마을로 통하는 길을 도통 찾지 못한다. 수천 번도 더 지나다녔는데 길의 특징이 전혀 눈에 들어오지 않고, 그 길이 마치 시베리아 거리처럼 낯설게 느껴지는 것이다. 물론 밤이면 그 당황스러움이 무한히 더 커진다.

그저 가볍게 주변을 돌아볼 때조차도 우리는 끊임없이, 비록 의식하지는 못할지라도, 마치 물길 안내원처럼 잘 알려진 불빛이나 해안의 돌출부를 길잡이 삼아 배를 조종해 간다. 통상적인 항로에서 벗어나는 경우에도 항시 근처 곶의 위치를 염두에 두고 나아간다. 따라서 완전히 길을 잃거나 한 바퀴를 빙 돌기 전에는(사람이 길을 잃는 데는 눈을 감고 제자리에서 한 바퀴 빙 도는 것보다 더 좋은 방법이 없다!) 자연이 얼마나 광활하면서도 낯선 곳인지 우리는 결코 알 수가 없다. 인간은 잠에서 깨어나든 넋이 나갔다가 깨어나든, 정신이 들 때면 언제든 다시 나침반이 가리키는 방위를 읽어 낼 수 있어야 한다. 우리는 길을 잃고 나서야, 즉 세상을 잃고 나서야 자신이 누구인지 알게 된다. 우리가 지금 어디를 헤매고 있으며 세상과의 관계가 얼마나 무한히 넓어

질 수 있는지 깨닫기 시작한다.

숲에서의 첫해 여름이 막바지를 향해 가던 어느 날 오후, 나는 구둣방에 맡겼던 신발 한 짝을 찾으러 마을로 내려갔다가 체포되어 감옥에 갇혔다.[4] 다른 글에서 이미 언급했듯이, 주 상원의사당 입구에서 남녀노소를 가축처럼 사고파는 국가에 세금 납부하기를 거부했기 때문이었다. 국가의 권위를 인정하지 않았던 것이다. 내가 숲으로 들어간 것은 이런 정치적 목적이 아니라 다른 이유에서였다. 하지만 사람들이 어디든 쫓아와서, 그 더러운 제도를 이용해 괴롭히려 들었다. 게다가 수단과 방법을 가리지 않고 자기들이 만들어 낸 그 대책 없는 비밀공제조합이라는 곳에도 억지로 가입시키려 했다. 물론 내가 좀 더 강하게 저항하거나 한바탕 '발광'을 해 대며 사회에 반항할 수도 있었다. 그러나 나는 차라리 사회가 나를 상대로 '발광'하는 편이 낫겠다고 생각했다. 필사적인 쪽은 사회 아니던가. 그런데 나는 다음 날 바로 석방되어, 수선된 구두를 찾아 숲으로 돌아갔다. 페어헤이븐 언덕에서 월귤로 정찬을 들기에 늦지 않은 시간이었다.

나는 소위 국가를 대표한다는 자들 외에는 어느 누구에게도 괴롭힘을 당한 적이 없다. 원고를 넣어 둔 책상 외에는 자물쇠나 빗장을 걸어 두지 않았고, 빗장이나 창문에 못을 박아 두지도 않았다. 여러 날 집을 비울 때도 밤낮 불문하고 문조차 걸어 잠그지 않았다. 가을에 메

인 숲에서 2주간 지냈을 때도 그랬다. 그런데도 내 오두막은 군인들이 빙 둘러 서서 지키는 곳보다 더 존중받았다. 산책을 하다 피곤해진 객이 불가에서 몸을 데우며 쉴 수도 있고, 문학을 좋아하는 사람은 탁자 위에 놓인 몇 권의 책을 읽으며 즐길 수도 있었다. 호기심 많은 자라면 찬장을 열어 식사하고 남은 음식은 없는지, 저녁으로는 내가 무엇을 먹을지 가늠해 볼 수도 있었다. 그렇게 많은 부류의 사람이 호수를 찾아 이리로 왔음에도, 나는 그들에게 전혀 피해를 당한 적이 없었다. 어울리지 않게 금박을 입힌 호메로스의 책 한 권을 제외하고는 잃어버린 것도 없었다. 하지만 그 책도 누군가 호메로스를 귀히 여기는 자가 가져가지 않았겠나.

모든 인간이 당시의 나처럼 간소하게 살아간다면, 도둑이나 강도는 세상에 발붙일 곳이 없으리라고 나는 확신한다. 그런 자들은 재산이 너무 많아 주체하지 못하는 사람, 필요한 것도 제대로 누리지 못하는 이들이 한데 뒤섞여 사는 곳에만 출몰한다. 포프[5]가 번역한 호메로스의 작품도 곧 적절히 배포되길 바라본다.

"너도밤나무 그릇 하나면 족하던 그 시절에는
아무도 전쟁으로 고통받지 않았으리."

"민생을 다스린다는 분이 어찌 함부로 형벌을 내리시오? 덕을 행하면 백성도 그 덕을 따를지니. 군자의 덕은 바람과 같고 소인의 덕은 풀잎과 같아서, 바람이 불면 풀은 절로 굽어지는 법입니다."[6]

호수들

때로 사람들과 만나 한담을 나누는 데도 질리고 마을 친구들에게도 싫증이 나면, 나는 오두막에서 서쪽으로 멀리 떨어진, 마을에서도 찾는 사람이 거의 없는 '신선한 숲과 새로운 목초지'[7]까지 산책을 다녔다. 혹은 석양이 기우는 동안 페어헤이븐 언덕에서 월귤이나 블루베리로 저녁을 먹고, 내친김에 며칠 먹을 분량을 따 오기까지 했다. 이런 열매는 돈 주고 사 먹는 사람이나 시장에 내다 팔려고 재배하는 사람에게는 진정한 풍미를 드러내 보여 주지 않는다. 그 맛을 알아내는 방법은 하나뿐인데, 그 방법을 이용하는 사람은 별로 없다. 월귤의 참맛을 알고 싶으면 소몰이 소년이나 자고새에게 물어보라. 직접 따 먹어본 적도 없으면서 월귤을 맛봤다고 생각하는 건 형편없는 착각이다.

보스턴에서는 결코 월귤의 진정한 풍미를 맛볼 수 없다. 한때는 세 언덕[8]에서도 열매를 맺었으나, 지금은 사라져 버리고 없다. 시장 수레에 실려 가는 동안에는 이리저리 부대끼면서 과분(果粉)이 다 떨어져 나가니까, 월귤의 향기뿐 아니라 본연의 풍미가 다 사라진다. 그러면 월귤은 단지 인간의 사료로 전락해 버린다. 불멸의 정의가 세상을 통치하는 한, 순수한 월귤 열매는 단 하나도 시골 언덕에서 보스턴 시내로 가져갈 수 없다.

하루 몫의 괭이질을 마치고 나면, 이따금 나는 친구를 찾아 나서기도 했다. 그는 뭐가 그리 급하다고 아침부터 호숫가로 낚시질을 나와서는 오리나 물 위에 떠 있는 나뭇잎처럼 입을 꾹 다문 채 꼼짝도 않고 앉아 이런저런 철학을 곰곰이 따져 보았다. 그러다 내가 도착할 즈음이면, 자신은 고대 시노바이트 수도회[9]의 수도사라는 결론을 내렸다. 또 뛰어난 낚시꾼이자 숲에 관해서라면 모르는 게 없는 어떤 노인은 내 오두막을 당연히 낚시꾼의 편의를 위해 세워 놓은 건물이라고 생각했다. 나 역시 그가 오두막 문간에 앉아 낚시 준비를 하는 모습을 바라보는 게 좋았다. 가끔은 한 배에 같이 올라서 나는 이쪽 끝에, 그는 저쪽 끝에 앉은 채 호수 위를 떠가기도 했다. 최근 몇 년간 노인의 귀가 상당히 어두워져서 많은 대화를 나누지는 않았다. 그래도 노인은 이따금 찬송가를 흥얼거렸고, 그것은 내 철학과도 잘 어우러졌다.

우리의 교제는 그렇게 깨지지 않는 조화를 이루었고, 훗날 떠올려 보니 대화를 통해 이루어진 교제보다 훨씬 기분 좋았다.

거의 늘 그랬는데, 말동무가 없을 때면 나는 노로 뱃전을 두드려 소리가 울리도록 했다. 그러면 소리는 파문으로 둥글게 번져 나가서 주변 숲을 가득 메우고, 서커스 조련사가 야생 동물을 자극하듯 숲 전체를 뒤흔들고는, 마침내 울창한 계곡과 산기슭에서 포효와도 같은 메아리를 불러냈다.

따뜻한 저녁이면 자주 배에 앉아 플루트를 불었다. 그러면 농어가 음악에 이끌려 왔는지 주변을 맴돌았고, 달빛은 숲의 잔해가 흩어져 있는 골이 진 호수 바닥을 비췄다. 예전에도 나는 한 친구와 칠흑같이 어두운 여름밤이면 이따금씩 모험이라도 하듯 이 호수에 찾아와, 물고기를 꾈 요량으로 물가에 모닥불을 피우고 실에 지렁이를 잔뜩 매달아서는 농어 낚시를 했다. 밤 깊어 낚시를 끝내면 타고 있던 장작을 횃불처럼 하늘 높이 던졌다. 장작은 호수로 떨어져 크게 치-익 소리를 내며 꺼졌고, 그와 동시에 우리는 새카만 어둠 속을 손으로 더듬어 걸어갔다. 우리는 휘파람을 불며 어둠 속을 걸어서 사람들의 마을로 되돌아갔다. 그런데 지금 나는 그 호숫가에 집을 짓고 살고 있다.

마을에 내려가 누군가의 응접실에 오랫동안 머물다가 식구들이 모두 잠자리에 들 시간이 돼서야 숲으로 돌아올 때가 있었다. 그런 날

이면 다음 날 식사거리를 마련하느라, 한밤중 달빛에 의지해 배를 타고 몇 시간이고 앉아 낚시를 했다. 간혹 올빼미와 여우가 불러 주는 소야곡도 들리고, 이름을 알 수 없는 새의 날카로운 울음도 가까이에서 이따금 들렸다. 결코 잊을 수 없는 소중한 경험들이다. 물가에서 100~150미터 정도 떨어진, 수심이 10여 미터쯤 되는 곳에 닻을 내리고, 달빛 속에서 꼬리로 수면을 쳐 올려 잔물결을 일으키는 작은 농어나 은빛 피라미 떼 수천 마리에 둘러싸인 채, 기다란 아마실 낚싯줄로 10여 미터 아래에 사는 신비로운 밤 물고기와 교감을 나누었다. 또 때로는 부드러운 밤바람에 떠다니며 호수에 드리워 놓았던 20미터 길이의 낚싯줄을 끌어당기다 보면 한순간 실을 타고 올라오는 가벼운 떨림이 느껴졌다. 실 끝자락 부근에서 미지의 생명체가 확신하지 못하는 막연한 목적으로 결단을 내리지 못한 채 배회하고 있다는 뜻이었다. 내가 천천히 한 손 한 손 실을 감아올리면, 뿔이 난 메기가 있는 대로 몸을 비틀고 파닥이며 수면 위로 끌려 나왔다.

특히 캄캄한 밤에, 생각이 다른 천체의 광활하고 우주론적인 주제를 넘나들며 방황할 때, 낚싯줄의 가벼운 떨림에 퍼뜩 꿈에서 깨어나 자연과 다시 연결되는 느낌은 참으로 묘했다. 마치 낚싯줄을 물 아래뿐만 아니라, 물이나 밀도가 비슷해 보이는 공중으로도 던져 올리는 기분이었다. 그렇게 나는 하나의 바늘로 두 마리의 고기를 낚았다.

월든 호수를 에워싼 풍경은 소박하다. 아름답기는 하지만 장관이라 하기는 그렇고, 오랫동안 자주 찾은 사람이나 호숫가에 살았던 사람이 아니라면 별로 흥미를 품을 거리도 없다. 그러나 그 깊이와 물의 맑은 정도는 상당히 뛰어나기에 구체적으로 묘사할 만한 가치가 있다. 맑고 깊은 초록의 샘이라 할 만한 월든 호수는 길이 800미터에 둘레는 3킬로미터가 채 못 되고 면적은 7만 5천여 평이다. 소나무와 떡갈나무 숲 한가운데서 영원히 솟아오르는 샘처럼, 구름과 증발 외에 눈에 보이는 물의 유입구나 출구는 전혀 없다. 호수를 둘러싼 언덕은 수면에서 12미터에서 25미터 정도의 높이로 불쑥 솟아 있는데, 400~500미터쯤 떨어진 남동쪽과 동쪽의 언덕은 각각 그 높이가 30미터와 45미터 정도에 이른다. 그 일대는 숲이 에워싸고 있다.

콩코드의 모든 물색은 적어도 두 가지다. 멀리서 보이는 색과, 가까이서 볼 때의 본래 색이다. 전자는 빛의 양에 많이 좌우되고 하늘의 색을 따른다. 맑은 여름날, 조금 떨어진 곳에서, 특히 잔물결이 일 때 보면 푸른색인데, 아주 멀리서 보면 모든 물색이 다 똑같다. 폭풍우 치는 날에는 짙은 청회색이 되기도 한다. 바다는 두드러진 대기의 변화가 없어도 어느 날은 파랗고 어느 날은 초록빛이지 않은가. 언젠가 주위가 온통 하얀 눈으로 덮인 날 콩코드 강을 바라봤는데 물도 얼음도 거의 풀잎처럼 초록빛이었다. 파란색이 '액체든 고체든 상관없이 순

수한 물의 고유색'[10]이라고 말하는 이도 있다. 그러나 배를 타고 물속을 똑바로 내려다보면 실로 다양한 색을 볼 수 있다.

월든 호수는 같은 각도에서 바라봐도 어느 순간에는 파랗다가 다음 순간에는 초록으로 변한다. 하늘과 땅의 중간에 놓여 있어서, 그 둘의 색을 다 닮았는지도 모르겠다. 언덕 꼭대기에서 바라보면 호수는 하늘의 색을 반사해 내지만, 가까이 다가가면 밑바닥 모래가 들여다보이는 물가 쪽은 노르스름해지고, 그것이 점차 밝은 초록으로 바뀌면서 호수 중심부로 갈수록 짙은 청록색으로 변한다. 빛의 밝기에 따라서는 언덕 위에서 바라볼 경우 호수 가장자리 쪽도 쨍한 녹색을 띤다. 누구는 푸른 초목의 색이 반사된 것이라고 했지만, 철로가 놓인 모래 언덕을 등지고 있는 곳에서 볼 때도 그렇고 봄에 나뭇잎이 무성하기 전에 봐도 그러니, 물의 푸른색이 모래의 노르스름한 빛과 섞인 결과인 듯싶다. 어쨌든 월든 호수의 홍채는 그런 색이다. 그곳은 봄이 되면 호수 바닥을 치고 반사되어 올라온 태양열과 땅속으로 전해지는 열기 덕에 얼음이 가장 먼저 녹기 시작하는 부분이면서, 여전히 얼어붙어 있는 호수의 한복판을 에워싸고 좁은 운하가 형성되는 부분이기도 하다.

간혹 맑은 날 바람이 불어 수면이 심하게 일렁일 때면, 이 지역의 다른 호수나 강과 마찬가지로, 하늘보다 더 짙은 청색을 띠었다. 수면

의 물결이 하늘의 빛을 직각으로 반사하기 때문인지 평소보다 훨씬 많은 빛이 물결의 수많은 면면과 뒤섞이기 때문인지는 알 수 없었다. 이럴 때 호수로 나가 햇살에 반사된 수면을 좌우로 둘러보면, 그 무엇에도 견줄 수 없고 형용할 수도 없을 만큼 밝은 푸른색이 눈길을 사로잡았다. 물결무늬나 빛에 따라 색이 변하는 비단에서 볼 수 있는, 혹은 날카로운 칼날에서 번득일 듯한 그런 빛이었다. 하늘보다 더 하늘색에 가까운 빛이, 물결의 이면에 깃든 호수의 본래 색인 암녹색과 교차되어 나타났다. 그런데 두 색을 비교하고 있자면 암녹색은 진흙 빛깔로밖에 보이지 않았다. 내 기억에 월든 호수는 해가 지기 전 서쪽 구름 사이로 바라본 겨울 하늘 조각을 연상시키는 유리처럼 투명한 녹청색이었다. 그러나 그 물을 유리잔에 떠올려 빛에 비추어 보면 같은 양의 공기와 마찬가지로 무색투명했다. 잘 알려져 있다시피, 유리 제조업자의 말에 따르면 커다란 유리판은 '용적' 때문에 초록빛을 띠지만, 같은 유리라도 작은 조각으로 나뉘면 무색투명하다고 한다. 월든 호수의 물이 초록빛을 반사하려면 그 양이 어느 정도나 되어야 할지에 대해서는 나도 실험해 본 바가 없다.

이 지역의 강물은 가까이서 들여다보면 검거나 짙은 갈색이다. 그리고 대부분의 호수와 마찬가지로 입수자의 몸은 노르스름해 보인다. 그런데 월든 호수의 물은 수정처럼 맑아서, 헤엄치는 사람의 몸이 푸

르스름한 백색으로 보였고, 더 나아가서는 팔다리를 확대하고 뒤틀린 듯 왜곡시켜 미켈란젤로 같은 화가가 연구 대상으로 쓰면 딱 좋을 듯한 기괴한 효과를 만들어 냈다.

월든 호수의 물은 지극히 맑고 투명해 7~10미터 깊이의 호수 바닥까지 매우 선명히 들여다보인다. 배를 저어 가다 보면 수면에서 몇 미터나 떨어진 아래쪽에 몸길이가 3센티미터도 되지 않는 농어나 여러 종류의 은빛 피라미 떼가 헤엄쳐 지나가는 모습이 보였다. 하지만 농어는 줄무늬로 쉽게 알아볼 수 있다. 나는 이런 곳에서 근근이 살아가는 걸 보면 녀석들도 꽤나 금욕적인 물고기려니 하고 생각했다.

몇 년 전 어느 겨울날, 나는 강꼬치고기를 잡으려고 호수에 얼음 구멍을 몇 개 뚫었다. 그리고는 물가로 올라가려고 도끼를 다시 얼음 위로 던졌는데, 그것이 마치 악령에 이끌리기라도 하듯 20여 미터를 미끄러져 가서는 뚫어 놓은 구멍으로 빠졌다. 수심이 족히 8미터는 되는 곳이었다. 호기심에 배를 깔고 얼음 위에 엎드려 구멍 속을 들여다보니, 도끼가 머리부터 거꾸로, 자루를 곧추세운 채 약간 비스듬하게 바닥에 꽂혀서 물결에 부드럽게 흔들리고 있었다. 그대로 내버려두면 도끼는 거기 그대로 똑바로 박힌 채, 자루가 다 썩어 없어질 때까지 흔들리고 있을 게 뻔했다. 나는 마침 손에 들고 있던 끌을 이용해 바로 위쪽에 구멍을 하나 더 뚫고, 부근의 자작나무에서 가장 긴 가지를

칼로 잘라 낸 후, 밧줄로 올가미를 만들어 그 끝에 묶었다. 그리고 조심스럽게 물속으로 내려 자루의 옹이 부분에 올가미가 걸리게 하고는 줄을 잡아 당겨 도끼를 다시 물 밖으로 끌어 올렸다.

한두 군데 작은 모래사장이 형성된 곳을 제외하면 호숫가는 포장용 석재처럼 매끄럽고 둥근 하얀 돌이 띠를 이루어 쫙 깔려 있었다. 대부분 경사는 매우 가파른 편이라 단숨에 뛰어들면 머리까지 물에 푹 잠기기 일쑤였다. 물이 투명할 정도로 맑았기에 망정이지, 그렇지 않았다면 반대편 호숫가에 닿기 전까지 다시는 호수 바닥을 볼 수 없었을 것이다. 심지어 어떤 이는 호수 바닥이 아예 없다고 생각하기도 한다. 진흙 한 점 볼 수 없을 뿐 아니라, 대충만 살펴보면 수초도 전혀 돋아 있지 않은 듯하기 때문이다. 최근에 침수된 작은 목초지는 엄격히 따져 말하자면 호수에 속한 곳이 아니니, 그곳만 제외하면 눈에 띄는 식물이라고는 아무리 자세히 들여다봐도 창포나 부들은커녕 노란색이나 흰색의 백합 한 송이 보이지 않았고, 기껏해야 하트 모양의 작은 이파리 몇 장과 가래풀, 순채처럼 보이는 것이 한두 개쯤 떠 있을 뿐이다. 하지만 그 역시도 헤엄치는 사람은 알아보기 힘들 터다. 호수의 식물은 그것을 자라게 하는 물만큼이나 깨끗하고 맑다.

물가의 흰 자갈은 물속으로 5~10미터쯤 더 뻗어 있고, 거기서부터 호수 바닥은 순전히 모래였다. 가장 깊은 부분만 예외적으로 늘 침전

물이 조금씩 쌓여 있었다. 아마도 수많은 가을을 거쳐 오며 호수로 흘러들어 간 낙엽이 쌓여 썩으면서 퇴적물이 형성됐기 때문일 텐데, 그곳에서는 한겨울에도 선명한 초록색 수초가 닻에 걸려 올라오기도 한다.

콩코드에는 월든 호수와 비슷한 호수가 하나 더 있다. 서쪽으로 4킬로미터쯤 떨어진 마을 '나인에이커코너'에 있는 화이트 호수다. 하지만 내가 월든 호수를 중심으로 20킬로미터 이내에 있는 호수를 대부분 다 아는데, 월든의 반의 반만큼이라도 맑으면서 샘 같은 특징을 보이는 호수는 없었다. 모르긴 해도 지금까지 수많은 부족과 민족이 대대로 이 호수의 물을 마시며 감탄하고 수심을 헤아려 보고 사라져 갔겠지만, 호수의 물은 지금도 여전히 티끌 하나 없는 초록의 맑은 빛깔을 유지하고 있다. 더군다나 비나 내려야 물이 고이는 간헐샘도 아니지 않은가!

아담과 이브가 에덴동산에서 추방되던 그 봄날 아침에도 월든 호수는 존재했을지도 모른다. 그때도 이미 안개와 남풍을 동반하는 부드러운 봄비를 맞으며 해빙했을 테고, 수많은 오리나 기러기 무리가 맑은 호수에 만족하며 수면을 뒤덮고 있었겠지. 아담과 이브의 몰락 소식은 전혀 듣지도 못한 채. 당시에도 호수의 수위는 오르내리기를 반복하며 물을 정화시켜서 오늘날과 같은 빛깔을 띠었으리라. 그리하

여 이 세상에서 유일한 월든 호수가 되어 천상의 이슬을 증류할 수 있는 특허를 하늘로부터 얻었을 것이다. 얼마나 많은 잊힌 민족의 문학 속에서 이 호수가 카스탈리아의 샘 역할을 했을지 그 누가 알겠는가? 황금시대에는 어떤 요정이 이 호수를 지배했는지 누가 장담하겠는가? 월든 호수는 콩코드가 자신의 왕관에 박아 놓은 가장 귀한 보석이다.

그러나 이 샘에 처음 당도했던 사람들은 그들의 흔적을 남겨 놓고 떠났음이 분명했다. 나는 울창한 숲이 벌목으로 다 잘려 나간 호수 주변을 거닐다가, 가파른 산기슭에 오솔길이 선반처럼 나 있는 것을 발견하고 놀란 일이 있다. 산허리를 따라 오르락내리락하기도 하고 물가에 가까워졌다 멀어지기도 하는 그 길은 호숫가에 살아온 인간의 역사만큼이나 오래되어 원주민 사냥꾼의 발에 다져졌을 테고, 오늘날 이곳의 주민들도 무심결에 가끔씩 밟고 다닐 것이다. 그 길은 특히 겨울철 가벼운 싸락눈이 내린 직후에 호수 한가운데 서서 보면 또렷이 보였다. 여름이면 잡초나 나뭇가지가 막아서서 가까이에서도 잘 보이지 않는데, 겨울에는 400미터쯤 떨어져서도 파도처럼 기복이 있는 명확한 하얀 선으로 보였다. 눈이 오솔길을 흰색의 높은 돋을새김 형태로 부각시킨 것이다. 언젠가 이곳에 별장이 들어서도, 아름답게 꾸며 놓은 정원이 그 길의 흔적을 보존해 가리라고 생각한다.

월든 호수의 수위는 오르락내리락한다. 그것이 규칙적인지 아닌지, 기간이 얼마나 되는지 등은 정확히 아는 사람이 없다. 물론 흔히 그렇듯이 아는 체하는 사람은 널려 있다. 보통 겨울철엔 수위가 높고 여름에는 줄지만, 일반적인 우기와 건기에 반드시 일치하지는 않는다. 내가 호숫가에 살던 때보다 수위가 0.3~0.6미터 내려가거나 1.5미터 이상 올라간 적도 있었던 것으로 기억한다.

호수에는 좁은 모래톱도 하나 있는데, 물속으로 꽤 깊은 곳까지 뻗어 들어간다. 모래톱은 호수 기슭에서 30여 미터나 들어가서 끝나는데, 1824년쯤인가 나도 그곳에서 걸쭉한 생선 스프 끓이는 일을 도운 적이 있다. 하지만 지난 25년간은 그런 일을 하기가 불가능했다. 한편 그로부터 몇 년 후 내가 숲속 후미진 만에서 배를 타고 낚시를 하곤 했다는 이야기를 들려주면 친구들은 도저히 믿기지 않는다는 표정으로 내 말을 듣곤 했다. 그 만은 친구들이 알고 있는 유일한 호숫가에서 약 80미터쯤 떨어진 곳으로 이미 오래전에 목초지로 변했기 때문이다.

그런데 호수의 수위는 최근 2년간 계속 높아져서, 지금, 그러니까 1852년 여름에는 내가 살았던 시기보다 정확히 1.5미터가 높아졌다. 다시 말해 30년 전과 같은 수위가 되었기에 나는 그 목초지 위에서 다시 낚시를 할 수 있게 되었다. 전체 수위의 변동은 2미터 내외다. 그

러나 호수를 에워싼 주변 언덕에서 흘러드는 물의 양은 별로 대수롭지 않은 정도라, 수위가 상승하는 요인은 호수 밑바닥에 있는 샘에 영향을 미치는 어떤 원인들에 있음이 분명하다.

올해 여름, 호수의 수위는 다시 낮아지기 시작했다. 주기적이든 그렇지 않든 간에, 이러한 변동이 오랜 세월을 거치며 완성된 듯 보인다는 사실은 매우 주목할 만하다. 나는 한 번의 상승과 두 번의 하락 중 일부를 관찰해 오고 있다. 그래서 12~15년이 지나면 호수의 수위가 지금껏 내가 보지 못했던 낮은 수위까지 내려가지 않을까 예상한다. 월든 호수에서 동쪽으로 1.6킬로미터쯤 떨어져 있는 플린트 호수는 물이 들고 나는 유입구가 있으니 그에 따른 변동 폭을 감안해야 하지만, 그렇게 하더라도 월든 호수와 수위의 등락 폭을 같이한다. 두 호수 중간에 있는 작은 호수들도 마찬가지다. 최근 이 호수들은 월든 호수와 같은 시기에 최고 수위를 기록했다. 내가 지켜본 바에 따르면, 화이트 호수도 마찬가지다.

오랜 간격을 두고 월든 호수의 수위가 등락을 반복하는 현상은 적어도 다음과 같은 점에서 유용하다. 지금과 같이 높은 수위가 1년 이상 유지되면 호수 주변을 걸어 돌아다니기가 불편하기는 하다. 그러나 호숫가에 서 있던 관목이나 나무, 즉 리기다소나무, 자작나무, 오리나무, 사시나무 등이 지난번 수위 상승 이후 모두 죽어 버렸기 때문

에, 수위가 다시 낮아지면 말끔한 호숫가가 드러나게 될 터였다. 매일 되풀이해서 밀물과 썰물에 영향을 받는 다른 호수나 하천과는 달리 월든은 수위가 낮을 때일수록 더욱 깨끗하다.

내 오두막 옆의 호숫가에는 일렬로 서 있던 높이 4~5미터쯤 되는 소나무가 마치 지렛대를 이용해 쓰러뜨린 듯 죽어 넘어가 있다. 그렇게 해서 호수를 잠식하려던 그들의 침략은 저지되었다. 쓰러진 나무의 크기를 보면 지난번에 지금의 높이까지 수위가 상승한 이후 얼마나 오랜 시간이 경과했는지 알 수 있다. 이러한 수위 변동 폭을 이용해 호수는 호반에 대한 권리까지 주장하고 나서는데, 말끔해진 호반에서 나무가 무슨 수로 그 점유권을 내세우겠는가. 이런 호반은 수염이 자라지 않는 호수의 입술이다. 이따금씩 호수가 혀로 그 입술을 훑어 낸다.

수위가 최고조에 달하면, 오리나무와 버드나무, 단풍나무가 물에 잠긴 줄기에서 엄청나게 많은 붉은 섬유질 뿌리를 몇 미터씩 사방으로 뻗어 낸다. 바닥에서 1미터 이상의 높이에서 뻗어 나오는 이 뿌리를 이용해 자신을 지탱하려는 노력이다. 물가에서 자라는 키 큰 블루베리 나무는 평소에는 열매를 맺지 않았지만, 이러한 상황이 되면 상당히 많은 열매를 맺었다.

간혹 어떻게 월든 호숫가에는 일정한 크기의 자갈이 깔리게 되었는

지 궁금해 하는 사람들이 있는데, 우리 마을에서는 그 전설을 모르는 이가 없었다. 나도 마을 노인들이 어릴 때 들은 이야기라며 들려주어서 알고 있었다. 예전에 인디언들이 이곳의 한 언덕에서 주술제를 올렸는데, 그 언덕은 월든 호수가 아래로 깊은 만큼이나 하늘로 높이 솟아 있었다. 그런데 인디언들은 신을 모독하는 불경한 주문을 서슴지 않고 외웠고, 그런 악덕을 저지르면서도 전혀 죄책감이 없었다. 그러자 의식이 한참 진행되는데 갑자기 언덕이 크게 흔들리더니 바닥으로 푹 꺼졌다. 그때 월든이라는 한 노파만 가까스로 도망쳐 살아났고, 노파의 이름을 따서 호수를 월든이라 부르기 시작했다. 또 언덕이 흔들릴 때 그 기슭의 돌들이 무너져 내리며 현재의 호반을 만들어 냈다고 했다. 어쨌거나 확실한 사실은, 이곳에 옛날에는 호수가 없었는데 지금은 있다는 거다.

인디언과 관련된 이 우화는 앞서 언급했던 고대 정착민과 관련된 이야기와도 전혀 상충하지 않는다. 그 정착민은 점치는 막대를 들고 처음 이곳에 찾아왔을 때, 풀밭에서 얇게 피어오르는 증기를 보았고, 들고 있던 개암나무 가지가 계속 아래쪽을 가리키자 그곳에 우물을 파기로 했다.

물가에 깔린 자갈에 대해서는 아직도 많은 이가 언덕 위로 밀려드는 물결의 작용에 의한 것이라는 설명을 수긍하려 하지 않는다. 하지

만 나는 주변 언덕에 같은 종류의 돌이 엄청나게 많이 깔려 있다는 사실을 확인했다. 때문에 호수 근처를 지나는 철로 양쪽에 그 돌로 담을 쌓아 올리기까지 했던 것이다. 게다가 호반의 경사가 가파를수록 돌이 많이 깔려 있다. 그러니 안타깝게도 내게는 돌의 존재가 전혀 불가사의하게 보이지 않는다. 누가 깔았는지 알기 때문이다. 만약 '월든'이 새프론월든 같은 영국의 지역 이름에서 유래한 것이 아니라면, 원래는 '월드-인'[11] 호수로 불렸을지도 모른다고 생각해도 좋을 듯하다.

월든 호수는 누군가 나를 위해 미리 파 놓은 우물 같았다. 호수 물은 언제나 맑지만, 일 년에 넉 달은 차갑기까지 하다. 그리고 그 시기 호수의 물맛은, 최고라고 할 수는 없어도 마을의 어느 물과 비교해도 결코 뒤지지 않는다. 겨울에는 공기 중에 노출된 모든 물이, 샘이나 우물처럼 뭔가로 보호되는 물보다 차다. 1846년 3월 6일 오후 5시에서 다음 날 정오에 이르기까지 내 방에 걸어 둔 온도계의 온도는 지붕 위로 내리쬐는 햇볕 덕분에 잠시 18도에서 21도까지 올라갔지만, 방 안에 떠다 놓은 호수 물은 5도를 조금 넘은 정도였다. 마을에서 가장 찬 우물물을 바로 떠서 잰 온도보다 1도가 낮았다. 같은 날 보일링 샘물의 수온은 7도, 다시 말해 내가 온도를 재 본 그 어떤 물보다 따뜻했다. 내가 알기로 이 물은 여름에 뜨거워진 표면의 물과 섞이지만 않는다면 가장 시원한 물인데 말이다. 게다가 월든 호수는 수심이 깊은 덕

분에 여름에도 햇볕에 드러나 있는 대부분의 물처럼 따뜻해지는 법이 없다. 찌는 듯한 여름날이면, 나는 가끔 근처의 샘물을 길어 와 마시기도 했지만, 보통은 호수 물을 양동이 하나에 가득 떠다가 지하실에 가져다 두면 밤사이 식어서 다음 날까지도 내내 차갑게 유지됐다. 또한 일주일이 지나도 길어 온 날과 마찬가지로 물맛도 좋고 펌프 냄새도 나지 않았다. 여름날 호숫가에서 한 주 정도 야영을 하는 사람은 텐트 그늘에 60~90센티미터 정도 깊이의 구멍을 파고 물통을 묻어 두면 얼음으로 사치를 부릴 필요가 전혀 없어진다.

월든에서는 약 3킬로그램짜리 강꼬치고기가 잡힌다. 엄청난 속도로 낚싯줄을 잡아채 끌고 가 버려서 낚시꾼이 눈으로 확인을 못한 까닭에 무게가 4킬로그램은 족히 나간다고 우겼던 녀석은 제쳐 두더라도 그렇다. 1킬로그램이 넘는 농어나 메기도 잡히고, 자그마한 은빛 피라미, 황어, 로치(학명은 레우키스쿠스 풀켈루스[Leuciscus pulchellus]) 등도 꽤 잡혔으며, 검은 송어도 몇 마리 잡혔다. 뱀장어도 두어 마리 잡혔는데, 한 마리는 2킬로그램 가까이 나갔다. 내가 이런 세부적인 사항까지 언급하는 이유는, 낚시꾼에게는 물고기의 무게가 가장 중요한 관심사일 뿐 아니라, 월든 호수에서 이 두 마리 외에는 뱀장어가 잡혔다는 소리를 들어 본 적이 없기 때문이다. 또한 길이가 13센티미터쯤 되고 옆구리가 은색에 등은 녹색인, 황어와 비슷한 특징을 띤 작

은 물고기를 잡았던 기억도 희미하게 나는데, 여기에 그 사실을 적는 까닭은 내 일화를 하나의 전설처럼 만들고 싶기 때문이다.

그럼에도 월든 호수에는 물고기가 그리 많은 편은 아니다. 그나마 강꼬치고기가 그 수는 많지 않아도 호수의 가장 큰 자랑거리다. 언젠가 나는 얼음 위에 엎드려서 물속을 들여다보다가 강꼬치고기가 적어도 세 종류쯤 된다는 사실을 확인했다. 하나는 강에서 잘 잡히는 종류와 비슷하게 가늘고 긴 형태의 강철 빛을 띤 것이고, 또 하나는 이 호수에서 가장 많이 잡히는 것으로 밝은 황금색에 언뜻언뜻 초록빛이 반사돼 보이며 매우 깊은 곳에서 산다. 마지막은 역시 황금색으로 생김새도 앞의 것과 비슷하지만, 옆구리에 짙은 갈색과 검은색 반점이 약간의 흐린 적갈색 반점과 섞여 있어 송어와 매우 흡사하다. '레티클라투스(그물 모양)'보다는 '쿠타쿠스(점박 무늬)'가 학명으로 더 어울릴 듯하다. 어쨌든 세 종류 모두 살점이 단단해서 크기에 비해 무게가 많이 나간다. 은빛 피라미 종류와 메기, 농어, 그 외 월든 호수에 서식하는 모든 물고기는 물이 맑은 까닭에 매우 깨끗하고 잘생겼으며 살성도 단단해 강이나 다른 호수에 사는 물고기와 비교했을 때 쉽게 구분이 간다. 어류학자가 와서 살펴본다면, 아마도 몇몇 새로운 종을 찾아낼 수 있을지도 모르겠다.

이곳에는 깨끗한 종의 개구리와 거북이도 있고 간혹 홍합도 눈에

띤다. 사향쥐와 밍크가 호수 주변에 발자국을 남기고 가기도 하고, 가끔 흙탕 거북이도 다녀간다. 이따금 아침에 배를 물속으로 밀어 넣다가 밤사이 배 밑에 숨어 들어간 흙탕 거북을 깨워 놓을 때도 있다. 봄가을이면 오리와 기러기가 자주 찾아왔고, 흰가슴제비(학명은 히룬도 비콜로르〔Hirundo bicolor〕)도 물 위를 미끄러져 갔으며, 가슴에 얼룩점이 있는 도요새(학명은 토타누스 마퉅라리우스〔Totanus macularius〕)는 여름내 호숫가의 자갈 위를 '뒤뚱'거리며 걸어 다녔다. 때로 나는 물 위로 늘어진 스트로브잣나무에 앉아 있는 물수리를 방해하기도 했다. 그러나 나는 페어헤이븐처럼 월든 호수에도 갈매기가 찾아와 그 신성함을 더럽힌 적이 있는지는 확실히 모르겠다. 기껏해야 매년 아비 한 마리가 날아오는 게 다일 듯하다. 이 정도가 현재 월든 호수에 자주 출몰하는 동물이다.

날씨가 고요한 날 배를 타고 나가서 모래가 덮인 동쪽 호반 근처, 수심이 2.5~3미터 정도 되는 물속을 들여다보면 돌 무더기가 보인다. 이곳 외에도 호수의 여러 곳에서 볼 수 있는 돌 더미는 달걀보다 작은 돌멩이가 지름 약 2미터에 높이 30센티미터 정도로 둥글게 쌓여 있고, 그 주변은 모래로 덮여 있다. 처음에는 인디언이 나름의 목적이 있어서 얼음 위에 쌓았던 것이 해빙되며 그대로 가라앉은 것인가 생각했으나, 그렇게만 생각하기에는 돌이 쌓여 있는 형태가 거의 흐트러

지지 않은 채 일정했고, 또 어떤 것은 확실히 만든 지 얼마 되지도 않았다. 강가에서 볼 수 있는 것과 많이 비슷했지만, 이곳에는 빨대잉어도 칠성장어도 없으니 대체 어떤 물고기가 만들어 놓은 것인지 알 길이 없었다. 황어의 보금자리일지도 모른다는 생각이 들기도 했다. 어쨌든 이런 것들이 호수 바닥에 흥미로운 신비감을 더했다.

호반은 이리저리 튀어나오고 들어가서 전혀 단조롭지 않았다. 나는 마음의 눈을 통해 깊은 만이 톱니 모양으로 들쑥날쑥한 서쪽과, 그보다 선이 굵은 북쪽, 그리고 돌출한 곶이 서로 겹칠 듯 연달아 이어져 그 사이사이에 인간의 발길이 닿지 않은 작은 만이 숨어 있음을 암시하는 듯한, 아름다운 조가비 모양으로 펼쳐진 남쪽 물가를 그려 볼 수 있다.

언덕으로 에워싸인 작은 호수 한가운데서 바라보는 숲만큼 아름답고 근사한 숲은 없다. 이때 숲의 모습을 반사하는 물은 자연의 화폭을 메우는 최고의 전경일 뿐 아니라, 들쑥날쑥한 호반과 함께 가장 자연스럽고 그럴듯한 경계까지 만들어 낸다. 호수의 가장자리는 도끼로 숲의 일부를 베어 낸 곳처럼, 혹은 숲에 인접한 경작지처럼 거칠고 불완전하지 않다. 물가 쪽으로 가지를 뻗어 나갈 공간이 충분하므로 나무는 기운차게 호수 쪽으로 가지를 뻗는다. 이처럼 자연이 호숫가에 절로 울타리를 치면, 우리의 시선은 호숫가의 낮은 관목에서부터 차

층 가장 높은 나무를 따라 올라간다. 인간의 손이 남긴 흔적은 어디서도 찾아볼 수 없다. 물은 천년을 그래 왔듯이 호반에 철썩인다.

호수는 가장 아름답고 표정이 풍부한 풍경의 특징이다. 그것은 대지의 눈이다. 호수를 들여다보는 이는 자기 본성의 깊이를 측정하게 되리라. 물가에 둘러 선 나무는 눈 가장자리를 장식한 가느다란 속눈썹이고, 그 주변을 둘러싼 나무가 무성한 언덕과 절벽은 눈 위에 달린 눈썹이다.

9월의 어느 고요한 오후, 옅은 안개 속에 건너편 호반이 아스라이 흐려 보일 때, 호수 동쪽 끝의 완만한 모래밭 위에 서 있으면, '유리처럼 맑은 호수의 표면'이라는 표현이 어디서 나왔는지 깨닫게 된다. 뒤돌아서서 허리를 깊숙이 숙여 호수를 바라보면, 수면은 계곡을 가로질러 걸린 가느다란 거미줄처럼 보이고, 먼 소나무 숲을 배경으로 반짝이면서 대기의 층을 둘로 갈라놓는다. 그렇게 보고 있노라면, 젖지 않고 호수 아래쪽을 걸어 반대편 언덕까지 갈 수 있을 것만 같고, 미끄러지듯 날아가는 제비도 그 위에 내려앉아 쉬어 갈 수 있을 듯하다. 사실 제비들은 간혹 착각이라도 한 듯 그 아래로 곤두박질쳐 들어갔다가, 비로소 자신이 실수했음을 깨닫기도 한다.

서쪽을 향해 서서 수면을 굽어보면, 태양 그 자체뿐 아니라 물에 비친 반사광에서 눈을 보호하기 위해 양손을 들어 올려야만 한다. 둘 다

눈부시기가 이루 말할 수 없다. 그 둘 사이에 서서 호수의 표면을 자세히 들여다보면, 그것이 글자 그대로 유리처럼 매끄럽다는 사실을 알게 된다. 호수 전체에 일정한 간격을 두고 흩어져 있는 소금쟁이가 햇살 속을 움직여 다니며 그 무엇보다도 섬세한 광채를 발하는 곳이나, 오리가 깃털을 다듬는 곳, 혹은 앞서도 말했듯이 제비가 수면을 스칠 듯이 낮게 날아가는 곳만을 제외하면 그렇다.

멀리서 물고기 한 마리가 반원을 그리며 공중으로 1미터 이상 솟아오르기도 한다. 고기가 뛰어오르는 순간 섬광이 번쩍이는가 싶더니 수면을 때리는 순간에도 빛이 번쩍인다. 은빛 반원이 선명히 다 그려질 때도 있다. 또는 엉겅퀴의 갓털이 여기저기 떠 있으면, 물고기가 돌진해 와서 수면에 파문을 일으키기도 한다. 호수 표면은 식기는 했으나 아직 굳지 않은 녹은 유리 같고, 그 위를 부유하는 약간의 먼지는 유리 속에 낀 불순물처럼 오히려 순수하고 아름다워 보인다. 간혹 호수 물의 일부가 다른 곳보다 훨씬 매끄럽고 진해 보일 때도 있다. 마치 눈에 보이지 않는 거미줄이나 물의 요정이 올라 앉아 휴식하는 방책[12]에 의해 나머지 부분과 분리되기라도 한 듯 말이다.

언덕 꼭대기에 올라서면 물고기가 어디서 뛰어오르든 거의 다 볼 수 있다. 강꼬치고기든 은빛의 피라미든, 그 매끄러운 수면의 전체 균형을 흐트러뜨리지 않고서는 그 위에 떠 있는 벌레 한 마리도 잡아먹

을 수 없기 때문이다. 고기가 벌레를 잡아먹는 이 단순한 사건이 세상에 알려지는 그 정교한 방법은 참으로 경이롭지 않은가. (물고기의 살생은 만천하에 드러나기 마련이다!) 그 파문이 원을 그리며 점점 커져서 직경이 30미터쯤 되면 멀리 언덕 위에 앉아 있는 내 눈에도 띄게 된다. 심지어는 400미터나 떨어진 곳에서도 매끄러운 수면 위를 끊임없이 움직여 다니는 물매암이(학명은 기리누스[Gyrinus])를 알아볼 수도 있다. 녀석들이 물 위에 야트막한 고랑을 만들며 나아갈 때면 고랑 양쪽으로 선명한 잔물결이 번져 나가기 때문이다. 그러나 소금쟁이는 눈에 띄는 잔물결을 일으키지 않고도 물 위를 미끄러지듯 나아간다. 수면이 크게 요동치는 날은 소금쟁이도 물매암이도 나타나지 않지만, 잔잔한 날이면 안식처를 떠나 갑작스런 충동에 몸을 맡기고 대담하게 물가를 미끄러져 나가 저편 호수 끄트머리까지 나아가기도 한다.

태양이 참으로 따스하게 내리쬐는 화창한 가을날, 이처럼 높은 언덕 꼭대기의 그루터기에 걸터앉아 호수를 내려다보며, 수면에 반사된 하늘과 나무 사이로 끊임없이 새겨지는 동그란 보조개 같은 파문(이것이 아니라면 멀리 보이는 그것이 호수의 수면이라고는 생각하기 힘들다.)을 찬찬히 살펴보노라면 마음이 편안해진다. 이 너른 수면에서는 어떠한 소요가 일어도 곧바로 진정되어 고요해진다. 물병에 물을 채워 흔들어 놓아도 출렁이던 물결이 가장자리에 가 닿으며 이내 고요해지

는 것과 같은 이치다.

수면 위로 물고기 한 마리가 튀어 오르거나 곤충 한 마리만 뛰어들어도, 그것이 아름다운 곡선을 그리는 동그란 파문의 모습으로 세상에 알려진다. 마치 호수의 바닥, 즉 샘의 원천에서 물이 끊임없이 솟아나는 듯 보이며, 호수의 생명이 부드러운 맥박으로 고동치느라 그 가슴이 부풀어 오르는 듯 보인다. 그것이 기쁨의 전율인지 고통의 전율인지는 구분할 수가 없다. 이 모든 호수의 현상이 얼마나 평화로운가! 덕분에 인간의 행위도 봄을 만난 듯 다시 빛난다. 그렇다, 온갖 잎사귀와 잔가지, 돌멩이와 거미줄도 지금, 이 오후 나절에 마치 봄날 아침 이슬을 흠뻑 머금은 듯 빛을 발한다. 노를 저을 때마다, 혹은 벌레가 움직일 때마다 섬광이 번쩍인다. 노가 물을 철썩일 때 들리는 메아리는 또 얼마나 달콤한가!

9월과 10월에 맞이하는 이러한 날, 월든 호수는 숲의 완벽한 거울이다. 그 주위를 에워싼 돌멩이는 내 눈에 그 무엇보다 드물고 진귀한 보석처럼 보인다. 호수만큼 아름답고 순수하고 거대한 것이 지상 어디에 또 존재할까. 하늘의 물, 이곳엔 울타리도 필요치 않다. 여러 종족이 왔다 갔으나 호수를 더럽히지는 못했다. 호수는 어떤 돌로도 깨뜨릴 수 없는 거울이며, 그 위에 입힌 수은은 결코 닳아 없어지지 않는다. 금박 역시 자연이 끊임없이 수리해 주지 않는가. 어떤 폭풍우도

먼지도 그 맑은 표면을 탁하게 흐릴 수 없다. 호수 위에 떨어진 모든 불순물은 밑으로 가라앉거나 태양의 아지랑이 솔이, 햇살이라는 가벼운 걸레가 쓸어 내고 털어 낸다. 호수라는 거울은 입김으로도 흐릴 수 없다. 오히려 그 입김을 수표면 위로 높이 구름처럼 띄어 올리고, 그 모습을 가슴으로 조용히 비추어 준다.

너른 호수는 대기 속에 떠다니는 정령의 모습을 드러낸다. 새로운 생명과 움직임을 위로부터 끊임없이 받아들인다. 본성으로 치자면 호수는 대지와 하늘의 한가운데 위치한다. 바람이 불 때 지상에서는 풀과 나무만 흔들리지만, 호수는 그 자체가 바람 따라 물결친다. 나는 빛줄기나 섬광을 보며 가벼운 미풍이 호수의 어디쯤을 가로지르는지 알 수 있다. 우리가 호수의 표면을 굽어볼 수 있다는 사실은 참으로 경이로운 일이다. 언젠가는 인간이 대기의 표면을 바라보면서 바람보다도 가벼운 정령이 대기의 어디쯤을 휩쓸어 가는지 알게 되는 날도 오지 않겠는가.

소금쟁이와 물매암이는 10월 하순, 된서리가 내리기 시작하면 마침내 자취를 감춘다. 따라서 11월이 되어 날씨가 좋을 때면 수면을 흩뜨리는 것이 전혀 없다. 어느 11월의 오후, 며칠간 이어지던 비바람이 그치고 날은 고요해졌으나, 하늘은 여전히 구름으로 뒤덮이고 대기는 안개로 가득 차 있던 날, 호수는 드물게 고요해서 어디가 수면인지 구

분할 수 없을 정도로 매끄러워 보였다. 둘러선 언덕을 비추고는 있었으나, 더는 10월의 밝은 기운이 아닌 11월의 어두운 색조를 반사했다.

나는 그 물 위를 가능한 한 조용히 노 저어 갔다. 그러나 배가 지나며 만들어 내는 약한 파동이 내 눈길이 닿는 가장 먼 곳까지 퍼져 나가며 호수에 수많은 이랑을 만들어 냈다. 수면을 바라보고 있자니, 멀리 여기저기서 희미한 반짝거림이 눈에 들어왔다. 소금쟁이들이 서리를 피해 모여 있는 모습 같기도 했고, 수면이 너무도 고요해서 호수 바닥에서 솟아오르는 샘이 고스란히 비치는 것 같기도 했다. 나는 그 곳 중 하나를 향해 천천히 노를 저었다. 그리고 내가 무수히 많은 농어 떼에 에워싸인 것을 알고 놀라고 말았다. 채 15센티미터가 안 되는 청동색 농어가 초록빛 물속에서 떼 지어 헤엄쳐 다니며 수시로 떠올라 수면에 보조개를 만들었고, 가끔은 거품을 남겨 놓았다.

이처럼 투명하고 바닥을 헤아릴 수 없을 듯 깊은 물속에 구름이 비치는 모습을 바라보고 있자니, 나는 기구를 타고 하늘에 떠다니는 기분이 들었고, 물고기의 움직임은 마치 새가 하늘을 맴돌며 날아다니는 듯 보였다. 즉 지느러미를 돛처럼 활짝 펼치고 헤엄치는 물고기들은 내 바로 밑에서 좌우로 스쳐 지나는 수많은 새의 밀집된 무리를 연상시켰다.

호수에는 이러한 물고기 떼가 많았다. 녀석들은 겨울이 그 널찍한

채광창 위로 얼음의 덧창을 덮어 버리기 직전이면, 그 짧은 계절을 조금이라도 더 즐기려는 듯 수면 위로 모습을 드러냈다. 그 장면은 마치 가벼운 바람이 수면을 훑어가거나 빗방울이 떨어지는 듯 보였다. 내가 무심코 다가가면 물고기들은 누군가 잎이 무성한 나뭇가지로 수면을 때리기라도 한 듯 화들짝 놀라서 꼬리로 물을 튀기며 잔물결을 일으키고는, 부리나케 깊은 물속으로 달아나 버렸다. 그러다 마침내 바람이 불고 안개가 짙어져 물결이 일어나기 시작하면, 농어는 전보다도 훨씬 높이 수면 위로 튀어 올라 몸의 절반 정도를 물 밖으로 내밀었는데, 이때 수면 위에는 높이 7~8센티미터는 됨 직한 백여 개의 검은 점이 한꺼번에 모습을 드러냈다.

어느 해인가는 심지어 12월 5일에도 수면 곳곳에 작은 파문이 이는 것이 보였다. 안개도 짙게 끼어 있던 터라, 나는 곧 큰 비가 쏟아질 듯한 기분이 들어 급히 노를 잡고는 집 쪽으로 서둘러 저었다. 얼굴에 빗방울이 떨어진 것도 아니건만 왠지 금방이라도 빗방울이 쏟아져 흠뻑 젖을 것만 같았다. 그런데 돌연 그 잔물결이 사라졌다. 알고 보니 내 노 젓는 소리에 놀란 농어 떼가 물밑으로 숨어들자 파문도 사라진 것이었다. 사라지는 농어 떼의 모습이 눈으로도 어렴풋이 보였다. 그날 나는 비 없이 건조한 하루를 보냈다.

60여 년 전만 하더라도 호수 주변은 빽빽한 숲으로 어두컴컴했다

하는데, 당시 월든 호수를 자주 찾았던 한 노인이 내게 들려준 이야기에 따르면, 그때는 호수에 오리뿐 아니라 다른 물새도 많았고 주변에 독수리도 많이 서식했다고 한다. 노인은 낚시를 하기 위해 호수로 와서 물가에서 찾아낸 긴 카누를 이용했다. 두 개의 스트로브잣나무의 속을 파내 못을 박아 연결한 후 양 끝을 직각으로 잘라 낸 배였다. 대충 만든 것은 분명했으나, 그래도 물이 새어 바닥으로 가라앉기 전까지 꽤 오랜 세월 제구실을 했다고 한다. 노인은 그것이 누구의 것인지는 몰랐지만, 호수에 속한 것임은 알았다. 그는 호두나무 껍질을 길게 찢어 엮어서 닻줄로 사용했다. 그는 내게 호수 밑바닥에 가라앉아 있다는 철궤 이야기를 들려주었다. 독립혁명 이전부터 호숫가에 살았던, 한 옹기 굽는 노인이 직접 눈으로 확인했다며 들려준 이야기라는데, 그 궤짝은 가끔 물가로 떠내려왔지만, 사람이 다가가면 다시 깊은 물속으로 사라져 버렸다는 것이다.

나는 그 오래된 통나무 카누 이야기를 듣고 매우 기뻤다. 그것은 같은 재료로 만들기는 해도, 훨씬 우아한 모양이었던 인디언의 카누를 대신한 것이다. 아마 처음에는 그저 호숫가 둑에 서 있던 나무 한 그루가 어떤 사연인지는 모르지만 물속으로 쓰러져 월든 호수에 가장 잘 어울리는 배가 되어 한 세대를 물 위에 떠다녔으리라. 나는 처음으로 호수의 깊은 곳을 들여다봤던 때를 기억한다. 물속에 큰 통나무들

이 쓰러져 있는 것이 어렴풋이 보였다. 바람의 힘으로 쓰러졌거나, 목재가 헐값이던 시절 가장 마지막에 벌채되어 얼음 위에 쌓아 두었던 것일지도 모른다. 그러나 지금은 거의 다 사라지고 볼 수가 없다.

내가 처음 월든 호수에서 노를 저었을 때만 하더라도, 호수는 빽빽이 들어선 울창하고 높은 소나무와 떡갈나무 숲으로 완전히 둘러싸여 있었고, 후미진 만에는 포도 덩굴이 물가의 모든 나무를 휘감아 올라 나무 사이사이 정자를 이루어 그 밑으로 배가 지나다닐 수 있을 정도였다. 호반을 에워싼 언덕은 매우 가파를 뿐 아니라 언덕을 뒤덮은 나무는 또 어찌나 높이 자랐는지, 서쪽 끝에서 내려다보면 마치 숲의 절경을 감상하라고 만들어 놓은 원형경기장처럼 보였다.

지금보다 젊었을 때, 나는 여름날 오후에 호수 한 가운데로 배를 저어 나가서 산들바람에 배를 맡기고 배 바닥에 길게 드러누워 몽상에 잠긴 채 몇 시간이고 떠다니곤 했다. 그러다가 배가 모래밭에 닿으면 깨어나 내 운명이 어느 호반으로 날 이끌어 왔는지 보려고 몸을 일으켰다. 당시만 해도 그런 여유로운 삶이 가장 매혹적이고 생산적인 일인 듯 느껴졌다. 따라서 하루의 가장 소중한 시간을 그런 식으로 보내고 싶어, 곧잘 오전 시간에 도망쳐 나오고 했다. 나는 부자였다. 돈은 없었지만, 햇살 좋은 시간과 여름날이 얼마든지 있었기에 원하는 대로 흥청망청 쓸 수 있었다. 작업장에서 일하거나 학생을 가르치는 데

더 많은 시간을 보내지 않은 것을 후회하지 않는다.

하지만 내가 호숫가를 떠난 이후로도, 나무꾼들은 여전히 그곳에 남아 숲의 나무를 온통 베어 버렸다. 그러니 숲에 난 오솔길을 거닐며 나무 사이로 간간이 보이는 호수의 경치를 즐기는 일은 앞으로 오랫동안 바랄 수 없게 되었다. 이제 나의 뮤즈가 침묵한다 한들 아무도 탓할 수 없을 것이다. 어찌 보금자리가 온통 쓰러진 자리에서 새들이 노래하길 기대할 수 있겠는가?

지금은 호수 밑바닥에 가라앉은 통나무도, 낡은 카누도, 주변을 둘러싸고 있던 울창한 숲도 사라져 버렸다. 마을 사람들은 호수가 어디 있는지도 제대로 모르기에 호수 물을 마시거나 그곳에서 멱을 감기보다는, 인도의 갠지스 강만큼이나 신성한 그 물에 파이프를 꽂아서 마을까지 끌어가 설거지나 하려 하지 않는가! 수도꼭지를 돌리거나 마개를 뽑는 것으로 월든을 제 것으로 삼으려 하다니! 저 악마 같은 철마의 귀를 찢어 놓을 듯한 울음소리가 마을 전역에서 들려온다. 놈의 앞발이 보일링 샘물을 흙탕물로 만들었다. 월든 호숫가의 숲을 풀 뜯듯 온통 먹어 치운 것도 바로 놈의 짓이다. 이것이야말로 돈만 밝히는 그리스인이 만들었던, 천명의 병사를 뱃속에 숨긴 트로이의 목마가 아니고 무엇이겠는가! 딥커트 마을[13]에 잠복해 있다가 이 교만한 괴물의 옆구리에 복수의 칼날을 찔러 넣을 '무어홀의 무어'[14], 이 나라의

영웅은 어디 있는가?

그럼에도 내가 알고 있는 월든의 모든 특징 중 가장 뛰어나고 가장 잘 보존되고 있는 것은, 그 순수성이다. 많은 사람이 이 호수에 비유되어 왔으나, 그런 영예를 얻을 만한 인물은 거의 없었다. 비록 벌목꾼이 호숫가 이곳저곳을 벌거숭이로 만들고, 아일랜드 사람들이 물가에 돼지우리 같은 움막을 짓고, 철로가 호수의 경계를 침범해 들어오고, 언젠가는 얼음 채취업자가 얼어붙은 호수 면까지 걷어 갔지만, 호수 그 자체는 조금도 변치 않았다. 내가 어린 시절 바라보던 그 물 그대로다. 모든 변화는 내 안에서 일어났을 뿐이다. 그토록 많은 잔물결이 일었어도 호수의 표면에는 영원히 남은 주름은 단 하나도 없다. 호수는 영원히 젊다. 과거와 마찬가지로 지금도 호숫가에 멈춰 서면, 제비가 물에 뜬 벌레를 잡아먹으려는 듯 호수에 부리를 살짝 담그는 모습을 볼 수 있을지도 모른다.

오늘 밤에도 월든 호수는 또다시 나를 감동시켰다. 나는 지난 20년 동안 거의 매일 이 호수를 바라봤음에도, 전혀 그러지 않았다는 듯 '세상에, 여기 월든 호수가 있군. 수십 년 전 내가 처음 발견했던 그 모습 그대로의 숲속 호수가 아닌가.'라고 생각했다. 지난겨울 나무들을 베어 낸 호숫가에서는 새로운 나무들이 그 어느 때보다도 기운차게 자라나고 있다. 호수 표면에서는 그때와 똑같은 사상이 샘처럼 솟아

오른다. 월든 호수는 그 자신에게는 물론 자신을 만든 창조주에게도 똑같은 기쁨이자 행복의 원천이고, 아, 내게도 마찬가지다. 월든은 교활함이라고는 모르는 어느 용감한 인간의 작품이 틀림없다! 그는 자신의 손으로 호수를 둥글게 매만지고, 생각 속에서 깊이 파고 맑게 한 후, 콩코드에 물려주라고 유언으로 남겼으리라. 호수의 얼굴을 들여다보며, 나는 그것이 나와 같은 회상에 잠겨 있음을 깨달았다. 그래서 이렇게 말할 뻔했다. "월든, 거기 자넨가?"

시 한 줄을 장식하는 것이
나의 꿈이 아니다.
월든 호숫가에 살아가는 것보다
하느님과 천국에 더 가까이 다가갈 방법은 없다.
나는 돌이 많은 호수의 호반이며,
그 위를 지나는 미풍이다.
우묵한 내 손바닥에는
호수의 물과 모래가 담겨 있다.
그리고 월든의 가장 깊은 곳에는
내 심오한 생각이 놓여 있다.

열차는 호수를 바라보기 위해 정차하는 법이 없다. 그러나 나는 기관사와 화부, 제동수, 그리고 정기 승차권을 끊어 자주 호수를 보는 승객들은 그 풍경 덕분에 더 나은 인간으로 변모해 가리라는 생각을 해본다. 기관사는 고요하고 순수한 호수의 모습을 적어도 하루에 한 번 보았다는 사실을 밤에도 잊지 않으리라. 아니 적어도 그의 본성은 잊지 않을 터다. 단 한 번 보더라도, 호수의 풍광은 스테이트 거리와 증기기관에 묻은 검댕을 씻어 내는 데 도움이 된다. 누군가 월든 호수를 '신의 물방울'이라 불러야 한다고 했던 이유가 바로 그 때문이다.

나는 앞에서 월든 호수에는 물이 들고 나는 길이 확연히 눈에 띄지 않는다고 말했다. 그러나 한편으로는 더 높은 지대에 있는 플린트 호수나 그 사이에 놓인 일련의 작은 호수들과 간접적으로 이어져 있고, 다른 한편으로는 낮은 지대에 있는 콩코드 강과도 일련의 작은 호수에 의해 직접적으로 관련돼 있다. 지금과는 다른 특정 지질 시대에 월든의 물이 그 작은 호수들을 통해 강으로 흘러들었으리라. 지금도 땅을 조금만 파면, 물론 신이 금지하겠지만, 물이 다시 그쪽으로 흘러들 것이다. 숲속의 은자처럼 금욕적이고 엄격한 삶을 살아감으로써 호수가 이처럼 경이로운 순수함을 얻게 되었다면, 상대적으로 불순한 플린트 호수의 물이 섞이고, 또 그 물이 바다의 파도 속에 섞여 그 달콤함이 사라지고 만다면 세상 누군들 안타까워하지 않을까?

샌디 호수라는 이름으로 불리기도 하는 링컨 마을의 플린트 호수는 월든 호수에서 동쪽으로 약 1.6킬로미터쯤 떨어져 있는데, 인근에서 가장 큰 내해이기도 하다. 면적은 약 24만 평으로 월든보다 크고 물고기도 훨씬 많지만, 비교적 수심이 얕고 수질도 그리 뛰어나게 맑지는 않다. 나는 이따금씩 기분 전환 삼아 숲을 통과해 그곳까지 산책하러 갔다. 제법 불어오는 바람을 얼굴에 맞으며, 춤추는 물결을 바라보면서 선원의 삶을 그려 보는 것만으로도 충분히 그럴 만한 가치가 있는 일이었다. 가을에 바람 부는 날이면 그쪽으로 밤을 주우러 가기도 했는데, 밤이 물로 떨어져 내 발치로 떠내려오곤 했다.

어느 날 나는 상쾌한 물보라를 얼굴에 맞으며 사초로 뒤덮인 그 물가를 천천히 따라 걷다가 썩어 가는 배 한 척의 잔해와 우연히 마주쳤다. 측면은 거의 사라지고 평평한 바닥의 흔적만 등심초 사이에 남아 있었다. 그러나 썩어 잎맥만 도드라지게 남은 커다란 수련 이파리처럼 배의 골격만은 확실히 남아 있었다. 따라서 바닷가에 남아 있다고 해도 상당히 인상적일 만한 난파선이었고, 훌륭한 교훈을 주기도 했다. 지금은 그저 식물에게나 유용한 부식토가 되어 물가의 흙과 구분조차 되지 않는 그 잔해를 뚫고 등심초와 부들이 돋아나 있었다.

나는 플린트 호수 북쪽 끝, 물 밑 모래 바닥에 새겨진 물결 모양의 흔적을 보며 감탄해 마지않곤 했다. 맨발로 물에 들어가 걷다 보면 그

것이 물의 압력으로 얼마나 단단히 굳어 있는지 알 수 있었다. 또한 그 자국을 따라 물결 모양을 하고 일렬종대로 줄줄이 자라 있는 등심초는 마치 물결이 심어 놓은 듯 보였다. 그곳에는 또한 곡정초처럼 보이기도 하는 가느다란 잎과 뿌리가 뭉쳐진, 공처럼 생긴 신기한 식물이 엄청나게 많았다. 직경이 약 1.5센티미터에서 10센티미터에 이르렀고, 완벽한 구체였다. 속까지 풀로 꽉 차 있기도 했고, 안에 모래가 약간 들어 있는 것도 있었다. 처음에는 조약돌처럼 물결의 작용 때문에 그런 모양이 됐다고 생각하기 쉽지만, 가장 작은 것들조차도 1.5센티미터 길이의 거친 물질로 똘똘 뭉쳐져 있다. 그리고 일 년에 단 한 계절에만 만들어진다. 게다가 내가 생각하기에 물결은 이미 어떤 형태를 갖춘 것을 마모시키는 역할을 하지, 무언가를 어떤 형태로 만들어 내는 역할은 하지 않는다. 그 뭉치들은 마른 후에도 어느 정도 기간은 그 형태를 유지한다.

플린트 호수라니! 우리의 작명 실력은 얼마나 형편없는지! 대체 무슨 권리로, 이 하늘의 물가에 농장을 일구고, 그 호반에서 자라는 나무를 무자비하게 베어 넘어뜨렸던 저 불결하고 어리석은 농부가 자신의 이름을 이 호수에 붙여 놓았다는 말인가? 그는 자신의 뻔뻔한 얼굴을 비춰 볼 수 있는 금화나 은화의 반짝이는 표면을 훨씬 좋아하고, 호수에 정착해 살아가는 야생 오리조차 침입자로 간주했던 지독한 수전노

가 아니던가. 그의 손마저도 무엇이든 움켜잡는 하피[15] 같은 오랜 습관으로 인해 갈고리처럼 굽고 딱딱하게 굳어 갈퀴 같은 발톱처럼 변해 버렸다. 그러니 어찌 이런 호수의 이름이 내 마음에 들겠는가.

내가 그곳을 찾는 이유는 그를 만나기 위해서도 그의 이야기를 듣기 위해서도 아니다. 그는 호수의 참모습을 본 적도, 그곳에서 멱을 감은 적도, 호수를 사랑한 적도, 보호한 적도, 칭찬한 적도 없으며, 그런 호수를 만들어 준 신께 감사드린 적도 없다. 그러니 오히려 그곳에서 헤엄치는 물고기, 부근에 자주 나타나는 새나 네발짐승, 호반에 서식하는 야생화, 혹은 삶 자체가 호수의 역사와 긴밀히 관련된 숲에 사는 사람이나 아이들의 이름을 호수에 붙였어야 마땅했다. 자신과 비슷한 생각을 하는 이웃 사람이나 주 의회가 부여한 토지 권리증서 외에는 호수의 소유권을 주장할 어떠한 자격도 없는 사람의 이름을 호수에 붙여서는 안 될 일이었다. 그는 호수의 금전적 가치에만 관심을 두는 인간이자 그저 나타나기만 해도 호반 전체가 저주받게 만들 인간이며, 주변의 토지를 황폐화시키고 호수 물까지도 기꺼이 고갈시키고도 남았을 인간이었다. 또한 그는 호수가 영국산 건초나 덩굴월귤을 채집할 수 있는 목초지가 아닌 것만 애석해했다. 그의 눈으로 보기에 호수에서는 그런 수확물을 거둘 수 없으니, 차라리 물을 빼서 바닥에 고인 진흙을 팔아 치우는 게 나으리라 생각했을 터다. 호수 물로는 물레

방아도 돌릴 수 없다. 호수를 바라보는 일도 그에게는 전혀 특권이 아니다.

나는 그의 노동을 존중하지 않는다. 온갖 것에 값을 매겨 놓은 그의 농장도 마찬가지다. 그는 돈만 준다면 풍경이든 신이든 모두 시장에 내다 팔 인간이다. 말하자면, 시장에서 자신의 신을 찾는 인간이다. 그의 농장에는 공짜란 없다. 밭에는 곡물이 영글지 않고, 목초지에는 꽃이 피지 않으며, 나무에는 열매가 열리지 않는다. 그가 재배하는 것은 오직 돈뿐이다. 그는 자신이 키우는 과일의 아름다움을 사랑하지 않고, 그 과일은 돈과 교환되기 전까지는 익은 것이 아니다.

내게 진정한 풍요를 즐길 수 있는 가난을 달라. 내게 있어 농부란 가난한 만큼 존중할 만하고 흥미로운 존재다. 모범이 되는 농장이라! 그곳에는 집들이 퇴비 더미 속의 버섯처럼 서 있고, 인간의 방이든 마구간이든 외양간이든 돼지우리든 할 것 없이, 깨끗하든 더럽든 상관없이, 모두 한데 붙어 있다. 인간도 함께 사육된다! 퇴비와 버터밀크 냄새가 코를 찌르는 거대한 기름얼룩! 인간의 심장과 뇌를 거름 삼아 고도의 경작이 이루어지는 곳! 교회 묘지에서 감자를 재배하는 것과 무슨 차이가 있겠는가! 이것이 바로 모범이 되는 농장의 실체다.

아니, 안 된다. 풍경 중에서도 가장 아름다운 곳에 인간의 이름을 따다 붙이려면, 부디 기품 있고, 그럴 만한 가치가 있는 사람의 이름을

붙이자. 우리 마을의 호수에도 "여전히 그 해안에는 용감한 함성이 메아리친다."[16]고 전해지는 이카로스 해처럼 진실한 이름이 붙을 수 있도록 하자.

자그마한 구스 호수는 월든 호수에서 플린트 호수로 가는 길목에 있다. 콩코드 강이 넓어지는 부분인 페어헤이븐 만은 남서쪽으로 약 1.6킬로미터 떨어져 있고, 면적은 8만 5천 평이 넘는다. 화이트 호수는 면적은 5만 평이 좀 못 되는 면적에, 페이헤이븐에서 약 2.5킬로미터쯤 더 가면 있다. 이상이 내가 사는 지역에 있는 호수다. 콩코드 강은 물론이고 이 모든 호수의 물을 나는 얼마든지 마음껏 이용할 수 있다. 밤낮 가리지 않고, 매년 이들은 내가 가져가는 곡물을 찧어 준다.

나무꾼과 철도, 그리고 나 자신마저도 월든 호수의 신성함을 더럽혔기에, 이제 부근에서 가장 아름답다고는 할 수 없어도 그나마 가장 매력적인 숲의 보석이라 할 만한 호수는 바로 화이트 호수다. 물이 유난히도 맑아서인지, 아니면 모래의 색깔 때문에 붙은 이름인지는 모르겠지만, 너무 평범해서 별로 좋은 이름은 아니다. 하지만 화이트 호수는 물의 맑기뿐 아니라 여러 다른 측면에서도 월든 호수의 작은 쌍둥이라 할 만하다.

둘은 어찌나 비슷한지 땅 밑으로는 연결돼 있는 게 아닐까 싶을 정

든다. 호반에 깔린 돌은 물론이고 물색도 똑같다. 찌는 듯한 삼복더위에 월든 호수처럼 깊지는 않지만 바닥으로부터 반사되어 희미한 색조를 띠는 만의 물을 숲을 통해 바라보면, 화이트 호수의 물도 흐린 청록이나 황록색으로 비친다. 처음 사포를 만들기 위해 여러 수레분의 모래를 채집하고자 그곳에 찾아갔던 이후로, 나는 지금까지도 꾸준히 찾아간다. 화이트 호수를 자주 찾는 어떤 사람은 그곳을 비리드[17] 호수로 부르자고 제안했는데, 나는 옐로파인[18] 호수라 불러도 좋겠다는 생각을 했다.

대략 15년쯤 전만 해도 호수의 가장자리에서 중심 쪽으로 수십 미터쯤 떨어진 깊은 곳에, 아직 하나의 종으로 분류되지는 않고 그저 옐로파인이라고 불리던 리기다소나무의 맨 위쪽이 물 위로 나와 있는 모습을 볼 수 있었다. 그것을 보고 어떤 사람은 지면이 꺼지면서 이 호수가 생겨났고, 그 소나무는 예전에 있던 원시림의 일부일지도 모른다고 생각했다. 상당히 오래전인 1792년 콩코드의 한 시민이 '매사추세츠 역사학회 학회지'에 발표한 〈콩코드 시의 지형 설명(Topographical Description of the Town of Concord)〉이라는 논문에는 월든 호수와 화이트 호수에 대해 언급하고는 이렇게 덧붙여 놓은 글이 있다. "수위가 낮아지면 화이트 호수의 한 가운데서 나무 한 그루가 모습을 드러낸다. 그것은 마치 그 자리에서 자라고 있는 듯 보이지만,

사실 그 뿌리는 수면에서 15미터 아래쪽 바닥에 박혀 있다. 나무의 꼭대기는 잘려 나갔고, 잘린 곳의 직경은 35센티미터쯤 된다."

1849년 봄 나는 서드베리 마을에서 화이트 호수와 가까이 사는 남자와 이야기를 나눈 일이 있었다. 그는 자신이 10여 년 전 그 나무를 호수에서 끌어낸 장본인이라고 털어놓았다. 그는 나무가 호수 가장자리에서 60~75미터쯤 떨어진 물속에 서 있었고, 수심이 9~12미터쯤 됐다고 기억했다. 겨울이었는데, 그는 아침나절 호수에서 얼음을 자르다가 오후에 마을 사람의 도움을 얻어 그 고송을 끌어내야겠다고 마음먹었다. 그래서 나무에서 호숫가까지 톱으로 얼음을 잘라 길을 내고, 황소를 이용해 나무를 끌어올려서 얼음 위로 꺼냈다.

그런데 일을 시작한 지 얼마 되지 않아서, 그는 나무가 거꾸로 박혀 있었다는 사실을 발견하고 깜짝 놀랐다. 나뭇가지는 온통 아래를 가리키고 있었고 좁아지는 나무 끝부분이 모래 바닥에 단단히 박혀 있었던 것이다. 가장 굵은 끝부분의 지름이 30센티미터쯤 되었기에, 그는 좋은 통나무를 얻을 수 있겠다고 기대했는데, 너무 썩어서 땔감으로나 쓸 수 있을 정도였다. 나와 얘기를 나누던 당시에도 헛간에 그 땔감의 일부가 남아 있었는데, 굵은 밑동 부분에는 도끼 자국과 딱따구리가 쪼아 놓은 자국도 보였다. 그는 그것이 호숫가에 서 있을 때 이미 죽어 있다가, 불어오는 바람에 호수 쪽으로 쓰러졌으리라 추측

했다. 그래서 나무의 윗부분은 물에 잠겨 습기가 배고, 아직 아래쪽은 말라서 가벼울 때 떠내려가 호수에 거꾸로 박히게 되었으리라는 것이다. 그의 부친은 연세가 여든이었는데, 호수에 그 나무가 없었던 시절을 떠올리지 못했다. 호수 바닥에는 아직도 꽤 굵은 통나무 몇 개가 누워 있었고, 수면이 요동칠 때면 마치 커다란 물뱀이 꿈틀거리는 듯 보였다.

화이트 호수에는 배를 띄우는 사람이 거의 없었다. 낚시꾼을 유혹할 만한 물고기가 많지 않기 때문이다. 진흙이 있어야 자라는 하얀 수련이나 평범한 창포 대신 붓꽃(학명은 이리스 베르시콜로르[Iris versicolor])이 호수의 맑은 물속 자갈밭에서 성기게 피어올라 있었다. 6월이면 거기에 벌새가 찾아왔고, 붓꽃의 푸르스름한 꽃과 잎사귀뿐 아니라 물에 비친 그 모습이 연한 청록빛 물색과 더할 나위 없는 조화를 이루었다.

화이트 호수와 월든 호수는 지표면에 놓인 거대한 수정이고, 빛의 호수다. 만약 이들이 영원히 응결되어 손으로 움켜잡을 수 있을 만큼 작아졌다면, 사람들은 노예를 동원해 호수를 운반해 가서 소중한 보석처럼 황제의 머리를 장식하는 데 이용했으리라. 그러나 호수가 액체이고 너무도 큰 까닭에 우리와 우리 후손의 품에 영원히 남을 수 있었다. 그 때문인지 우리는 이들을 경시하고 코이누르 다이아몬드[19]만

기를 쓰고 찾아다닌다.

이들 호수는 값을 따지기에는 너무나도 순수하다. 불순한 것이란 전혀 섞여 있지 않다. 우리의 삶에 비해 얼마나 더 아름다우며, 우리의 성정보다 또 얼마나 더 투명한가! 우리는 이들의 천박함을 본 적이 없다. 오리들이 헤엄쳐 다니는 농부의 집 앞 웅덩이에 비해 그 얼마나 아름다운가! 호수에는 청결한 야생 오리가 찾아든다. 인간은 자연을 거주지 삼아 살면서도 그 고마움을 모른다. 날개를 달고 노래 부르며 다니는 새들은 꽃과 조화를 이루지만, 자연이 주는 야생의 풍요로움과 하나가 되려는 젊은이들이 있기는 할까? 자연은 인간이 사는 마을에서 멀리 떨어져 늘 홀로 그 빛을 발한다.[20] 천국을 이야기하는 자! 땅을 욕되게 할지니.

베이커 농장

가끔 나는 소나무 숲을 천천히 거닐었다. 숲은 마치 사원처럼 서 있었고, 가지가 흔들릴 때마다 빛을 받아 물결처럼 반짝이는 모습은 장비를 완전히 갖추고 바다에 떠 있는 함대처럼 보였다. 그것은 무척이나 부드럽고 푸르며 그늘까지 드리우기에 드루이드들[21]도 떡갈나무를 저버리고 숲의 소나무 앞에서 의식을 거행하고 싶어 했을 것이다. 나는 플린트 호수 너머의 삼나무 숲으로 가기도 했는데, 하얀 과분이 묻어나는 블루베리 열매로 뒤덮인 채 하늘 높이 솟아 있는 그곳의 나무는 발할라 신전[22] 앞에 서 있어도 손색이 없을 듯했고, 가지를 축 늘어뜨린 향나무는 열매가 주렁주렁 달린 화환으로 지면을 덮고 있었다.

어떤 날은 습지 쪽으로 갔다. 소나무 겨우살이 지의류[23]가 꽃줄 장

식처럼 가문비나무에 늘어져 있고, 늪에 사는 신들의 원탁 같은 독버섯이 지면을 뒤덮었으며, 그보다 더 아름다운 버섯류는 나비나 조개 모양으로 나무 그루터기를 장식했는데 그 모습이 마치 해초를 먹고사는 경단고둥 같았다. 늪에는 야생 진달래와 층층나무도 자라고 있었고, 오리나무의 붉은 열매는 도깨비의 눈동자처럼 빛을 발했다. 노박덩굴은 아무리 단단한 나무라도 일단 타고 오르기 시작하면 홈을 내서 부숴 버린다. 야생 호랑가시나무 열매는 어찌나 예쁜지 집 생각도 잊게 할 만큼 보는 이의 눈을 홀린다. 그 외에도 우리는 인간이 맛보기에는 매우 아름다운, 이름조차 알 수 없는 무수히 많은 금단의 야생 열매에 눈이 멀고 유혹당한다.

나는 학자들을 찾아가는 대신, 이 근방에서는 잘 찾아볼 수 없는 특이한 종류의 나무를 자주 찾아다녔다. 그런 나무는 너른 목초지 한복판이나 숲, 늪지 깊숙한 곳, 산꼭대기 같은 곳에 서 있었다. 예를 들어, 굵기가 직경 60센티미터쯤 되는 잘생긴 검은 자작나무가 있었고, 그 사촌 격으로 넉넉한 황금색 조끼를 입고 검은 자작나무처럼 향기로운 냄새를 풍기는 노란 자작나무도 있었다. 너도밤나무는 깔끔한 줄기에 이끼가 아름답게 피어올라 어느 모로 보나 완벽했다. 여기저기 몇 그루씩 흩어져 있는 것을 제외하면, 내가 알기로는 어느 정도 크게 자란 너도밤나무 숲은 마을에 한 군데밖에 없었다. 들리는 소문에 의하면

예전에 사람들이 산비둘기를 잡으려고 근처 너도밤나무 열매를 던졌는데, 그 덕분에 밤나무 열매가 뿌리를 내려 숲이 만들어졌다고 한다. 나무를 쪼갤 때 번쩍이는 은빛 나뭇결도 참으로 볼만하다. 참피나무와 서어나무도 있다. 자작나무처럼 보이는 팽나무(학명은 켈시스 옥시덴탈리스)도 있는데, 잘 자란 것은 한 그루뿐이다. 또한 돛대처럼 높은 소나무가 몇 그루, 지붕널나무 한 그루, 드물게 잘 자라 완벽한 솔송나무가 한 그루씩 숲 한가운데 마치 탑처럼 우뚝 솟아 있다. 그 밖에도 언급하자면 끝이 없다. 이 나무들 모두가 여름, 겨울에 상관없이 내가 늘 찾아가는 신전이었다.

언젠가 나는 우연히 활처럼 휜 무지개의 끝에 서 있었다. 무지개는 대기의 낮은 층을 가득 채워 주변의 잔디와 나뭇잎을 물들였다. 나는 형형색색의 수정을 통해 세상을 바라보듯 황홀한 기분을 느꼈다. 세상이 무지갯빛 호수였고, 나는 그 속에서 잠시나마 돌고래처럼 헤엄쳐 다녔다. 그것이 조금만 더 오래 지속됐더라면, 나의 일과 삶까지도 무지갯빛으로 물들었을 터다.

철로 옆 둑길을 따라 걸을 때면, 나는 내 그림자 주위에 후광이 어른대는 것이 의아했고, 혹시 내가 선택받은 자 중의 하나가 아닐까 상상해 보기도 했다. 나를 방문했던 어떤 남자는 자기 앞에 걸어가는 아일랜드 사람의 그림자에는 후광 같은 것은 없었다면서, 그것이 이 땅

에서 태어난 사람들만의 특징이라고 주장하기도 했다. 벤베누토 첼리니[24]는 자신의 회고록을 통해, 성 안젤로 성에 감금되어 지내는 동안 악몽인지 환영인지 모를 끔찍한 것을 본 이후로는, 이탈리아에 있든 프랑스에 있든 아침저녁으로 자신의 머리 그림자 주위로 찬란한 빛이 나타났는데, 이슬에 젖은 풀밭 위에서 특히 두드러졌다고 한다. 그것은 내가 앞서 언급한 현상과 같은 것이라는 생각이 드는데, 내 경우도 역시 아침나절에 특히 뚜렷했지만 다른 시간대에도, 심지어는 달빛에서도 그런 현상이 나타났다. 사실 이는 매우 흔한 현상이다. 그럼에도 사람들이 잘 알아채지 못하기에, 첼리니처럼 상상력이 풍부한 사람은 자칫 미신으로 발전시킬 여지가 충분하다. 게다가 그는 자신의 후광을 극소수의 사람에게만 보여 주었다고 털어놓는다. 그렇지만 자신이 조금이라도 주목받고 있음을 의식하는 이는 어찌됐든 특별한 사람이 아닐까?

어느 날 오후, 나는 채소만으로는 부족한 영양을 보충하고자 숲을 통과해 페어헤이븐으로 낚시를 갔다. 도중에 베이커 농장에 딸린 플레전트 초원[25]을 통과해 갔는데, 어찌나 한적하던지 한 시인[26]은 이렇게 노래했다.

"그대의 문은 유쾌한 초원,

이끼 낀 과일 나무가 들판의 일부를
기운찬 개울물에 양보하고,
활강하듯 달려가는 사향쥐와
팔팔한 송어가
개울물에 뛰어노는구나."

나는 월든에 자리 잡기 전에 그곳에서 살아 볼까 생각했었다. 어쨌든 그날은 사과를 '서리'하고 개울을 건너뛰어 사향쥐와 송어를 놀래며 걸어갔다. 출발했을 때 이미 하루가 반쯤 지나 있었지만, 우리네 삶이 대체로 그러하듯 여전히 많은 일이 일어날 수 있는, 영원히 계속될 듯 유난히 길게 느껴지는 그런 오후였다.

가는 길에 소나기를 만나서, 나는 어쩔 수 없이 가지가 층층이 겹쳐 있는 소나무 밑에서 머리에 손수건을 뒤집어쓰고 반 시간 가까이 비를 피했다. 마침내 낚시터에 도착해서 물이 허리까지 차오르는 물옥잠 너머로 낚싯줄을 던졌을 때, 나는 불현듯 내가 구름의 시커먼 그림자 속에 서 있는 것을 깨달았다. 곧 천둥소리가 엄청나게 울렸다. 그저 황망히 듣고 서 있을 수밖에 없었다. 무기 하나 들고 있지 않은 불쌍한 낚시꾼을 쳐부수겠다고 날카로운 번개 창을 내리꽂아 대다니, 신들도 참 어지간히 자랑스럽겠다는 생각이 들었다. 나는 서둘러 가장

가까이 있는 오두막으로 피신했다. 800미터쯤 가야 했지만 호수에서는 매우 가까웠고, 오랫동안 빈집으로 남아 있던 곳이었다.

"그리고 이곳에 시인이 집을 지었다네.
아주 오래전에
보라 허물어져 가는
이 초라한 오두막을."

그런데 안에 들어가니, 존 필드라는 아일랜드 인이 아내와 아이들과 함께 살고 있었다. 얼굴이 큼직한 사내아이는 아버지의 일을 돕다가 마침 비를 피해 습지에서 나와 아버지와 함께 집으로 뛰어 들어온 참이었다. 집에는 쪼글쪼글한 얼굴에 머리는 무녀처럼 원뿔형인 갓난아기도 있었다. 왕의 궁궐에라도 앉은 듯 아버지의 무릎 위에 앉아 있었는데, 습기와 굶주림이 배어 있는 집 안에서 마치 갓난아기의 특권이라는 듯 호기심 어린 눈초리로 낯선 손님을 빤히 올려다봤다. 그러나 실은 자신이 존 필드의 굶주린 어린 자식이 아니라, 어느 귀족의 후손으로 세상의 희망이며 주목받는 대상이라는 사실까지는 알지 못하는 듯했다.

밖에 소나기가 퍼붓고 천둥이 내리치는 동안, 우리는 그나마 비가

적게 새는 지붕 밑에 함께 앉아 있었다. 오래전, 이 가족을 미국으로 실어 온 배가 건조되기도 전에, 나는 그 자리에 여러 번 앉아 있던 적이 있다. 존 필드는 정직하고 성실했지만 주변머리라고는 없는 가장이었다. 그의 아내 역시 높은 화로 한 구석에서 참으로 꿋꿋하게 하루하루 먹을거리를 만들어 내느라 애쓸 뿐이었다. 둥글고 번들거리는 얼굴에 한쪽 가슴을 드러내 놓고 있었지만, 그래도 언젠가는 살림이 좀 나아지겠거니 생각하고 있었다. 한 손에는 늘 걸레를 들고 있었으나 집 안 어디에도 그 효과는 보이지 않았다. 닭들도 비를 피해 오두막 안으로 들어와서는 마치 제집처럼 돌아다녔다. 그러다 보니 너무 인간화되어서 요리를 해도 그 맛이 안 날 듯한 생각이 들었다. 녀석들은 가만히 서서 내 눈을 들여다보거나 뭔가 중요한 것이라도 된다는 듯 내 신발을 쪼아 댔다.

그동안 집주인은 내게 인생사를 털어놓았다. 자신이 이웃의 한 농부를 위해 얼마나 힘들게 '수렁에 빠져' 일하는지 말이다. 그는 삽과 늪지대용 곡괭이를 써서 초원을 뒤집어 농지로 개간하는 데 1,200평당 10달러를 받기로 했으며, 1년 동안 거름을 써서 경작할 수 있는 권리도 얻었다고 했다. 얼굴이 넓적한 그의 어린 아들은 아버지가 얼마나 형편없는 조건으로 계약을 맺었는지도 모른 채, 그저 옆에서 신이나 일을 해 왔으리라.

나는 나름의 경험한 바를 통해 그에게 도움을 주고자 다음과 같은 얘기를 들려주었다. 우선 당신은 내 집에서 가장 가까이 사는 이웃 중 하나다. 언뜻 보기에는 내가 그곳에 낚시나 하러 온 할 일 없는 놈팡이처럼 비칠 테지만, 실은 나도 댁과 마찬가지로 혼자 힘으로 먹고산다. 내가 사는 집은 아담하고 밝고 깨끗한데, 그것은 댁이 사는 폐허만도 못한 오두막의 1년 집세나 거의 비슷한 비용만 들여 지은 것이다. 그러니 댁도 원하기만 한다면, 한두 달 내에 자신만의 궁전을 지을 수 있다.

나는 차나 커피, 우유 등도 마시지 않고, 버터나 신선한 육류도 먹지 않기에 그런 것을 얻고자 일할 필요가 없다. 일을 많이 하지 않으니 많이 먹을 필요도 없고, 결과적으로 음식을 장만하는 데 많은 돈이 들지 않는다. 그러나 댁은 차, 커피, 버터, 우유, 소고기 등을 기본적으로 먹어야 하니, 그것을 얻기 위해 힘들게 일해야 하고, 일을 많이 하면 소모된 체력을 보충해야 하니 당연히 많이 먹어야 할 게 아닌가. 그러니 살림이 늘 거기서 거기인 게다. 아니, 늘 만족하지 못하는 데다 삶까지 허비하고 있으니, 갈수록 더 나빠지기만 할 수밖에 없다.

하지만 댁은 미국에서는 차와 커피와 고기를 매일 구할 수 있기 때문에, 미국으로 건너온 것 자체는 잘한 일이라 생각한다. 그러나 미국이 참다운 국가가 되려면 그런 것 없이도 얼마든지 살아갈 수 있는 삶

의 방식을 자유롭게 추구할 수 있게 해 주어야 한다. 또한 그러한 물품을 소비함으로써 직간접적으로 파생되는 결과라 할 수 있는 과다한 비용이나 노예제도, 또는 전쟁 등을 국민이 지지하거나 그 비용을 부담하도록 강요하지도 말아야 한다.

나는 일부러 철학자나, 철학자가 되고자 하는 사람을 상대하듯 그에게 이야기했다. 지상의 모든 초원이 야생의 상태로 남겨진다 하더라도, 그것이 인간이 스스로를 구원하고자 하는 시도의 결과라면 나는 얼마든지 기뻐할 것이다. 자신의 교양을 갈고닦는 데 무엇이 가장 좋을지 알아내기 위해 반드시 역사를 공부할 필요는 없다. 그러나 안타깝게도, 아일랜드 사람의 교양을 닦으려면 괭이로 습지를 갈아엎듯이 정신의 습지를 개간할 괭이가 필요하다.

나는 그에게 이렇게 말해 주었다. 습지 개간 작업을 하려면 두툼한 장화와 질긴 작업복이 필요하지만, 그마저도 곧 더러워지고 닳아 없어져 버리지 않는가. 그러나 나는 보기에는 신사처럼 옷을 입고 있지만(어쨌거나 실제로는 전혀 그렇지 않다.) 가벼운 구두와 얇은 옷이기에 비용은 그가 입은 옷의 절반 정도다. 그리고 내가 원하기만 하면 별 힘도 들이지 않고 오히려 기분 전환 삼아 한두 시간 정도 할애하여 이틀간 먹기에 충분한 고기를 잡을 수도 있고, 한 주를 넉넉히 지낼 만한 돈을 벌 수도 있다. 만약 그와 그의 가족도 소박하게 살아간다면,

여름에 온 가족이 재미 삼아 월귤을 따러 다닐 수도 있을 터다.

내 말에 존은 한숨을 내쉬었고, 그의 아내는 허리춤에 양손을 짚고 나를 빤히 바라봤다. 자신들에게 그런 생활을 시작해 볼 만한 금전적인 여력이 있는지, 또 시작한다 하더라도 계속 그 방식을 유지해 나갈 만큼 비용을 꼼꼼히 따질 산술적인 능력은 되는지 고민해 보는 듯했다. 하지만 아무리 생각해 봐야 그들에게는 추측항법으로 배를 모는 일이나 같았을 테니, 어떻게 항구에 도착해야 할지 알 길이 없었을 터다. 그러니 내 생각에 그들은 지금도 여전히 자신들의 방식대로 용감히 삶에 뛰어들어 역경과 마주보며 필사적으로 헤쳐 나가고 있을 것이다. 인생이라는 거대한 기둥에 말쑥한 쐐기를 박아 보기 좋게 쩍 갈라놓을 기술이나, 세세한 부분을 해결해 나갈 기술이 없으니, 삶이란 그저 엉겅퀴 다루듯 대충 살아가면 되는 것이라고 생각할 것이다.

하지만 그들은 엄청나게 불리한 여건에서 싸움을 하고 있다. 안타깝게도, 존 필드는 아무런 산술 능력 없이 삶을 살아가기 때문에 어찌됐든 실패할 수밖에 없다.[27]

"낚시는 해 봤나요?" 내가 물었다.

"아, 그럼요. 일이 없는 날은 가끔 나가서 한 끼 먹을 정도는 잡아 옵니다. 농어가 실하거든요."

"미끼로는 뭘 써요?"

"먼저 지렁이로 피라미를 잡고, 피라미를 미끼로 농어를 잡아요."

"여보, 지금 나가서 잡아 오면 좋겠네요."

그의 아내가 눈을 반짝이며 기대에 찬 표정으로 말했지만, 존은 난색을 표했다.

이제 비도 그치고 동쪽 숲 위로 생겨난 무지개가 맑은 저녁을 약속했다. 그래서 나는 자리에서 일어났다. 밖으로 나왔을 때는 우물 바닥을 비춰 보는 것으로 집 주변 조사를 끝내고 싶은 마음에 접시 하나를 빌려 달라고 청했다. 그런데 이를 어쩌나! 우물은 얕고 모래도 보였으며, 밧줄이 끊어져 두레박을 끌어 올릴 수도 없었다.

그러는 동안 적절한 그릇이 선택되었고, 안주인이 물을 끓이고 있는 듯했다. 한참의 의논과 오랜 지체를 거친 후 목마른 나그네에게 물이 건네졌다. 채 식지도 않고, 모래도 가라앉지 않은 물이었다. 이들은 죽 같은 걸쭉한 물로 생명을 지탱해 나가는 모양이었다. 나는 눈을 질끈 감고, 솜씨 좋게 그릇을 흔들어 티끌을 아래쪽으로 모으면서 물을 마셨다. 주인장의 진정한 환대에 호응하면서 최대한 성실하게 물을 마셨다. 예의를 차려야 할 경우, 나는 그다지 까다롭게 굴지 않는다.

비가 그친 후 나는 아일랜드 사람의 집을 떠나 다시 호수로 발걸음을 옮겼다. 그러나 강꼬치고기를 잡으려고 인가에서 멀리 떨어진 초원과 수렁, 진흙 구덩이를 뚫고 쓸쓸하고 황량한 장소를 서둘러 헤쳐

가는 내 모습을 보고 있자니 대학까지 나온 사람치고는 너무나도 하찮게 사는 것이 아닌가라는 생각이 들었다. 허나 무지개를 어깨 너머에 걸치고 점차 붉어지는 서쪽을 향해 언덕을 뛰어 내려가는 동안, 어디서 울려오는지는 알 수 없으나 청명한 공기를 뚫고 희미한 방울 소리가 귓가에 스며 오는 것을 듣고 있자니, 나를 지켜 주는 수호신이 이렇게 말하는 듯했다.

멀리 너른 곳으로 매일 낚시와 사냥을 나가거라. 더 멀고 더 너른 곳으로. 그리고 개울가든 화롯가든 두려워하지 말고 편히 쉴지니. 젊었을 때 그대의 창조주를 기억하라. 새벽이 오기 전에 근심에서 벗어나 모험을 찾아 떠나라. 낮에는 날마다 다른 호숫가에 머물고, 밤이면 어디가 됐든 집을 삼아 쉬어라. 이곳보다 더 넓은 평원은 없고, 여기서 즐길 수 있는 놀이보다 더 가치 있는 것은 없다. 결코 영국산 건초가 되지는 않을, 저기 자라는 사초와 고사리처럼 그대의 천성에 따라 마음껏 자라나라. 천둥이 울리도록 하자. 그것이 농부의 작물을 망친들 어쩌랴. 그대가 상관할 바는 아니지 않는가. 남들이 수레와 헛간으로 피한다 해도, 그대는 구름 밑에서 은신처를 찾거라. 돈 버는 것을 업으로 삼지 말고 놀이로 삼거라. 땅을 즐기되 소유하지는 말라. 사람은 진취성과 신념이 부족해서 자신이 속한 곳에서 벗어나지 못한 채, 사고팔고 농노처럼 삶을 소모하는 것이다.

"아, 베이커 농장이여!

그곳의 풍경에서 가장 풍요로운 요소는
순수하게 비추는 약간의 햇빛이다.

울타리가 쳐진 그대의 초원에서는
어느 누구도 흥겨이 뛰놀지 않는다.
난처한 질문을 하는 이가 없으니
그대는 누구와도 논쟁하지 않는다.
소박한 갈색 옷을 걸친 그대는
처음에도 지금처럼 온순하지 않았던가.

오라, 사람을 사랑하는 자여,
사람을 미워하는 자여,
성스러운 비둘기의 자녀도
반역자 가이 포크스도
그리고 모든 음모까지도 교수형에 처하라.
튼튼한 나무 서까래에 매달아라!"

사람들은 밤이 되면 어김없이 집으로 돌아온다. 그러나 집 안에서 내는 소리도 다 들릴 정도의 가까운 거리에 있는 들판이나 길에서 오는 것에 불과하다. 따라서 자신이 내뱉은 숨을 다시 들이마시며 점차 수척해져 간다. 차라리 아침저녁으로 길어지는 그들의 그림자가 매일 그들이 움직여 다니는 거리보다 더 멀리까지 뻗어 나간다. 우리는 먼 곳에서 돌아와야 한다. 모험과 위험을 겪은 후, 매일 어떤 발견을 통해 새로운 경험을 하고 새로운 인간이 되어 돌아와야 한다.

내가 호수에 도착해 보니, 존 필드가 먼저 도착해 있었다. 원래는 해가 지기 전까지 습지 파헤치는 일을 하려고 했으나, 뭔가 새삼스러운 충동이 들었는지 마음을 바꿨던 것이다. 그러나 내가 물고기를 꽤 여러 마리 잡아 올리는 동안에 그 가여운 사람은 고기 두 마리를 놀라게 했을 뿐이다. 그가 자기의 운은 거기까지가 다인 것 같다고 한탄하기에, 우리는 배 안의 자리를 바꾸어 앉았다. 그랬더니 운도 함께 자리를 바꾸지 뭔가.

가여운 존 필드!(나는 그가 이 책을 읽는 일은 없으리라 확신한다. 물론 읽는다면 도움을 받을 텐데.) 그는 피라미로 농어를 잡으려 하고 있었다. 미국이라는 이 원시적이고도 젊은 나라에서, 늙은 나라의 방식을 그대로 고수하려 하는 것이다. 때로는 그것도 좋은 미끼가 된다는 건 나도 안다. 그에게도 나름의 지평이 있음도 안다. 하지만 그는 여전히 가

난하다. 태어나길 가난하게 태어나기도 했다. 대대손손 물려받은 아일랜드식의 가난이나 가난한 삶, 또는 아담의 할머니 시절부터 이어져 내려온 수렁에서 허우적대는 생활 방식으로는 그도 그의 자손도 세상의 역경을 물리치고 일어설 수 없다. 늪 위를 걷는 물갈퀴 달린 발에 헤르메스의 날개 달린 샌들을 신을 날이 온다면야 모를까.

더 높은 법칙

잡은 고기를 줄에 꿰어 들고 낚싯대를 끌면서 숲을 통과해 집에 도착했을 때쯤에는 날이 꽤 어두워져 있었다. 그때 우드척 한 마리가 살금살금 앞을 가로질러 가는 모습이 보였고, 나는 갑자기 야만적인 기쁨이 주는 묘한 전율을 느꼈다. 녀석을 잡아 날로 먹어 치우고 싶은 강한 충동에 사로잡혔다. 딱히 배가 고팠던 것은 아니다. 단지 우드척이 상징하는 야생성에 굶주렸던 탓이다. 호숫가에 사는 동안, 나는 한두 번 정도 묘한 자포자기의 심정을 느끼며, 행여 뜯어 먹을 사냥감이라도 찾을 수 있지 않을까 싶어 반쯤 굶주린 사냥개처럼 숲속을 헤맨 적이 있다. 그때는 그런 생각이 전혀 야만적으로 느껴지지 않았다. 이미 나는 그 어떤 야생의 장면과도 설명이 불가할 정도로 친숙해져 있

었기 때문이다.

그때나 지금이나, 대부분의 사람과 마찬가지로, 나는 더 높은 곳을 향하려는 본능, 다시 말해 정신적인 삶을 살아가고자 하는 본능과, 원시적이고 야만적인 삶을 갈망하는 본능을 내 안에서 동시에 느끼며 살아간다. 그리고 그 둘 다에 경의를 표한다. 나는 선함 못지않게 야생성도 사랑한다. 낚시에는 야생성과 모험의 요소가 둘 다 들어 있기에, 나는 여전히 그것에 끌린다. 가끔씩 나는 인간다운 일상을 접어 두고 좀 더 동물 친화적인 방식으로 하루를 살아가기도 한다. 어쩌면 어릴 때부터 낚시나 사냥을 다닌 덕에 자연과 특히 친밀해져 그런지도 모르겠다. 낚시와 사냥은 그 나이 또래 아이들이 좀처럼 접하기 힘든 풍경을 만나게 해 주고, 그 속에 머물 수 있도록 해 주기 때문이다.

어부, 사냥꾼, 나무꾼, 그 외에도 들판이나 숲에서 삶을 살아가는 사람은 어떤 면에서 보자면 그들 자신이 자연의 일부라 할 수 있다. 따라서 어떤 기대감을 품고 자연에 접근하는 철학자나 시인들보다 훨씬 호의적인 태도로 자연을 대한다. 일손을 놓고 쉬는 동안에도 마찬가지다. 대초원을 여행하는 사람은 자연스럽게 사냥꾼이 되고, 미주리 강이나 컬럼비아 강 상류에서는 덫을 놓는 사냥꾼이 되며, 세인트메리 폭포에서는 낚시꾼이 된다. 단지 여행객에 지나지 않는 자는 세상을 간접적으로 절반밖에 배우지 못하기에, 자연을 속속들이 아는

권위자는 될 수 없다. 따라서 자연을 벗 삼아 살아가는 사람들이 실제 경험을 통해, 혹은 본능적으로 이미 파악하고 있는 사실을 과학이 보고할 때, 사람들은 매우 큰 관심을 보인다. 그런 과학이야말로 진정 '인도주의적'인 학문이자, 인간의 경험을 설명하는 것이기 때문이다.

많은 사람이 미국인은 즐길 줄을 모른다고 주장한다. 미국에는 공휴일도 많지 않고, 어른이나 아이나 미국 남자들은 영국 사람들과는 달리 놀이를 즐기지 않는다는 것이다. 그러나 그것은 미국 사람이 낚시나 사냥 같은, 훨씬 원시적이면서 홀로 즐길 수 있는 놀이의 즐거움을 포기하지 않으려 하는 탓이 크다. 나와 동시대를 살아온 뉴잉글랜드 소년들은 열 살에서 열네 살 사이에 이미 엽총을 어깨에 둘러맨다. 게다가 사냥터나 낚시터도 영국 귀족의 사유지 사냥터처럼 구역이 한정돼 있지 않고, 원시인의 수렵지보다도 더 넓게 펼쳐져 있었다. 그러니 아이들이 마을 공터에 별로 모습을 드러내지 않았던 것도 이상한 일이 아니다. 그러나 이미 변화의 조짐이 나타나고 있다. 인도주의가 널리 퍼지고 있기 때문이 아니라, 사냥감이 점차 적어져서다. 그러니 결과만 놓고 본다면, 사냥꾼이 사냥되는 동물의 가장 친한 친구라 할 만하다. 물론 동물보호단체까지 포함시킨 것이다.

호숫가에서 살던 시절, 가끔 식단에 변화를 주고 싶을 때면 나는 생선을 떠올렸다. 그래서 정말로 인류 최초의 어부들과 같은 목적으로

필요에 의해 고기를 낚았다. 낚시에 반대하는 여러 인도주의적인 의견이 있기는 하다. 하지만 그런 것을 떠올려 본대야 지금 상황에서는 그저 위선에 다름 아닐 테고, 내가 낚시를 하는 이유도 감정보다는 철학과 관련된 면이 크기에, 지금은 오직 낚시에 관해서만 이야기하겠다. 사냥에 관해서는 오랫동안 다른 생각을 품어 왔다. 총도 숲에 들어오기 전에 팔아 치웠다. 내가 낚시를 하는 까닭은 다른 사람보다 비인간적이라서가 아니라, 단지 물고기를 잡을 때는 그다지 감정적으로 크게 영향받지 않기 때문이다. 즉, 물고기나 곤충은 별로 가여운 생각이 들지 않는다. 그저 나만의 습관이다.

사냥에 관해서 좀 더 얘기해 보자면, 총을 가지고 다니던 마지막 몇 년 동안 나는 조류학 연구를 핑계 삼아 새롭고 진귀한 새의 종류만을 찾아다녔다. 그러나 고백하건대, 지금은 사냥보다 훨씬 뛰어난 조류학 연구 방법이 있다는 사실을 안다. 바로 새의 습성을 주의 깊게 관찰하는 것이다. 그러니 오직 그 이유만으로 사냥을 했던 나는 기꺼이 총을 없앨 수 있었다.

그러나 많은 이가 인도적인 관점에서 사냥을 반대함에도, 나는 사냥을 대체할 만큼 가치 있는 스포츠가 또 있을까 싶기는 하다. 그래서 몇몇 친구가 자신의 아들에게 사냥을 하게 해도 좋을지 걱정스럽게 물어 오면, 나는 괜찮다고, 꼭 사냥을 하게 하라고 대답한다. 사냥

이 내가 받은 최고의 교육에 해당한다는 사실을 잘 기억하고 있기 때문이다.[28] 그래서 처음에는 단순히 놀이 삼아 하게 하고, 후에는 이곳뿐 아니라 그 어떤 야생에 나가서도 자신이 사냥할 만큼 커다란 동물은 찾지도 못할 만큼 강인한 사냥꾼이 되도록 키우라고 말해 준다. 사람을 낚는 어부이자 사냥꾼이 되게끔 하라고 조언한다. 그런 면에서는 나도 초서의 작품에 등장하는 수녀와 의견을 같이한다.

"사냥꾼은 성자가 아니라고 말하는 구절에는
깃털 뽑힌 암탉에게 줄 만큼의 관심도 보이지 않았다."[29]

인류의 역사에서와 마찬가지로 개인의 역사에서도, 알곤킨 족이 말했듯이, 사냥꾼이야말로 '최고의 인간'이던 시절이 있었다. 총이라고는 한번 쏘아 본 적도 없는 소년이 있다면, 우리는 그를 가엾게 여겨야 한다. 그것은 아이가 남들보다 인정이 많아서가 아니라, 안타깝게도 교육의 기회를 누리지 못했음을 드러내 보여 주기 때문이다.

여기까지가 사냥에 열중하는 젊은이들의 문제에 관한 나의 대답이다. 때가 되면 그들도 사냥에 열중하는 시기를 벗어나리라는 믿음이 있다. 사리 분별에 밝지 못한 소년기를 통과한 후에는 누구라도 자신과 똑같은 자격으로 삶을 살아가는 동물을 아무런 이유 없이 살해하

지는 않을 것이다. 토끼도 궁지에 몰리면 어린아이와 똑같이 운다. 세상의 모든 어머니에게 경고하건대, 내 동정심은 결코 인간에게만 향해 있지 않다.

청년이 숲, 그리고 자신의 가장 원초적인 자아와 만나는 방법은 다음과 같다. 처음에 그는 단지 사냥꾼이나 낚시꾼의 자격으로 숲을 찾는다. 그러나 그의 내면에 더 나은 삶을 살아갈 만한 씨앗을 품고 있다면, 시인과 자연주의자가 그러하듯이, 마침내는 자신에게 어울리는 목적을 알아내고, 총과 낚싯대를 내려놓게 된다. 이러한 관점에서 보자면 대부분의 사람이 아직도 어린아이에 지나지 않는다. 어떤 나라에서는 사냥하는 성직자의 모습도 그리 낯설지 않다. 그런 자들은 선한 목자의 개는 될 수 있을지 모르나, '선한 목자'가 되기는 글렀다.

나무를 베거나 얼음을 잘라 내는 일, 혹은 그와 비슷한 몇 가지 일을 제외하고는 애든 어른이든 마을 사람을 월든 호숫가에 반나절 이상 붙들어 둘 수 있는 일은 내가 아는 한 낚시질이 유일하다. 그 사실을 알고 나서 나는 상당이 놀란 적이 있다. 그들은 낚시를 하는 내내 호수를 바라볼 수 있는 기회를 얻었음에도 긴 줄에 줄줄이 꿸 정도의 고기를 잡지 못하면 재수가 없다거나 시간을 쓴 보람이 없다는 등 투덜대기 일쑤다. 낚시의 찌꺼기가 호수 바닥에 가라앉고 낚시의 목적이 순수해지기까지, 아마도 그들은 천 번쯤 더 호수에 다녀가야 할지

도 모르겠다. 하지만 그러한 정화 과정이 끊임없이 진행되리라는 사실만은 의심의 여지가 없다.

주지사나 그의 자문위원들은 어릴 적 낚시를 해 본 경험이 있기에 어렴풋이나마 호수를 기억한다. 그러나 이제는 너무 나이 먹고 품위도 지켜야 하기에 낚시를 다닐 수 없다. 그러니 호수에 대해 알아 가는 일은 이제 영원히 끝났음을 그들도 안다. 그럼에도 그들은 천국에 가길 기대한다. 만약 의회가 호수에 관심을 보인다면, 그것은 호수에서 사용되는 낚싯바늘의 수를 규제하고자 함이다. 하지만 그들은 입법이라는 미끼를 써서 호수 그 자체를 낚아 올릴 수 있는, 낚싯바늘 중에서도 최고의 낚싯바늘에 대해서는 전혀 아는 바가 없다. 그러므로 인류가 제아무리 문명사회를 살아가고 있다 한들, 미숙한 인간은 아직도 인류 발달사의 수렵 단계를 겨우 통과해 가고 있을 뿐이다.

최근 몇 년 동안 나는 낚시를 할 때마다 내 자존감이 조금씩 무너져 내리는 듯한 느낌을 반복적으로 받아 왔다. 낚시라면 수도 없이 해 온 터다. 그만큼 실력도 좋으며, 좋은 낚시꾼의 본능도 있어서 때때로 그것이 불쑥 살아나곤 한다. 그러나 요즘은 낚시를 하고 나면 차라리 하지 말았으면 좋았으리라는 생각을 하게 된다. 이런 내 생각이 틀리지는 않을 것이다. 아침에 비치는 첫 빛줄기처럼 어렴풋한 계시가 분명하다. 내 안에 하등동물에게나 속할 법한 어떤 야생의 본능이 자리 잡

고 있음은 의심의 여지가 없다. 그러나 해가 지날수록 나는 낚시꾼의 본능을 잃어 간다. 그렇다고 더 인간적이거나 지혜로워지는 것도 아니다. 지금 현재 나는 전혀 낚시꾼이 아니다. 그러나 만약 야생에서 살아간다면, 다시 열정적인 어부이자 사냥꾼이 되고픈 유혹을 느낄 것이다.

게다가 생선을 잡아먹는 식습관은 육류를 먹는 것과 마찬가지로 뭔가 청결하지 못한 면이 있다. 이제 나는 집안일을 어디서부터 시작해야 하는지 안다. 매일 깔끔하고 우러러볼 만한 집의 외양을 갖추기 위해, 또한 악취와 더러움을 없애 집을 향기롭게 유지하기 위해 얼마나 많은 수고와 노력이 들어가는지도 잘 안다. 나는 내가 만든 음식을 대접받는 신사일 뿐 아니라, 내 스스로 푸주한이자 접시닦이고 요리사기도 했다. 따라서 드물게 완벽한 경험을 바탕으로 이야기하는 것이다. 내 경우에는 육류를 반대하는 실제적인 이유가 그것의 불결함 때문이다. 게다가 고기를 잡아와 손질한 후 요리해 먹어도, 그것이 정말 내게 필수적인 영양분이 되는지도 확신이 서지 않았다. 솔직히 무의미하고 불필요하며 얻는 것보다 잃는 게 더 많다는 생각도 들었다. 약간의 빵과 몇 개의 감자로 끼니를 해결하는 것이 수고도 덜 들고 불결하지도 않고, 영양 면에서도 뒤지지 않을 듯했다.

많은 동시대인과 마찬가지로, 나도 육류나 차, 또는 커피 같은 음식

을 여러 해 동안 가까이하지 않았다. 그런 음식이 내게 어떤 해를 미쳤다는 사실을 발견해 냈기 때문이 아니라, 그저 내 상상력에 어울리지 않는다고 생각했다. 인간이 육류에 대해 느끼는 거부감은 경험에서 비롯하는 것이 아니라, 그저 본능이다. 소박하게 먹고사는 것이 어느 모로 보나 아름답지 않은가. 비록 내가 모든 면에서 완벽하게 해내지는 못했으나, 상상력을 충족시킬 만큼은 했다는 생각이 들었다. 자신의 고상한 시적 능력을 최고의 상태로 유지하길 갈망하는 사람이라면 누구나 동물성 음식을 자제하려 특히 노력하고 어떤 종류의 음식이든 과식하지 않으려 애써 왔으리라고 나는 믿는다.

커비와 스펜스[30]의 작품에서 내가 확인한 바에 따르면 곤충학자들은 "몇몇 곤충은 성충이 된 후에는 섭식 기관을 완벽히 갖추고 있음에도 그것을 거의 사용하지 않는다."라고 진술하는데, 참으로 흥미로운 사실 아닌가. 또한 그들은 "성충 단계에 있는 거의 모든 곤충이 유충이었을 때보다 훨씬 적게 먹는 것이 일반적인 현상이다. 게걸스러운 애벌레가 나비로 변하고 …… 탐욕스러운 구더기가 파리로 변하고 나면" 한두 방울의 꿀이나 그 밖의 달콤한 액체로 만족하게 된다고 단언한다.

나비의 날개 밑 복부는 여전히 유충의 모습을 하고 있다. 그 맛있는 부분 때문에, 나비는 결국 곤충으로 잡아먹힐 운명에 처한다. 그러니

많이 먹는 인간은 자신이 아직 유충 단계임을 선언하는 것이나 다를 바 없다. 그리고 세상에는 그런 상태에 빠진 국가도 널려 있다. 환상도 상상력도 없는 국가, 그들의 거대한 배가 바로 그 사실을 공공연히 드러낸다.

상상력을 해치지 않는 소박하고 청결한 식단을 조리해 제공하는 일은 쉽지 않다. 그러나 내 생각에는 몸을 먹여 살리듯이, 상상력도 먹여 살려야만 한다. 둘은 함께 식탁에 앉아야 할 터다. 우리는 얼마든지 그렇게 되도록 할 수 있다. 과일을 적당히 먹는다면, 자신의 식욕을 부끄러워할 필요도 없고, 가치 있는 일을 추구하는 데 방해받을 필요도 없다. 그러나 음식에 양념을 과하게 치면, 그것은 우리 몸에 독이 된다. 기름진 음식으로 배를 채우는 것은 그럴 만한 가치가 없다. 대부분의 사람이 육식이든 채식이든 자기가 먹을 음식을 자기가 직접 준비하는 모습을 들킬 경우 매우 수치스러워한다. 특히 다른 사람이 자신을 위해 매일 해 주던 음식일 경우에는 더욱 그러하다. 그러나 이런 가치관이 바뀌지 않는 한 우리는 문명인이라 할 수 없고, 신사 숙녀는 될지언정 진정한 남자나 여자는 될 수 없다. 따라서 이제 어떤 변화가 이루어져야 할지 확실해졌을 터다.

왜 상상력이 고기나 지방과 조화를 이룰 수 없는지 묻는 것은 헛된 일이다. 나는 둘이 공존할 수 없다는 사실이 만족스럽다. 인간이 육식

동물이라는 사실 자체가 치욕이 아닐까? 실제로 인간은 대체로 다른 동물을 먹이로 삼아 살아갈 수 있고, 또 현재도 그렇게 살고 있다. 그러나 덫을 놓아 토끼를 잡거나 새끼 양을 도살해 본 사람이라면 누구라도 깨달았을 테지만, 그것은 매우 비참한 삶의 방식이다. 따라서 인간이 더욱 순수하고 건강한 음식을 먹고살도록 가르칠 수 있는 자가 나타난다면, 그는 인류의 은인으로 간주될 터다. 나 자신의 식습관이야 어떻든 간에, 세상이 점차 발전할수록 인류가 육식을 끊는 것이 인간의 운명이라는 사실을 나는 믿어 의심치 않는다. 야만족이 좀 더 문명화된 사회와 접촉한 후 서로를 잡아먹는 식인 관습을 그만둔 것과 다르지 않을 것이다.

내면에서 울려오는 목소리는 희미하기는 해도 의심할 여지없이 진실하다. 따라서 끊임없이 속삭이는 그 진실의 소리에 귀를 기울여 보자. 처음에는 혹시라도 그것이 어떤 극단적인 행위나 미친 짓으로 자기 자신을 이끄는 것이 아닌지 걱정이 되기도 할 것이다. 그러나 의지를 굳히고 신념을 키워 가다 보면, 그 길이 바로 우리가 나아가야 할 방향임을 깨닫게 된다. 건강한 이가 느끼는 희미하지만 단호한 반발심이 결국에는 인류의 주장과 관습을 넘어 승리하게 되어 있기 때문이다.

내면의 목소리가 자신을 잘못된 길로 인도하게끔 넋 놓고 앉아 있

을 사람은 아무도 없다. 행여 그 목소리를 따른 결과가 육체적인 허약함으로 나타난다 할지라도, 그것은 더 높은 법칙을 따르는 삶이므로, 어느 누구도 그 결과가 후회스럽다 한탄할 수는 없으리라. 우리가 낮과 밤을 기쁨으로 맞이할 수 있다면, 삶이 꽃이나 달콤한 허브처럼 향기를 발산하고, 좀 더 유연해지며, 별처럼 빛나고 더욱 영원에 가까워진다면, 그런 삶이야말로 성공한 삶이 아니고 무엇이겠는가. 자연 전체가 우리를 축복하면, 우리도 시시각각 스스로를 축복할 이유를 얻게 될 것이다.

최고의 이익과 가치는 오히려 인식하기가 힘든 법이다. 우리는 그러한 것이 존재하기는 하느냐고 쉽게 의심한다. 그리고는 곧 잊어버린다. 하지만 그것은 가장 높은 곳에 존재하는 실재다. 어쩌면 가장 놀라운 실재는 결코 인간에게서 인간으로 전해지는 법이 없는지도 모르겠다. 내가 일상에서 거두는 진정한 수확은 아침이나 저녁의 빛깔처럼 손으로 만질 수도, 말로 설명할 수도 없는 것이다. 그것은 손에 쥔 자그마한 별 조각이고, 움켜잡은 무지개 조각이다.

나는 유별나게 비위가 약한 사람은 아니다. 구운 사향쥐라도 반드시 먹어야 한다면 얼마든지 맛있게 먹을 수 있다. 나는 아편쟁이의 천국보다는 자연 속의 하늘을 더 좋아한다. 그와 같은 이유로 음료도 오랫동안 물만 마셔 왔고, 그 사실이 매우 기쁘다. 취하는 정도에는 무

수한 많은 단계가 있으나, 나는 늘 맑은 정신을 유지하고 싶다. 그리고 물이야말로 현자를 위한 유일한 음료라 생각한다. 포도주는 그다지 고상한 음료가 아니다. 한 잔의 따뜻한 커피로 아침의 희망을 부숴 버리고, 한 잔의 차로 저녁의 희망을 부숴 버릴 수 있음을 아는가! 아, 그러한 음식에 유혹을 느낄 때, 나는 얼마나 낮은 곳으로 추락하는 것일까! 심지어는 음악도 사람을 취하게 한다. 바로 그런 사소하기 이를 데 없어 보이는 것들이 그리스와 로마를 멸망시켰다. 이제 그것이 영국과 미국도 파괴해 버릴지 모른다. 그러니 기왕에 취해야 한다면, 자신이 마시는 공기에 취하기를 바라는 것이 어떻겠는가?

내가 힘든 육체노동이 오래 지속되는 것을 반대하는 가장 큰 이유는, 그런 노동을 하고 나면 엄청나게 먹고 마시게 되기 때문이다. 그러나 솔직히 말해, 근래 들어 나는 그런 면에 있어서는 별로 까다롭게 굴지 않는다. 식탁에 종교를 끌어들이는 일도 적어졌고, 식전 기도를 올리지도 않는다. 그것은 내가 전보다 현명해졌기 때문이 아니다. 아니, 고백하자면, 솔직히 말해 안타까운 일이기는 하지만, 나이를 먹어가면서 사람이 거칠어지고 냉담해졌기 때문이다. 어쩌면 이러한 문제는 젊은 시절에만 관심이 가는지도 모르겠다. 시(詩)가 그렇다고 대부분의 사람이 믿듯이 말이다. 즉, 실천은 안중에도 없고, 의견만 남발하는 격이다.

그렇다고 내가 《베다》에서 지칭하는 특혜받은 사람이라는 의미는 아니다. "우주 어디에나 편재하는 지고의 존재를 진심으로 믿는 이는 세상 모든 것을 먹을 수 있다."[31]라고 했는데, 이는 음식을 먹을 때 누가 마련한 어떤 음식인지 묻지 말라는 뜻이다. 그러나 어느 인도의 주석자가 해설했듯이, 이러한 특권 또한 '곤궁한 시기'에만 한정된다는 사실을 주목해야 한다.

식욕과는 아무 상관없이 먹은 음식에서 말로는 다 설명할 수 없을 만큼 큰 만족감을 느껴 보지 않은 사람이 있을까? 나는 미각이라는 저급한 감각 덕분에 정신적인 직관을 얻고, 입천장을 통해 영감을 얻었으며, 산비탈에서 따 먹은 딸기가 내 천재성을 길러 주었다는 생각을 하면 늘 전율을 느낀다. 공자는 "영혼이 자기 자신의 주인이 아닌 자는, 보아도 보이지 않고, 들어도 들리지 않으며, 먹어도 그 맛을 모른다."[32]라고 했다. 자신이 먹는 음식의 진정한 맛을 아는 이는 결코 음식에 욕심을 부리지 않으나, 그렇지 않은 이는 폭식할 수밖에 없다. 시의원이 거북 요리를 탐내듯이 청교도가 저속한 식욕에 굴복해 갈색 빵 껍질에 달려들지도 모르는 일이다. 입으로 들어가는 음식이 인간을 더럽히는 것이 아니라, 그것을 먹을 때의 식욕이 인간을 더럽힌다. 먹는 행위가 우리의 동물적인 생명을 지탱하거나 정신적인 생명에 영감을 불어넣지 못하고, 우리를 소유한 구더기의 양식이 돼 버릴 때,

문제는 음식의 질이나 양이 아닌, 감각적 풍미에 대한 우리의 탐닉이 된다.

사냥꾼이 흙탕 거북과 사향쥐, 그 외에도 여러 야만적인 한입거리에 입맛을 다시는 것이나, 고상한 귀부인이 송아지 발로 만든 젤리나 바다 건너온 정어리의 맛에 탐닉하는 것은 오십보백보다. 사냥꾼은 물레방아가 도는 호숫가로, 귀부인은 저장용 항아리로 향하는 것이 다를 뿐이다. 어떻게 그들이, 내가, 그리고 독자 모두가, 먹고 마시기 위해 이 비열하고 야만적인 짓을 서슴지 않고 저지르는지 놀랍기만 하다.

우리의 삶은 놀라우리만치 도덕적이다. 미덕과 악덕 사이에는 한순간의 휴전도 없다. 선이야말로 결코 손해 보지 않을 유일한 투자다. 온 세상에 울려 퍼지는 하프의 선율 속에서 우리를 전율케 하는 것은 바로 선함에 대한 고집이다. 하프의 선율은 우주의 법칙을 따를 것을 권유하며 세상을 떠돌아다니는 우주보험회사의 외판 사원이고, 우리의 작은 선행은 그들에게 지불하는 보험료다. 젊은이들이야 얼마 지나지 않아 그 소리에 무관심해지겠지만, 우주의 법칙은 절대 무관심해지는 법 없이, 여린 자의 곁을 영원히 지키고 서 있다. 미풍 속에 반드시 실려 오는 질책의 말에 귀 기울여 보자. 그 소리가 들리지 않는 자는 불행하다. 우리가 현을 건드리거나 음전을 움직이면, 매혹적인 도덕의

선율이 우리를 얼어붙게 만든다. 귀에 거슬리는 여러 소음도 멀리 떨어져 들으면, 우리 삶의 하찮음을 자랑스럽고 달콤하게 풍자하는 음악처럼 들릴 터다.

인간은 자기 안의 동물을 의식하며 살아간다. 고결한 본성이 잠드는 동안 서서히 깨어나 자리 잡는 그것은 비열하고 관능적이며, 결코 우리 안에서 완전히 몰아낼 수 없다. 생기 넘치고 건강한 사람의 몸속에도 기생충이 살아가는 것이나 마찬가지다. 잠시 그런 동물적 속성에서 멀어질 수 있을지는 몰라도, 그 속성 자체를 바꾸어 버릴 수는 없다. 나는 그 동물적 속성으로 그 나름의 건강한 삶을 유지해 나갈까 봐 심히 걱정이 된다. 만약 그렇다면, 우리는 건강해질 수는 있을지언정 순수해질 수는 없다는 의미가 아니겠는가.

언젠가 나는 희고 고른 이빨과 어금니가 붙은 돼지의 아래턱뼈를 주운 일이 있다. 그것은 정신적인 것과 구분되는 동물적인 건강과 활력이 존재한다는 사실을 암시했다. 그 생물은 절제와 순결이 아닌 다른 수단을 이용해 번성해 왔다. 맹자는 다음과 같이 말했다. "사람이 금수와 다르다 함은 지극히 근소한 차이에 지나지 않는다. 보통 사람은 그 차이를 무시하고 살아가지만, 군자는 그것을 살리고 보존한다."[33]

우리가 순수함으로 거듭난다면 어떤 삶이 기다리고 있을지 그 누가

알겠는가? 순수함이 무엇인지 가르쳐 줄 만큼 현명한 이가 세상에 있다면, 나는 지금 당장이라도 그를 찾아 나서겠다. "베다는 인간의 마음이 신에 가까이 다가가는 데 반드시 필요한 것은 욕망을 자제하고 몸의 외적인 감각을 억제하는 힘과 선행이라고 선언했다."[34]

그러나 정신은 잠시나마 육신의 모든 부분과 기능을 장악하여 통제하고, 가장 저속한 육체적 욕망을 순결과 헌신으로 바꾸어 놓을 수 있다. 생식력도 우리가 나른해 있을 때는 쉽게 도락에 빠뜨리고 불결하게 만들지만, 절제할 때는 활력과 영감을 불어넣어 준다. 순결은 인간을 꽃피운다. 천재성, 영웅주의, 성스러움 같은 자질이 바로 그 꽃에서 맺은 결실이다. 순결의 수로가 열리면 인간은 즉시 신에게로 흘러간다. 그러면 곧 우리의 순수함은 영감이 되고, 불순함은 우리를 쓰러뜨린다.

날이 갈수록 자기 안의 동물이 죽어 가고, 그 자리에 신성함이 확립되어 감을 확신할 수 있는 이는 그 얼마나 축복받은 인간인가. 자신이 열등하고 동물적인 본성과 동맹을 맺고 있음을 부끄러워하지 않는 인간은 없을 터다. 나는 우리가 파우누스와 사티로스 같은 반인반수, 즉 동물과 합체한 신 혹은 욕망에 휘둘리는 피조물 같은 존재일까 두렵다. 어느 정도까지는 삶 자체가 우리에게 치욕이 아닐까 두렵기도 하다.

“자신의 짐승들에게 마땅히 머물 곳을 주고
마음의 숲을 개간한 자, 그는 얼마나 행복한가!
……
자기 안의 말, 염소, 늑대 등 모든 짐승을 부릴 수 있음에도,
자신은 그 어떤 짐승의 노새도 되지 않는 자!
그 밖에 다른 이는 돼지치기일 뿐 아니라,
돼지를 격분케 해 더 비참한 상태로 몰아넣는
악마이기도 하다.”[35]

모든 감각적인 욕망은 아무리 여러 형태로 나타날지라도 하나에 불과하다. 순수함도 마찬가지로 하나다. 한 인간의 감각적인 행위는 그가 먹거나 마시거나 누군가와 함께 살거나 잠을 자거나 늘 똑같은 형태로 나타난다. 그 모두가 단지 한 가지 탐욕에 지나지 않는다. 그러니 어떤 이가 얼마나 감각적인 욕망에 휘둘리며 사는지 알려면, 그가 이런 행위 중 하나를 어떻게 해내는지 살펴보기만 하면 된다. 불결한 자는 순결과 함께 서지도 앉지도 못한다. 파충류처럼 비열한 자는 한쪽 굴의 입구를 공격당하면, 반대편 입구로 달아난다.

순결하고 싶다면, 절제해야 한다. 순결이란 무엇일까? 자기 자신이 순결한지 우리는 어떻게 알아볼 수 있을까? 아무도 알아볼 수 없다.

다들 순결이라는 미덕에 대해 들어보기는 했으나, 정작 그것이 무엇인지는 모른다. 그저 들리는 소문대로만 이야기할 뿐이다. 육신을 부단히 움직이는 데서 지혜와 순결을 얻을 수 있고, 나태함에서 무지와 감각적인 욕망이 오는 것이다.

학생들에게 있어서 감각적인 욕망은 게으른 마음의 습관에서 비롯된다. 불결한 사람은 보편적으로 게으르고, 늘 난롯가에 앉아 있다. 그는 엎드려 햇볕을 쬐고, 피곤하지도 않으면서 휴식을 취한다. 만약 불결함과 모든 죄악에서 달아나고 싶다면, 열심히 일해야 한다. 마구간을 치우는 일이라도 꺼려하지 말자. 천성을 극복하기는 힘들지만, 그럼에도 극복해야 한다. 이교도보다도 순수하지 못하고, 이교도보다도 자신을 극복하지 못하며, 이교도보다도 종교적이지 않다면, 자신이 기독교인이라 주장해 봐야 무슨 도움이 되겠는가. 세상에는 이교도라 간주되는 많은 종교 체계가 있다. 하지만 그들의 가르침을 담은 교리는 읽는 이로 하여금 부끄러움을 느끼도록 만들기에, 신도들이 수행에 임할 때(비록 의식적인 수행에 불과할지라도) 새로운 마음으로 정진하도록 자극하는 내용으로 가득 차 있음을 나는 잘 안다.

사실 지금 하려는 이야기는 털어놓기가 좀 망설여진다. 하려는 이야기의 주제 때문이 아니라(나는 내가 사용하는 언어가 얼마나 외설스러운지는 신경 쓰지 않는다.), 내 불순함을 드러내지 않고는 털어놓을 수

없는 내용이기 때문이다. 우리는 어떤 감각적 욕망에 관해서는 거리낌 없이 대화를 나누면서, 또 어떤 욕망에 대해서는 모르는 척 침묵한다. 어찌나 타락했는지, 우리는 인간 본유의 필수적인 여러 기능조차도 솔직하게 터놓고 이야기하지 못한다. 고대에 어떤 국가에서는 인간 본유의 모든 기능이 경건하게 논의했을 뿐 아니라 법으로 그것을 규제하기까지 했다. 현대인의 취향에는 그것이 얼마나 불쾌해 보일지 모르겠으나, 인도의 법 제정자의 눈에는 어느 것 하나 허투루 다룰 수 없는 중요한 요소였다. 그리하여 그는 먹고 마시고 남녀가 함께 살아가는 법, 대소변을 배설하는 법 등을 일러 줌으로써 미천한 것을 드높였고, 그런 것을 하찮다 치부하며 가식적으로 빠져나가려 하지도 않았다.

인간은 모두 육신이라 불리는 신전의 건축가다. 그 신전은 그가 숭배하는 신을 위해 나름의 방식으로 세운 것이며, 어느 누구도 그 대리석을 망치로 두들긴다고 해서 자신의 몸에서 빠져나갈 수는 없다. 우리는 모두 조각가이자 화가이고, 우리가 시용하는 재료는 자기 자신의 피와 살과 뼈다. 따라서 내적 고결함은 즉시 그의 외모를 섬세하게 다듬어 놓지만, 천박함과 감각적인 욕망은 그를 짐승처럼 만들어 놓는다.

9월의 어느 저녁나절, 존 파머는 힘든 하루 일과를 마치고 자기 집

문 앞에 앉아 있었다. 하지만 그의 마음은 여전히 하던 일에 쏠려 있었다. 목욕을 하고 나서, 그는 자신의 지적인 면을 되살려 볼 마음으로 자리를 잡고 앉았다. 다소 쌀쌀한 저녁이어서 이웃 사람들은 서리가 내릴까 봐 걱정하는 중이었다.

그가 꼬리에 꼬리를 무는 사색에 집중하기 시작한 지 얼마 되지 않았을 때, 누군가 플루트를 연주하는 소리가 들려왔고, 그 선율은 파머의 기분과 잘 어우러졌다. 그래도 그는 여전히 일에 대해 생각했다. 그 생각이 계속 머리를 무겁게 누르고 어지럽히는 까닭에 의지와는 상관없이 계속 일만 생각하고 이런저런 계획이나 궁리를 하기는 했지만, 사실 그것이 그리 중요하다는 생각은 들지 않았다. 그저 피부에서 끊임없이 떨어져 나가는 비듬에 지나지 않는다는 느낌이었다.

그런데 플루트의 선율은 그가 일하는 곳과는 다른 공간에서 나와 그의 귓속으로 파고들었다. 그리고 내면에 잠들어 있는 특별한 능력을 발휘할 수 있는 일을 찾아보는 게 어떻겠냐고 넌지시 암시했다. 또한 그 선율은 그가 사는 거리와 마을과 국가가 홀연히 사라지게 했다. 그때 어떤 목소리가 속삭였다.

"얼마든지 영광된 삶을 살아갈 수 있음에도, 그대는 왜 이곳에 머물며 비천하고 고된 삶을 살아가는가? 저 위의 별들은 여기가 아닌 다른 들판 위에서도 반짝이고 있는 것을."

그렇지만 어떻게 해야 이런 상황에서 벗어나 실제 다른 곳으로 이주해 갈 수 있을까? 그가 할 수 있는 일이라고는 새로운 금욕을 실천하여, 정신이 다시 육체 속으로 내려가 타락한 몸을 구원하게 하는 것이었다. 그리고 점점 커져 가는 존경심으로 스스로를 대하겠다고 다짐하는 것뿐이었다.

동물 이웃들

가끔씩 나는 친구[36]와 함께 낚시를 했다. 그는 마을 반대편에 살고 있어서 마을을 가로질러 내 오두막으로 왔는데, 저녁거리를 잡아 올리는 일은 저녁을 함께 먹는 일만큼이나 그와의 교제를 돈독하게 했다.

은자 : 장장 세 시간 동안이나 소나무 위에서 매미 우는 소리조차 듣지 못했으니, 지금 세상이 어떻게 돌아가고 있나 궁금하군. 산비둘기도 죄다 둥지에서 잠들었는지 날개 퍼덕이는 소리도 들리지 않네. 방금 저쪽 숲 너머에서 들려온 게 정오를 알리는 농부의 뿔피리 소린가? 농장의 일꾼들이 소금에 절인 쇠고기 삶은 것과 사과즙과 옥수수빵을 먹으러 가고 있겠군. 다들 왜 저리도 매사에 전전긍긍하며 살아

갈까? 먹지 않으면 일하지 않아도 될 텐데.

그나저나 오늘은 얼마나 수확을 했으려나. 개 짖는 소리에 마음 놓고 사색도 할 수 없는 저런 곳에서 대체 누가 살고 싶어 할까? 게다가, 아, 살림살이도 있지! 이처럼 날씨가 화창해도 더러운 문손잡이를 붙들고 광낸다고 애를 쓰고, 나무통을 벅벅 문질러 씻어야 하다니! 그럴 바에야 집이 없는 게 낫지. 차라리 나무 구멍에 들어가 사는 게 나을 거야. 그러면 아침 방문도, 저녁 만찬에도 손님이라고는 딱딱 쪼아 대는 딱따구리뿐일 테니까.

아, 사람들은 너무 몰려 살아. 마을은 너무 덥기도 하고. 그 사람들은 태어나면서부터 생활에 너무 찌들어 있어. 그런 삶은 내게는 맞지 않아. 나한테는 샘에서 길어 온 물이 있고, 선반 위에는 흑빵 한 덩이가 놓여 있지. 잠깐! 나뭇잎 바스락대는 소리가 들리는군. 굶주린 마을의 사냥개가 본능에 이끌려 뭔가를 추적하고 있는 걸까? 아니면 이 숲에서 길을 잃었다는 그 돼지일까? 언젠가 비 온 뒤에 내가 녀석의 발자국을 목격하기도 했었지. 소리가 점점 가까워지네. 옻나무와 들장미가 흔들리는군. 아, 시인, 자네였는가? 그래 오늘은 기분이 어떠신가?

시인 : 저 구름 좀 보게. 하늘에 걸린 모습 좀 보라고! 저게 오늘 내가 본 것 중에 최고라 할 만하거든. 옛 그림 속에도 저런 건 없어. 다른

나라에 가서도 좀처럼 볼 수 없을 걸세. 스페인 근해라도 나간다면 또 모르겠지만. 그래, 정말 지중해의 하늘을 보는 것 같구먼. 그나저나 나도 먹고살기는 해야지. 오늘은 아무것도 먹은 게 없거든. 그래서 낚시나 하려고 왔네. 이런 게 바로 시인의 생업 아니겠나. 배운 기술이라고는 이것밖에 없으니, 자, 어서 가세나.

은자 : 거절도 못하겠구먼. 흑빵 구워 놓은 것도 곧 바닥이 드러날 듯하니. 내 기꺼이 따라 나서기는 할 테지만, 지금 당장은 진지하게 명상을 하던 참이거든. 이제 곧 끝날 듯하네. 잠시만 혼자 있도록 해 주게나. 하지만 너무 늦어지지 않도록, 자네가 미리 미끼를 좀 구해 두지 그러나. 이 부근에는 거름을 준 적이 없어서 지렁이가 거의 없을 거야. 아예 멸종이 됐다고 봐야지. 배가 많이 고프지 않을 때는 지렁이 파내는 일도 낚시질 못지않게 재미가 있거든. 오늘은 그 재미를 자네 혼자 실컷 누리게나. 저기 물레나물이 흔들리는 것 보이지? 그 부근의 땅콩 밭을 삽으로 파면 될 거야. 아마 세 번쯤 흙을 뒤집으면 한 마리는 반드시 나올 걸세. 잡초 뽑기를 할 때처럼 뿌리 쪽을 잘 살펴야 하네. 그렇지만 좀 더 멀리 나가는 게 좋기는 할 거야. 여기서 멀어지면 멀어질수록 좋은 미끼도 늘어나는 듯싶으니까.

은자(홀로 남아) : 가만 있자, 아까 어디까지 했더라? 그래, '세상이 이런 지경에 처해 있구나.' 그런 생각을 하고 있었지. 다시 천국으로

갈까, 낚시를 하러 갈까? 명상을 여기서 끝내 버렸다가, 이번처럼 달콤한 기회가 다시 찾아오지 않으면 어쩌지? 사물의 본질에 거의 녹아든 기분이었는데, 이런 느낌은 살면서 처음이지 싶군. 내 생각이 다시 내게로 돌아오지 않을까 봐 두려워. 할 수만 있다면, 휘파람이라도 불어서 불러내고 싶은데. 지금처럼 생각이 내게로 손을 뻗고 있음에도 '잠깐만, 생각 좀 해 보고.'라는 대답을 하는 게 현명한 짓일까? 내 생각은 아무런 흔적을 남겨 놓지 않았으니, 그 길을 다시 찾아간다는 건 불가능할 테지. 내가 대체 무슨 생각을 하고 있던 것일까? 참으로 종잡을 수 없는 느낌이군. 일단 공자가 말했던 세 문장을 떠올려 보자. 혹시 좀 전의 상태로 돌아갈 수 있을지도 모르니. 그런데 내가 아까 우울한 기분이었는지, 막 황홀경에 빠져들려 했었는지도 확실히 모르겠군. (메모하다. '기회는 한 번밖에 오지 않는다.')

시인 : 이제는 어떤가. 은둔자 양반, 아직도 너무 이른가? 내가 끊어지지 않은 것으로 열세 마리나 잡아 왔네. 끊기거나 좀 작은 것도 몇 마리 되는데, 그건 작은 고기 잡는 데 쓰면 될 거야. 낚싯바늘을 다 덮어 버리지 않을 테니까. 마을에서 잡히는 지렁이는 너무 커. 작은 피라미 종류는 낚싯바늘에 걸리지 않고도 빼먹을 수 있을 정도라니까.

은자 : 그래, 그럼, 어디 가 봅시다. 콩코드 강으로 갈까? 수위가 너무 높지 않으면 거기가 좋을 거야.

어째서 인간은 정확히 눈에 보이는 대상만으로 세상이 이루어졌다고 생각할까? 마치 생쥐만이 보이지 않는 세상과 보이는 세상의 간극을 메우는 유일한 생명체라도 된다는 듯, 인간은 눈에 보이는 동물만을 자신의 이웃이라 생각하는데, 이유가 무엇일까? 필파이[37] 같은 작가들은 동물을 상당히 잘 이용했다. 그들의 작품에 등장하는 동물은 모두 짐을 지고 있는데, 어떤 면에서 그들이 지고 나르는 짐은 인간 생각의 일부를 상징한다.

내 오두막에 드나드는 생쥐는 외국에서 들어온 것으로 추정되는 흔하디흔한 종류가 아니라, 마을에서는 잘 볼 수 없는 야생 들쥐다. 내가 그중에 한 마리를 잡아 매우 저명한 박물학자에게 보내 주었더니, 그는 대단히 큰 흥미를 보였다. 내가 오두막을 지을 당시, 녀석들 중 하나가 집터 밑에 보금자리를 마련해 두고 있었다. 녀석은 내가 두 번째로 마룻바닥 까는 것을 마치고, 대팻밥을 완전히 쓸어 내기 전까지, 점심때가 되면 어김없이 나타나 내 발치에 떨어진 빵 부스러기를 주워 먹곤 했다. 보나마나 그때까지 사람이라고는 마주친 적도 없었을 터다. 얼마 지나지 않아 녀석은 내가 친근하게 느껴졌는지 신발을 타고 넘거나 옷 위로 기어오르기까지 했다. 움직임은 또 얼마나 재빠른지 마치 다람쥐처럼 방 안의 벽을 순식간에 타오르곤 했다.

그러던 어느 날, 내가 벤치에 한쪽 팔꿈치를 괴고 기대앉아 있을 때,

녀석이 내 옷을 기어오르더니 소매를 따라 내려가서는 도시락을 감싼 종이 위를 빙글빙글 돌았다. 나는 도시락 종이를 여미고 이리저리 휙휙 치우면서 숨바꼭질하듯 녀석과 놀았다. 그러다 마침내 내가 엄지와 검지로 치즈 한 조각을 집어 들고 가만히 있자 가까이 다가오더니 내 손 위에 올라 그것을 먹어 치웠다. 그리고는 파리처럼 얼굴과 앞발을 닦고 어딘가로 가 버렸다.

얼마 지나지 않아서는 딱새 한 마리가 내 헛간에 둥지를 틀었고, 울새는 오두막 옆의 소나무에 은신처를 마련했다. 6월에는 수줍음 많은 자고새[38](학명은 테트라오 움벨루스〔Tetrao umbellus〕)가 새끼를 이끌고 뒤편 숲에서 나와 내 창문을 지나쳐 오두막 앞으로 날아왔다. 자고새는 꼬꼬댁거리며 새끼를 부르는 소리뿐 아니라, 그 움직임 하나하나까지 어찌나 암탉을 쏙 빼닮았는지, 숲속의 암탉이라는 명성을 그대로 드러내 보였다. 내가 가까이 다가가면 새끼들은 어미의 신호를 받고 갑자기 흩어져 버렸는데, 그 모습은 마치 돌풍이 휩쓸어 가는 듯 보였고, 새끼들의 생긴 모양도 마른 잎이나 가지와 매우 흡사했다. 때문에 웬만한 사람은 새끼들 한가운데 발을 들여놓아도, 주변에 새끼가 있다는 사실을 알아차리지 못한다. 더군다나 어미 새가 사람의 주의를 끌려고 일부러 날개를 질질 끌거나 요란스럽게 날갯짓도 하고 걱정스럽게 울어 대기도 하는 통에 새끼에게까지 눈길이 미치지 않는

다. 때로 어미 자고새가 사람과 마주치면 눈앞에서 정신 나간 듯이 마구 구르고 도는 까닭에, 보는 사람은 잠시 동안 그것이 어떤 동물인지 전혀 짐작도 하지 못한다. 새끼들은 종종 나뭇잎 밑에 고개를 푹 박고 납작 엎드려 숨은 채로 멀리서 보내는 어미의 신호만 기다린다. 사람이 가까이 다가가도 고개를 쳐들거나 도망치지 않는다. 그래서 심지어는 무심코 새끼를 밟는 경우도 있고, 눈으로 보면서도 그것이 자고새의 새끼라는 사실을 알아차리지 못한다.

나는 그렇게 숨어 있는 새끼를 손바닥에 올려놓고 살펴본 일이 있다. 녀석들은 오직 어미의 지시에 순종하고 그 자신의 본능에만 충실한 채, 아무것도 신경 쓰지 않고, 두려워하지도 떨지도 않은 채 가만히 손바닥에 웅크리고 앉아 있었다. 그 본능이란 것이 어찌나 완벽하던지, 한번은 내가 새끼들을 다시 나뭇잎 위에 내려놓으면서 한 마리를 우연찮게 옆으로 쓰러뜨린 적이 있었다. 그런데 10분 후에 다시 가 보았더니, 녀석은 그때까지도 여전히 같은 자세로 다른 새끼들과 함께 누워 있었다.

자고새의 새끼도 다른 새의 새끼들과 달리 깃털이 다 났고, 발육 면에서는 거의 완벽하다 싶을 정도로 뛰어나서 병아리보다 발달이 빨랐다. 녀석들의 크고 고요한 눈동자에 서린 대단히 어른스러우면서도 순수한 표정은 기억에서 쉽게 지워지지가 않는다. 모든 지혜가 그 속

에서 빛을 발하는 듯했다. 어린 시절의 순수함뿐 아니라, 경험으로 뚜렷해진 지혜까지도 담겨 있는 듯했다. 그런 눈은 새가 태어날 때 함께 생겨나는 것이 아니라, 그것에 비친 하늘과 더불어 생긴 것이다. 숲도 이런 보석을 다시 만들어 내지는 못할 테고, 나그네도 그처럼 맑은 샘을 들여다볼 기회를 자주 얻지는 못하리라.

하지만 무지하고 부주의한 사냥꾼이 종종 이런 시기에 어미 새를 쏘아 죽인다. 그러면 무고한 어린 새들은 근처를 배회하는 맹수나 새의 먹이가 되거나, 자신들과 너무도 닮은, 썩어 가는 나뭇잎과 점차 뒤섞여 버리고 만다. 암탉이 자고새의 알을 품어 부화시키는 경우도 있지만, 그럴 경우 부화한 지 얼마 안 된 새끼들이 뭔가에 놀라 흩어지게 되면 그대로 길을 잃고 행방불명돼 버린다고 한다. 그들을 다시 불러 모으는 어미 새의 소리를 영영 들을 수 없기 때문이라는 것이다. 이들이야말로 진정 나의 암탉이고 병아리였다.

얼마나 많은 동물이 숲속에서 비밀스럽게 야생의 자유를 누리며 살아가고 있는지 알면 깜짝 놀랄 것이다. 그들은 마을과 가까운 곳에서 있으면서도 전혀 그 존재를 들키지 않고 삶을 영위해 간다. 오직 사냥꾼만이 그들의 존재를 짐작할 뿐이다. 이곳에서 수달은 얼마나 은밀한 삶을 살아가고 있는가! 그들은 다 자라면 키가 1미터 정도가 되어 작은 아이만 한 체구가 됨에도, 수달을 얼핏이라도 본 사람은 거의 없

다. 일전에 나는 오두막 뒤편 숲에서 너구리를 본 적이 있고, 지금도 밤이면 녀석들의 우는 소리가 들려온다.

씨를 뿌리고 나서 정오가 되면, 나는 보통 샘터 곁의 그늘에 앉아 한두 시간 정도 휴식을 취하며 점심을 먹고, 책도 읽었다. 그 샘은 내 밭에서 800미터 정도 떨어진 브리스터 언덕 아래서 나와 늪과 작은 시냇물의 원천이 되어 준다. 그곳에 접근하려면 어린 리기다소나무가 빽빽이 자라는 잡풀이 무성한 골짜기를 계속 내려가 늪지 부근의 더 큰 숲으로 들어가야 했다. 그 외지고 그늘진 곳에, 가지를 쭉쭉 뻗은 스트로브잣나무 아래, 내가 앉을 만한 깨끗하고 푹신한 잔디밭이 있었다. 나는 그곳에 나만의 작은 우물을 파 두었기에, 물을 휘휘 젓지 않고도 한 바가지 분량의 깨끗한 물을 퍼 올릴 수 있었다. 그래서 호수물이 뜨끈해지는 한여름이면, 하루도 거르지 않고 물을 길러 나갔다.

그곳에도 역시 누른도요가 진흙 속에서 벌레를 찾아 먹으려고 새끼를 거느리고 찾아왔다. 어미 새가 새끼들 위로 30센티미터쯤 떨어져 날며 둑을 따라 내려가면, 새끼들도 그 밑으로 무리 지어 뛰어갔다. 그러다가 내 모습을 발견하면 어미는 새끼에게서 떨어져 나와 내 주위를 빙글빙글 돌며 점점 다가오다가 거리가 1~1.5미터 정도로 가까워지면 내 주의를 끌어 새끼들을 도망치게 하려고 다리와 날개를 다친 시늉을 해 보였다. 그때쯤이면 이미 새끼들은 어미의 신호에 따라 가

녀린 삐악 소리를 내며 일렬종대로 늪을 가로질러 행진해 가고 있었다. 가끔은 어미의 모습은 보이지 않고 새끼들의 삐악 소리만 들릴 때도 있었다.

그곳에는 멧비둘기도 날아왔다. 샘가에 앉아 쉬기도 하고, 내 머리 위의 부드러운 스트로브잣나무 가지 위를 이리저리 날아다니며 날개를 퍼덕이기도 했다. 주변의 나뭇가지를 쪼르르 타고 내려오는 붉은 날다람쥐는 유독 스스럼없이 굴고 호기심도 많았다. 숲속의 매혹적인 장소에 오래 앉아 있기만 한다면, 누구라도 그곳에 사는 모든 동물이 차례로 나타나는 모습을 목격할 수 있다.

평화롭다고 할 수 없는 장면과 마주칠 때도 있다. 어느 날 장작더미 쌓아 둔 곳, 아니, 정확히는 땅에서 캐낸 나무 그루터기 쌓아 놓은 곳에 갔다가, 나는 두 마리의 커다란 개미, 하나는 붉은 개미였고, 다른 하나는 그보다 훨씬 큼지막한, 길이로만 보자면 거의 1.3센티미터는 됨직한 검은 개미였는데, 둘이 맹렬히 싸우는 모습을 발견했다. 한번 맞붙더니 절대 떨어질 기미를 보이지 않고, 나무토막 위에서 끊임없이 밀고 당기고 구르고, 난리도 아니었다. 주변을 둘러보았을 때, 나는 나무토막 위가 온통 그런 전투원으로 뒤덮여 있는 것을 보고 놀랐다. 그것은 '두엘룸'이 아니라 '벨룸'[39], 즉 두 개미 종족 간의 전쟁이었다. 붉은 개미와 검은 개미가 맞붙어 싸웠는데, 보통 두 마리의 붉은 개미

가 검은 개미 한 마리를 공격하는 모양새였다. 이 미르미돈 군단[40]이 내 장작더미의 언덕과 계곡을 뒤덮고 있었고, 땅에는 이미 죽거나 죽어 가는 붉거나 검은 시체들이 즐비했다.

이는 내가 그때까지 목격한 유일한 전투였고, 전투가 맹렬히 치러지는 동안 내가 유일하게 발 딛었던 전쟁터였다. 대살육의 전장이었다. 붉은 공화주의자와 검은 제국주의자가 싸우고 있었다. 사방에서 치열한 전투를 벌어지는데도, 내 귀에는 아무런 소음도 들려오지 않았다. 인간 병사들도 그처럼 결연히 전투에 임한 적은 없었으리라. 나는 나무토막 사이의 햇살 잘 드는 계곡에서 서로에게 단단히 엉겨 붙어 있는 두 병사를 바라보았다. 때는 정오였으나, 해가 지고 목숨이 끊어질 때까지 싸울 태세였다.

크기가 작은 붉은 개미 전사가 적의 가슴팍에 죔쇠로 물려 놓은 듯 찰싹 들러붙어 바닥에 이리저리 구르면서도 잠시도 쉬지 않고 상대의 더듬이 하나를 뿌리 근처에서 갉아 댔다. 다른 쪽 더듬이는 이미 잘려 나가고 없었다. 그동안 좀 더 힘이 센 검은 개미가 붉은 개미를 좌우로 마구 흔들어 댔는데, 가까이 다가가서 보니 이미 붉은 개미도 다리가 몇 개 떨어져 나가고 없었다. 그들은 불도그보다 더 끈질기게 싸웠다. 어느 쪽도 물러설 기미가 전혀 보이지 않았다. 그들의 전쟁 구호가 '내게 승리가 아니면, 죽음을 달라!'라는 사실이 명백해 보였다.

그동안 다른 붉은 개미 한 마리가 무척이나 흥분한 모습으로 계곡의 비탈길을 따라 내려왔다. 자신의 적을 이미 해치웠거나, 아직 전투에 참가하지 못한 듯했는데, 다리가 모두 멀쩡한 것을 보니 후자가 분명한 듯했다. 그의 어머니가 나가서 싸우고 승리해서 방패를 들고 돌아오거나, 그러지 못할 바에는 차라리 죽어 방패에 실려 오라고 했던 모양이었다. 혹은 그가 아킬레우스 같은 장수였는지도 모르겠다. 멀리서 홀로 분노에 휩싸여 있다가, 친구 파트로클로스의 복수를 하거나, 그를 구하고자 달려오는 중인지도 몰랐다. 멀리서 이 불평등한 전투(검은 개미가 붉은 개미보다 거의 두 배는 컸으므로)를 지켜보다가, 빠르게 전장으로 뛰어들어 전투원들에게서 약 1.5센티미터 정도 떨어진 거리에 멈춰 경계 태세를 취했다. 그러고는 기회를 엿보고 서 있다가, 검은 전사에게 달려들어 오른쪽 앞다리의 뿌리 부분을 공격하기 시작했다. 그러자 상대도 아킬레우스의 다리 중 하나를 선택했다. 그리하여 세 마리의 개미가 목숨을 걸고 엉키게 되었는데, 그 모습을 보고 있자니 세상 모든 자물쇠와 시멘트가 수치심을 느낄 정도로 강력한 접착제라도 발명된 느낌이었다.

그때쯤 나는 이들 각각의 군단에게 군악대가 있음을 알게 되었으나 전혀 놀랍다는 생각은 들지 않았다. 그들은 높은 나무토막 위에 주둔한 채 국가를 연주하면서, 기운이 빠져 둔해진 군사의 기운을 북돋

우고, 죽어 가는 용사를 위로했다. 나 역시도 그들이 인간인 듯 느껴져 다소 흥분되기까지 했다. 생각하면 할수록 개미와 인간 사이의 차이는 점점 줄어들었다. 미국의 역사야 그렇다 쳐도, 적어도 콩코드의 역사에서는 전투에 참가한 인원수로 보나 전투를 통해 보여 준 애국심이나 영웅적 행위로 보나, 지금 벌어지고 있는 개미의 전투에 비교할 만한 순간은 전혀 찾아볼 수 없다. 병사의 수와 전사자의 수만 놓고 본다면, 아우스터리츠 전투나 드레스텐 전투[41]에 필적할 만했다.

콩코드 전투![42] 민병대 측에서 두 명이 전사하고, 루서 블랜처드가 부상당한 전투! 하지만 이곳의 개미는 모두 버트릭처럼 용감하다. "발포하라! 이런, 젠장, 발포하라!" 이렇게 수천의 개미가 데이비스와 호머즈와 운명을 같이했다. 이들에게 용병이란 없었다. 우리의 선조들과 마찬가지로 싸워야 할 신념만 있었을 뿐이다. 차에 붙은 3페니의 세금을 피하고자 전투를 치른 것은 결단코 아니었으리라. 나는 그 사실을 믿어 의심치 않는다. 따라서 개미들에게 이 전투의 결과는 적어도 벙커힐 전투[43]의 결과만큼이나 중요하고 기념할 만한 것이리라.

나는 앞서 세세하게 묘사한 세 마리의 개미가 올라가 싸우고 있는 나무토막을 집어 들고 집 안으로 들어가서 창틀에 얹어 놓은 후 그 위에 유리잔을 덮었다. 전투의 결과가 알고 싶었기 때문이다. 나는 현미경을 들고 처음 언급했던 빨간 개미를 들여다봤다. 이미 적의 남아 있

는 더듬이마저도 해치워 버리고, 이제는 앞다리를 열심히 갉아 대는 중이었다. 그러나 자신의 가슴팍도 갈가리 찢겨 내장이 드러난 채로 검은 전사의 턱 앞에 무방비로 놓여 있었다. 검은 개미의 가슴은 붉은 개미가 물어뜯기에는 너무 단단한 게 틀림없었다. 고통받는 붉은 개미의 검붉은 눈동자가 오로지 전쟁만이 불러낼 수 있는 흉포함의 빛으로 번득였다.

개미들은 유리잔 속에서 30분 넘게 싸움을 지속했고, 내가 다시 유리 속을 들여다보았을 때는 검은 병사가 적들의 목을 그들의 몸에서 이미 절단해 버린 후였다. 그럼에도 아직 살아 있는 두 개의 목이 검은 개미의 양쪽에 그 어느 때보다도 더 강하게 철썩 들러붙어 있었고, 그 모습은 마치 안장 앞 테에 묶어 놓은 흉측한 전리품 같았다. 검은 개미는 더듬이도 다 잘려 나가고, 다리도 하나밖에 남아 있지 않았다. 그 외에도 내가 알 수 없는 수많은 상처를 얻었으리라. 그럼에도 그는 두 개의 머리를 떼어 내려 힘겹게 버둥댔다. 그리고 30분 정도가 더 흐른 후, 마침내 성공했다. 내가 유리잔을 들어 올리자, 검은 개미는 만신창이가 된 몸을 이끌고 창틀을 넘어 사라졌다.

그가 결국 전투에서 살아남아 오텔 데 쟁발리드 같은 상이군인 요양 병원에서 남은 생애를 보낼 수 있었는지까지는 나도 모르겠다. 그러나 그의 끈질긴 면이 앞으로는 아무 쓸모가 없게 됐으리라는 생각

이 들었다. 나는 어느 쪽이 이겼는지, 전쟁의 원인은 무엇이었는지도 알아내지 못했다. 그러나 마치 인간의 흉포함과 살육의 현장을 내 집 문 앞에서 목격한 듯한 기분이 들어 그날 내내 가슴도 뛰고 기분도 좋지 않았다.

커비와 스펜스[44]에 따르면 개미의 전투는 이미 오래전부터 그 명성이 자자해서, 그 날짜까지 기록에 남아 있지만, 현대의 저술가 중에 그 장면을 목격한 사람은 곤충학자 후버뿐이라는 얘기가 있다고 한다. 두 학자는 이렇게 적었다.

"아이네아스 실비우스[45]는 배나무 줄기에서 큰 개미와 작은 개미가 치열하게 싸우는 모습을 매우 상세히 설명한 후에 '이 전투는 교황 유게니우스 4세 시절 유명한 법률가를 지낸 니콜라스 피스토리엔시스가 직접 목격한 것으로, 그는 전투의 모든 면모를 대단히 충실하게 설명했다.'고 덧붙였다. 큰 개미와 작은 개미 간에 벌어진 이와 비슷한 전투는 스웨덴의 성직자 올라누스 마그누스도 기록한 바 있다. 이때는 작은 개미가 승리를 거두었다. 이들은 아군의 시체는 매장했으나, 거대한 적군의 시체는 새들의 먹이가 되도록 내버려 두었다고 한다. 이 사건은 스칸디나비아 3국을 통치했던 폭군 크리스티안 2세가 스웨덴에서 추방되기 전에 일어났다."

그리고 내가 목격한 전투는 웹스터의 도주노예법안이 통과되기 5

년 전, 포크 대통령 시대에 일어난 사건이다.

지하 식료품 저장고에서 흙탕 거북이나 쫓아다니는 재주밖에 없는 마을의 개들이 주인 몰래 숲으로 몰려와 그 토실토실한 사지를 놀리며 괜히 오래된 여우 굴과 우드척 구멍을 찾아 쓸데없이 킁킁거리며 돌아다니는 일도 있었다. 보나마나 숲을 민첩하게 돌아다니는 비쩍 마른 떠돌이 들개를 따라다니고 있을 테지만, 그래도 숲의 거주민에게 본능적인 두려움을 느끼게 하기에는 충분했다. 인솔자나 다름없던 들개에게서 낙오되자, 마을의 개들은 마치 불도그라도 되는 양 조심스레 나무에 올라 있는 작은 다람쥐를 향해 컹컹 짖어 대더니, 다음에는 무리에서 떨어져 길을 잃은 날쥐라도 뒤쫓는다 생각했는지 몸무게로 가지들을 부러뜨리며 구보하듯 달려갔다.

언젠가 나는 돌 많은 호숫가를 걸어가는 고양이를 보고 깜짝 놀란 적이 있다. 고양이는 보통 집에서 멀리까지 나와 헤매는 법이 없지 않은가. 물론 고양이도 놀라기는 마찬가지였다. 그러나 온종일 깔개 위에 늘어져 있는, 잘 길든 집고양이라도 숲에 들어오면 참으로 편안해 보이고, 은밀하게 살금살금 걸어 다니는 모습을 보고 있자면 숲에 둥지를 틀고 사는 다른 동물들보다 오히려 더 숲속 토박이라는 느낌도 들었다. 한번은 숲속에 열매를 따러 들어갔다가, 숲에서 새끼를 거느리고 나오는 고양이와 마주친 일도 있었다. 녀석들은 꽤 야생에 적응

한 듯이 보였는데, 새끼들도 어미처럼 등을 곧추 세우고는 나를 보며 매섭게 야옹거리며 울어 댔다.

내가 숲으로 들어가기 몇 년 전, 월든 호수 근처의 링컨 지역에 사는 길리언 베이커 씨의 농가에 '날개 달린 고양이'라 불리던 고양이가 있었다. 1842년 6월에 그 고양이를 보려고 농장을 찾았을 때, 고양이는 늘 하던 대로 숲으로 사냥을 나간 후였다. 여주인이 말하길, 그 고양이는 일 년이 약간 더 된 시점인 이전 해 4월경에 인근에 나타나더니 마침내 그들의 집으로 들어와 살기 시작했다고 한다. 털색은 갈색이 도는 잿빛이었고, 목에는 하얀 반점이 있었으며, 발은 하얗고, 꼬리는 여우처럼 털이 북슬북슬했다. 겨울이 되면 성기던 털이 점차 빽빽해지면서 양 옆구리를 따라 평평하게 늘어져 총 길이가 25~30센티미터에 이르고 폭이 6센티미터가 넘는 띠 모양을 형성했다. 턱 밑의 털은 방한용 토시처럼 둥글게 자랐는데, 윗부분은 느슨했고, 아랫부분은 촘촘히 짠 펠트처럼 엉겨 있었다. 그러다 봄이 되면 무성히 자란 털은 모두 빠져 없어졌다.

베이커 부부는 내게 고양이의 '날개' 한 쌍을 주었고, 나는 지금도 그것을 간직하고 있다. 날개에는 막처럼 보이는 것은 없었다. 어떤 사람은 '날개 달린 고양이'에 날다람쥐 같은 야생 동물의 피가 섞여 있지 않을까 추측하기도 하는데, 그것도 아주 불가능한 가설은 아닌 듯

싶다. 박물학자에 따르면 담비와 집고양이의 교배로 여러 잡종이 생겨났다고 하기 때문이다. 나는 만약 고양이를 기른다면, 딱 그런 고양이를 길렀으면 싶었다. 시인의 말 페가수스에 날개가 달렸듯이 시인의 고양이도 날개를 달지 못할 이유가 없지 않은가.

가을이면 여느 때처럼 아비[46](학명은 콜림부스 글라키알리스[Colymbus glacialis])가 날아와 호수에서 털갈이를 하고 목욕을 하며, 내가 채 잠을 깨기도 전에 그 야성적인 웃음소리로 숲을 울려 댔다. 아비가 도착했다는 소문이 돌면, 밀댐의 사냥꾼들은 일제히 부산을 떨며 삼삼오오 무리를 지어 허가받은 소총과 원뿔 모양의 총탄, 그리고 작은 망원경을 챙겨 마차를 타거나 걸어서 숲으로 찾아온다. 그들은 가을 낙엽처럼 바스락거리며 숲을 통과해 적어도 열 사람이 아비 한 마리를 쫓아 돌아다닌다. 그 가여운 새가 어디에나 있는 것은 아니라서, 몇몇은 호수 이쪽 편에, 또 몇몇은 저쪽 편에 나누어 진을 친다. 아비가 이쪽에서 물에 들어가면 반드시 저쪽으로 나오기 때문이다.

그러나 10월의 자비로운 바람이 불어와 나뭇잎을 살랑이고 수면을 일렁이게 하면, 아비의 웃음소리는 들리지 않고 모습도 보이지 않는다. 적들이 제아무리 망원경을 들고 호수를 샅샅이 훑어봐도, 총을 쏴서 숲을 뒤흔들어 놔도 소용이 없다. 물결이 모든 물새의 편에 서서 호기롭게 높아져 성난 듯 밀려오기 시작하면 우리의 사냥꾼도 미처

끝내지 못한 일을 찾아 마을과 상점으로 퇴각해야만 한다. 하지만 그럼에도 그들이 성공할 때가 더 많기는 하다.

아침 일찍 물 한 양동이를 길러 갈 때마다, 나는 이 위풍당당한 새가 겨우 10여 미터 떨어진 호수의 작은 만을 떠나 미끄러지듯 활강해 내려오는 모습을 자주 목격했다. 아비가 어떻게 반응하는지 보려고, 배를 타고 쫓아가면 아예 물속으로 곤두박질쳐 들어가 모습을 감춰 버려서 다시는 모습을 나타내지 않는데, 가끔은 밤이 될 때까지 눈앞에 나타나지 않는 경우도 있었다. 그러나 물 위에 그냥 떠 있을 때에는 내가 훨씬 유리했다. 비가 오면 아비는 어디론가 사라져 버리곤 했다.

10월의 어느 고요한 오후에 나는 북쪽 호숫가로 노를 저어 가고 있었다. 특히 그런 날이면 아비가 마치 박주가리의 부드러운 솜털처럼 호수에 둥둥 떠다녔는데, 그날은 아무리 호수 위를 둘러봐도 눈에 띄지 않았다. 그러다 돌연 한 마리가 호반 근처에서 호수 한가운데로 헤엄쳐 가는 모습이 보였다. 그러더니 내 앞에서 10여 미터쯤 떨어진 곳에 멈추고는 특유의 야성적인 웃음을 웃어 자신의 정체를 드러냈다. 내가 노를 저어 뒤따라가자 녀석은 물속으로 자맥질 쳐 들어갔는데, 다시 물 위로 나왔을 때는 아까보다 더 가까운 위치에 있었다. 그러자 녀석이 다시 물속으로 들어갔다. 그러나 이번에는 내가 녀석이 나올 만한 방향을 잘못 짐작하는 바람에 녀석이 물 밖으로 떠올랐을 때는

나와 기의 250미터가 넘을 만큼 멀리 떨어져 있었다. 결과적으로 내가 간격이 벌어지도록 도운 셈이 됐다. 아비는 다시금 큰 소리로 한참을 웃었는데, 사실 이번에는 그럴 만한 이유가 전보다도 충분히 많았을 터였다.

아비는 상당히 교묘하게 움직여 다녀서 나는 30미터 안쪽으로는 도저히 다가갈 수가 없었다. 매번 물 위로 떠오를 때마다 아비는 고개를 두리번거리며 호수 면은 물론 육지까지 침착하게 살핀 후, 배와 최대한의 거리를 유지할 수 있는 호수의 가장 넓은 수역 쪽으로 확실히 진로를 정해 나아갔다. 아비가 재빨리 결단을 내리고 마음먹은 바를 실행하는 모습을 보자면 감탄이 절로 났다. 녀석은 호수의 가장 넓은 영역으로 즉시 나를 이끌어 갔고, 나는 그런 아비를 다른 곳으로 몰아갈 수가 없었다.

아비가 머릿속으로 뭔가를 골몰히 생각하고 있는 듯이 보이면, 나는 대체 무슨 생각을 하고 있을지 파악해 보려 애썼다. 그것은 호수의 매끄러운 수면 위에서 인간과 아비가 벌이는 유쾌한 게임이었다. 상대의 말이 불시에 체스 판 아래로 사라지면, 그것이 다시 모습을 드러낼 장소라 여겨지는 가장 가까운 곳에 이쪽의 말을 두는 것이 게임의 규칙이었다. 때로 아비는 예기치 못하게 내가 있는 곳에서 멀리 떨어진 반대편 수면으로 떠오른다. 보나마나 내 배 밑을 지나쳐 갔을 것이

다. 아비는 매우 오랫동안 숨을 참을 수 있고, 피로도 거의 느끼지 않아, 아주 멀리까지 헤엄을 쳐 가고도 곧장 물속으로 또 뛰어들곤 했다. 그러니 아비가 깊은 호수의 매끄러운 수면 아래 어디쯤 있을지 짐작하는 것은 불가능했다. 호수의 가장 깊은 바닥까지 다녀올 수 있을 만큼 헤엄치는 실력도 좋고 숨도 오래 참을 수 있으니, 물고기처럼 빠르게 질주해 가고 있을지도 모르는 일이었다.

뉴욕의 몇몇 호수에서 송어를 낚으려고 수심 25미터까지 내려놓은 낚싯바늘에 아비가 잡혀 올라온 일이 있다고 한다. 물론 월든 호수는 그보다도 수심이 깊다. 그러니 자신들의 무리 사이를 유유히 헤엄쳐 가는, 다른 세상에서 온 그 볼품없는 불청객과 마주쳤을 때 물고기들은 또 얼마나 놀랐을 것인가! 그러나 아비는 수면 위에서와 마찬가지로 물밑에서도 자신이 나아갈 길을 확실히 아는 듯했다. 게다가 물속에서 훨씬 더 빨리 헤엄쳐 다녔다. 나는 아비가 물밑에서 수면으로 접근할 때 잔물결이 이는 것을 한두 번 목격했는데, 그때 녀석은 물 밖으로 고개를 빼고 주위를 정찰한 다음 즉시 물속으로 다시 들어갔다. 그러면 나는 아비가 어느 쪽으로 불쑥 나타날지 추측해 보려 애쓰기보다는 차라리 노를 내려놓고 쉬면서 녀석이 등장하길 기다리는 편이 훨씬 낫다는 사실을 깨닫고는 했다. 잔뜩 긴장한 채 눈을 부릅뜨고 한쪽 수면을 응시하고 있다가, 뒤에서 들려오는 녀석의 오싹한 웃음소

리에 놀라 소스라친 적도 한두 번이 아니다.

그런데 어째서 아비는 그토록 교묘하게 모습을 감추면서도 물 위로 떠오르는 순간에는 어김없이 그 요란한 웃음소리로 스스로의 위치를 폭로해 버리는 것일까? 그 하얀 가슴만으로도 자신의 존재를 드러내기에는 충분하지 않을까? 나는 아비야말로 어리석기 그지없는 새라는 생각이 들었다. 아비가 수면 위로 올라올 때면, 보통 물 첨벙이는 소리가 들려서 나는 녀석이 나타났음을 감지할 수 있었다. 그러나 한 시간을 그렇게 움직여 다녀도 아비는 늘 힘이 넘쳤고, 기꺼이 물속으로 자맥질 쳐 들어가 처음보다도 더 멀리 헤엄쳐 나아갔다. 물 위로 떠오른 후에는 물갈퀴 달린 발을 쉴 새 없이 움직이면서도 가슴 털 하나 너풀거리지 않고 유유히 떠다니는 모습을 보면 참으로 경이로웠다.

아비의 평소 울음소리는 악마의 웃음소리처럼 들렸지만, 그래도 약간은 물새의 울음소리 느낌도 났다. 그러나 가끔은 녀석이 아주 성공적으로 나를 좌절시키고 먼 수면 위에 불쑥 나타날 때가 있었다. 그럴 때면 날짐승의 소리가 아니라 늑대의 울음소리라 해도 좋을 만큼 길게 끄는 섬뜩한 소리로 울어 댔다. 마치 야수가 땅에 주둥이를 가져다 대고 일부러 울부짖을 때의 소리와 비슷했다. 그것이 아비 특유의 울음소리였다. 어쩌면 내가 호수 부근에서 접할 수 있는 가장 야성적인 소리였는지도 모르겠다. 그 소리는 숲을 뒤흔들며 멀리까지 퍼져 나

갔나. 나는 그것이 아비가 자신의 능력에 자부심을 느끼며 내 노력을 비웃는 것이라 결론 내렸다.

그때쯤 하늘은 어둑어둑했지만, 호수의 표면은 더 없이 매끄러워서 아비의 소리는 들리지 않아도, 녀석이 어디쯤에서 수면을 첨벙이며 올라오는지는 알아볼 수 있었다. 하얀 가슴, 고요한 대기, 매끄러운 수면, 모든 것이 녀석의 모습을 만천하에 드러냈다. 마침내 250미터쯤 떨어진 곳에서 녀석이 물 위로 떠오르며 그 야수 같은 긴 울음소리를 냈다. 마치 자신을 도와 달라며 아비의 신을 부르는 듯했다. 그러자 곧 동쪽에서 바람이 불어오고 잔물결이 이는가 싶더니, 안개 같은 부슬비가 대기를 꽉 메우기 시작했다. 나는 이것이 혹시 아비의 기도에 대한 하늘의 응답이며 그의 신이 내게 화를 내고 있는 것은 아닐까 하는 생각이 들어 기분이 묘해졌다. 그래서 나는 녀석이 요동치는 수면 위에서 멀리로 사라져 가는 모습을 가만히 지켜보았다.

가을이면 나는 오리가 사냥꾼들에게서 멀리 떨어진 호수 한가운데서 이리저리 날렵하게 방향을 틀며 오가는 모습을 몇 시간이고 바라보았다. 루이지애나의 질척한 늪지대 강의 후미진 곳에서는 별로 써먹을 일이 없는 재주였다. 어쩔 수 없이 하늘로 날아올라야 할 때면, 오리들은 다른 호수나 강을 쉽게 바라볼 수 있는 상당한 높이까지 날아올라 하늘에 떠 있는 한 점 먼지처럼 호수 위를 빙글빙글 선회했다.

그러다가 내가 녀석들이 다른 호수로 날아가 버렸으리라 짐작할 때쯤이면, 몇백 미터쯤을 비스듬히 날아와 멀리 떨어진 한적한 곳에 내려앉았다. 그러나 오리가 월든 호수 한가운데를 헤엄쳐 다님으로써 얻을 수 있는 것이 안전함 외에 무엇이 있었을지 나는 모르겠다. 그들도 나와 같은 이유로 월든의 물을 사랑하고 있던 것이 아니라면 말이다.

난방

10월이면 나는 강가 목초지로 포도를 따러 가 한 아름씩 안고 돌아왔다. 단순히 먹을거리가 아니라, 그 아름다운 색과 향이 더욱 소중해서였다. 덩굴월귤은, 감탄만 하고 따지는 않는데, 마치 밀랍으로 만든 작은 보석이나 들풀 위의 펜던트 같다. 그 진주처럼 영롱하고 붉은 열매를, 농부들은 흉측하게 생긴 갈퀴를 써서 긁어모아 매끄럽던 풀밭을 엉망으로 만든 뒤, 부셸이나 달러 단위로 되는 대로 저울에 달아 초원에서 거둔 전리품이라며 보스턴이나 뉴욕에 팔아 버린다. 그러면 어차피 다 으깨져서(잼으로) 그곳에 사는 자연 애호가들의 미각을 만족시킨다. 도살자들도 대초원의 풀밭에서 들소의 혀를 긁어모으느라 초목이 찢기고 꺾이는 것쯤은 안중에도 없다 하지 않는가.

매지나무의 반짝이는 열매도 눈으로만 즐기는 데 만족했다. 하지만 땅 주인과 나그네들이 못 보고 지나친 야생 사과는 뭉근한 불에 삶아 먹으려고 조금 따 왔다. 밤송이도 겨울에 먹으려고 반 부셸 정도 비축했다. 가을에 끝도 없이 펼쳐지는 링컨 마을의 밤나무 숲(지금은 이 밤나무들이 철로 아래서 긴 잠을 자고 있다)을 어깨에 자루 하나 매고 손에는 밤송이를 까는 데 쓸 막대 하나를 들고 돌아다니면 무척 신났다. 나는 서리가 내릴 때까지 기다리지 않았기에, 나뭇잎이 바스락거리는 소리와 붉은 날다람쥐와 어치의 요란한 꾸짖음을 들으며 돌아다녔다. 가끔은 녀석들이 반쯤 먹다 남긴 밤송이를 슬쩍 가져오기도 했다. 보통 그들이 고른 밤송이는 실하게 영글어 있었기 때문이다.

때로는 밤나무에 올라가 나무를 흔들기도 했다. 오두막 뒤에도 밤나무들이 자랐는데, 특히 한 그루는 오두막을 뒤덮을 만큼 무성해서 밤꽃이 필 때면 주변을 그윽한 향기로 감싸는 꽃다발로 변했다. 하지만 그 열매는 대부분 다람쥐와 어치의 차지였다. 어치는 이른 아침에 무리를 지어 날아와서는 아직 떨어지지 않은 밤송이를 부리로 콕콕 쪼아 벌리고 그 열매를 먹어 치웠다. 집 뒤의 나무는 그들에게 양보하고, 나는 훨씬 멀리 떨어진, 밤나무로만 이루어진 숲으로 찾아갔다. 알밤은 어느 정도는 빵의 훌륭한 대용식이 되었다.

물론 다른 대용식들도 여럿 있었다. 어느 날 나는 낚시용 지렁이를

파내다가 땅콩(ground-nut) 덩굴을 발견했다. 소위 '원주민 감자'라고도 불리는 굉장한 열매로, 언젠가 말했듯이 나는 어린 시절 캐먹은 적이 있지만 그런 일이 있었나 싶을 정도로 다시 먹어 보게 되리라고는 꿈도 꾸지 않았다. 전에도 주름 잡힌 붉은 우단 같은 꽃이 다른 식물의 줄기에 걸쳐 있는 모양을 자주 보기는 했지만, 그것이 땅콩인 줄은 짐작조차 못 했다. 개간이 본격화되면서 거의 멸종되다시피 했기 때문이다.

땅콩은 서리 맞은 감자처럼 달짝지근한 맛이 나는데, 굽기보다 삶아야 제맛이다. 이 덩이줄기 식물은 다가올 미래에 이곳에서 후손을 소박하게 키우고 먹이겠다고 다짐하는 자연의 어렴풋한 약속처럼 보였다. 살찐 소와 물결치는 곡물 밭의 시대에, 한때는 어느 인디언 부족의 토템이었던 이 소박한 식물은 완전히 잊혔거나 꽃 피는 덩굴로만 알려져 있을 뿐이다. 그러나 야생의 자연이 다시 이곳을 지배하는 날이 오면, 연약하고 사치스러운 영국의 곡식은 무수한 적 앞에서 종적을 감출 것이다. 옥수수 또한 인간이 돌보지 않으면, 까마귀가 마지막 한 알마저 인디언의 신이 다스리는 남서부의 광활한 옥수수 밭으로 도로 가져가리라. 원래 옥수수는 까마귀가 그곳에서 물어 왔다지 않던가.

그러나 이제는 거의 멸종 위기에 처한 땅콩이 서리와 황량한 환경

에도 개의치 않고 되살아나 번성하여 그 자신이 토착 식물임을 증명하고, 수렵 부족의 양식이던 시절의 중요성과 위엄을 되찾을 것이다. 이 식물은 인디언이 섬기던 곡물의 신이나 지혜의 여신이 만들어 인디언에게 주었음이 분명하다. 그리하여 이곳에 시가 번성해 지배하기 시작하면, 땅콩의 잎과 열매가 달린 덩굴은 우리의 예술 작품으로 재현되리라.

9월 1일쯤 되자, 호수 맞은편에 서 있는 작은 단풍나무 두세 그루가 이미 붉게 물들었다. 그 아래는 사시나무 세 그루의 하얀 가지가 물가까지 뻗어 나와 있었다. 아, 이들의 색깔 속에는 얼마나 많은 이야기가 담겨 있을까! 그로부터 한 주 한 주 지나는 동안, 나무들은 서서히 각자의 개성을 드러내면서, 호수의 거울처럼 매끄러운 표면에 비치는 자신의 모습을 한껏 뽐냈다. 매일 아침, 이 화랑의 주인은 벽에 걸린 오래된 그림을 떼고 훨씬 선명하고 조화로운 색채를 담은 새 그림을 내다 걸었다.

10월이 되자 수천 마리는 됨 직한 말벌이 겨울을 날 장소로 삼으려는지 내 오두막으로 몰려와 창문 안쪽과 벽 위에 진을 치고 눌러 앉아서는 가끔 안으로 들어오려는 방문객을 막아서기까지 했다. 매일 아침, 녀석들이 아직 추위에 마비돼 있을 때 빗자루를 들고 밖으로 쓸어내기도 했지만, 일부러 내쫓으려 애쓰지는 않았다. 오히려 내 집이 살

만한 은신처라 생각해 준다니 기분이 좋아지기까지 했다. 벌들은 나와 함께 잠까지 잤지만, 그리 괴롭히지는 않았다. 그리고 겨울과 혹독한 추위를 피해서 내가 모르는 어느 틈새로 차츰 사라져 갔다.

말벌과 마찬가지로, 11월이 되어 겨울로 접어들기 전에, 나는 월든 호수의 북동쪽 호반을 자주 둘러보았다. 그곳은 리기다소나무 숲과 돌이 깔린 호반에서 반사하는 햇빛 덕분에 화롯가처럼 따끈했다. 인공적으로 피운 불가에 있기보다는 가능한 한 오랫동안 햇빛에 나와 몸을 데우는 것이 기분도 좋고 건강에도 훨씬 좋았다. 따라서 나는 떠나 버린 사냥꾼처럼 여름이 남기고 간, 여전히 타오르는 불씨에 몸을 따뜻이 데웠다.

오두막을 지을 때 굴뚝을 세우는 단계에서 나는 석공 기술을 배웠다. 벽돌은 중고를 사용했기 때문에 우선 흙손을 이용해 깨끗이 정리해야 했다. 덕분에 나는 벽돌과 흙손의 특성에 대해 보통 이상의 지식을 습득했다. 벽돌에 붙어 있는 회반죽은 50년도 더된 것이었고, 흔히 회반죽은 시간이 지날수록 더 단단해진다는 말들을 했다. 그러나 이는 사실인지 정확히 확인해 보지도 않고, 사람들이 그저 남이 하면 따라 하길 좋아하는 말에 지나지 않았다. 오히려 그러한 속설이야말로 해가 갈수록 견고해지고 더 단단히 들러붙는 통에, 뭐든 아는 척하는

인간에게서 그런 말을 떼어 내려면 흙손으로 수도 없이 두드려야만 한다.

메소포타미아의 많은 마을은 바빌론의 폐허에서 건져 낸 질 좋은 중고 벽돌로 세워졌다. 그러니 거기 붙어 있는 시멘트는 더 오래되고 더욱 단단할 것이다. 하지만 그건 그렇다 치더라도, 나는 아무리 거칠게 두드려도 전혀 닳을 기미조차 보이지 않는 강철의 기묘할 정도의 강인함에 놀라지 않을 수가 없었다. 내 벽돌에는 바빌로니아의 왕 네부카드네자르의 이름이 새겨져 있지는 않았으나, 전에도 굴뚝을 짓는 데 쓰였던 것이라, 나는 벽난로에 사용할 벽돌을 가능한 한 많이 주워 모아 시간도 절약하고 수고도 덜기로 했다. 또한 벽돌과 벽돌 사이에는 호숫가에서 가져온 돌을 채우고, 회반죽도 그곳의 모래를 이용해 만들었다.

나는 벽난로를 짓는 데 가장 많은 시간을 들였는데, 집에서 제일 중요한 부분이기 때문이다. 실은 어찌나 신중을 기해 일했는지, 아침에 일어나 바닥부터 벽돌을 쌓기 시작해도, 밤이면 벽돌이 겨우 내 베개를 대신할 정도의 높이 밖에는 올라가지 않았다. 그러나 내가 기억하기로는 그 때문에 내 뒷목이 뻣뻣해진 것은 아니었다. 목은 벌써 오래전부터 안 좋았다.

한 시인[47]을 보름 정도 집에 들여 함께 지낸 적이 있는데, 그때가 방

안에 벽난로를 설치한 때였다. 내게 식사용 나이프가 두 자루 있었지만 그는 자신의 칼을 가져왔고, 우리는 그것을 흙 속에 찔러 넣었다 뺐다 하며 윤을 냈다. 그는 나와 요리도 분담했다. 나는 굴뚝이 네모반듯하게 점차 높아지는 모습을 보고 있자니 기분이 좋았다. 천천히 만들어 가고 있으니, 그만큼 오래가리라는 생각도 들었다. 굴뚝은 어느 정도 독립된 구조물이라 할 수 있다. 지면에서부터 시작해 오두막을 뚫고 올라가 하늘로 뻗어 나가니 말이다. 때로는 집이 불타 없어져도 굴뚝은 그대로 남아 있기도 하니, 그 중요성과 독립성은 누가 봐도 자명할 터다. 그때가 여름의 끝자락이었다. 그리고 이제 11월이 되었다.

북풍에 이미 호수가 차갑게 식고 있었지만, 수심이 워낙 깊어서 완전히 차가워지려면 아직도 몇 주는 더 북풍이 불어야 했다. 저녁나절 방 안에 불을 지피기 시작했을 때는 집에 회반죽을 바르기 전인데, 벽에 두른 판자 사이에 틈이 많아 그랬는지 굴뚝으로 연기가 꽤 잘 빠져나갔다. 나는 시원하고 통풍이 잘 되는 방에서 며칠 저녁을 기분 좋게 보냈다. 잔뜩 옹이진 거친 갈색 판자로 벽을 두르고, 나무껍질을 벗기지 않은 서까래로 천장을 받쳐 놓은 방이었다. 그런데 회반죽을 칠하고 나자, 물론 살기에는 훨씬 쾌적해졌지만, 오두막의 모습이 내 눈에 그리 마땅해 보이지 않았다. 모름지기 사람이 사는 방이라면 머리 위

가 어두컴컴해 보일 만큼 천장이 높아 저녁이면 서까래 근처에 그림자가 어른거려야 마땅하지 않을까? 그런 그림자가 만들어 내는 형상이 프레스코 벽화나 이런저런 값비싼 가구보다 인간의 공상과 상상력을 자극하는 데 더 어울릴 테니 말이다.

은신처로써뿐 아니라 추위를 피하는 용도로도 집을 이용하게 된 지금에서야, 나는 내 집에 거주하기 시작했다 말할 수 있을 듯하다. 나는 벽난로 바닥에서 장작을 약간 띄어 두고자 두 개의 낡은 장작 받침쇠를 구해 두었다. 내가 만든 굴뚝 안쪽에 검댕이 쌓여 가는 모습을 보는 건 꽤 즐거웠다. 나는 평소보다 더한 권리와 만족감을 느끼며 신이 나서 불쏘시개로 불을 쑤석였다.

내 오두막은 자그마해서 집 안에서 울리는 소리의 반향을 즐길 수는 없었다. 허나 방이 하나인 데다, 이웃과도 멀리 떨어져 있어 훨씬 커 보였다. 집 한 채가 갖추어야 할 모든 매력이 방 하나에 집약돼 있던 셈이다. 내 집은 부엌이자 방이고 거실이며 응접실[48]이기도 했다. 나는 그 집에 살며 부모로서, 자식으로서, 또 집주인이나 하인으로서 누릴 수 있는 온갖 즐거움을 만끽했다. 카토가 이렇게 말하지 않았던가.

"한 집안의 가장이라면 기름과 포도주를 보관할 저장고와 많은 통을 마련해 두어라. 그래야 힘든 시기를 맞아도 기쁘게 헤쳐 나갈 수

있으며, 이것이 곧 가장에게 이득이 되고, 그의 미덕이자 영광이 되리라."

나도 지하실에 감자로 채운 작은 통 하나, 3홉 정도 되는 바구미가 섞인 완두콩, 선반 위에 약간의 쌀과 당밀 한 병, 그리고 호밀과 옥수숫가루 각각 반 말 정도씩을 비축해 두었다.

나는 때로 더 크고 사람도 더 북적이는 집을 꿈꾼다. 황금기에 세워져서 내구성 좋은 재료로 요란한 장식 없이 지은 집 말이다. 방은 여전히 하나뿐이지만 널찍하고 투박하고 튼튼하고 원시적인 공간이다. 천장도 없고 벽에 회반죽도 칠하지 않았으며, 고스란히 드러난 서까래와 그것을 떠받치고 있는 도리들보만 머리 위 낮은 하늘을 지탱하고 있다. 비와 눈을 피하는 데는 그만이겠지! 방문객이 문지방을 넘어서며 옛 왕조의 농경신 사투르누스에게 엎드려 경의를 표하면, 지붕을 떠받치는 마룻대공과 쌍대공[49]이 인사를 받으려 기다리고 있다. 동굴처럼 생긴 집이어서 천장을 보려면 등불을 긴 막대 끝에 달아 높이 들어올려야 한다.

이런 집에서 누구는 벽난로 안에서, 누구는 우묵하게 들어간 창틀에서, 누군가는 긴 의자 위에서 살아간다. 원한다면 한쪽 방구석에서 살 수 있고, 거미와 함께 서까래 위를 차지할 수도 있다. 밖에서 문을

열고 한 발만 디디면 이미 실내에 들어선 것이니 더는 예의를 차릴 필요가 없다. 지친 나그네가 더는 이리저리 헤매 다닐 필요 없이 그 자리에서 씻고 먹고, 담소를 나누다가 잠들 수 있다. 그런 집은 폭풍이 거세게 몰아치는 밤이라도 기쁘게 쉬어 갈 수 있는 곳이다. 살림살이에 필요한 것은 모두 갖추고 있으나, 신경 써서 챙겨야 할 만한 것은 하나도 없다. 집 안의 보물이 한눈에 보이고, 사용할 물건은 모두 벽에 걸려 있다.

이 집은 부엌이자 식료품 저장고이며 응접실, 침실, 창고, 다락방을 모두 겸한다. 나무통이나 사다리 같은 살림의 필수품이나 찬장 같은 편리한 가구도 보이고, 냄비가 끓는 소리도 들린다. 저녁을 요리하는 불과 빵을 굽는 오븐에 경의를 표할 수도 있다. 필요한 가구와 가재도구가 집 안을 꾸미는 장식품이다. 그곳에서는 빨랫감을 내놓을 필요도 없고, 불씨를 꺼뜨릴 걱정도 없으며, 안주인이 성낼 일도 없다. 가끔은 요리하던 이가 지하실로 내려간다고 뚜껑 문 위에서 좀 비켜 달라고 부탁할지도 모르겠다. 그러면 당신은 발로 쿵쿵 울려 보지 않아도 바닥이 견고한지 비었는지 알 수 있을 터다.

집은 새 둥지처럼 열려 있고 훤히 들여다보이기에, 앞문으로 들어가 뒷문으로 나가는 사이 안에 누가 살고 있는지 속속들이 볼 수 있다. 그 집에 손님으로 간다는 것은 집 안을 자유로이 돌아다닐 수 있

는 자격을 부여받는 것이고, 집의 8분의 7에 해당하는 공간에서 교묘하게 배척된 채 편히 쉬라는 말을 듣고 외로이 갇혀 있지 않아도 된다는 의미다.

요즘에는 집에 손님이 와도 주인이 자신의 난롯가를 내어 주지 않는다. 그 대신 석공을 불러서 복도 어디쯤에 손님용 벽난로를 따로 설치한다. 그러니 환대라는 것이 손님을 집주인에게서 가능한 한 멀리 두는 기술을 의미하게 돼 버렸다. 음식에도 무슨 비밀이 그리 많은지, 마치 손님을 독살이라도 시키려는 듯 보이기까지 한다. 나는 지금까지 많은 사람의 사유지에 들어갔다. 물론 잘못하다가는 법적으로 퇴거 명령을 받을 수도 있다는 사실은 잘 안다. 어쨌거나 그렇게 많이 돌아다녀 봤음에도, 사람이 사는 집처럼 느껴지는 곳에 가 본 기억은 그리 많지 않다. 내가 위에서 언급했던 그런 집에서 소박하게 살아가는 왕과 왕비가 있다면, 그쪽을 지나는 길에 입고 있는 낡은 옷차림 그대로 방문해 보고 싶다. 그러나 만에 하나라도 현대식 궁전에 갇힌다면, 어떻게 해서라도 뒷걸음쳐서 그곳을 빠져나오려 애쓸 것이다.

가끔 나는 우리가 응접실에서 주고받는 말이 모든 활력을 잃고 아무 의미 없는 잡담으로 전락해 버린 기분이 든다. 우리의 삶은 어쩔 수 없이 말의 상징성에서 멀리 동떨어졌고, 은유나 비유도 식기 운반기와 음식 승강기 같은 것에 실려 멀리로 보내진 듯하다. 응접실이 부

엌과 작업장에서 너무나도 멀어져 버렸다는 것이다. 정찬조차 그저 어떤 식사의 비유일 뿐이다. 마치 이제는 미개인만이 자연과 진리 가까이에 살면서 그것에서 비유적인 표현을 빌리는 듯하다. 멀리 미국 북서부 지역이나 맨 섬[50]에 사는 학자가 부엌에서 적합한 대화가 뭔지 어찌 알겠는가?

그러나 내 손님 중에도 내 집에 머물며 속성 푸딩을 함께 먹을 정도로 대담했던 이는 한둘에 불과했다. 대부분은 위기가 닥쳐온다는 사실을 감지하면 마치 집의 기반이라도 흔들린다는 듯 서둘러 떠났다. 내 오두막은 수없이 많은 속성 푸딩을 해 먹었는데도 끄떡없이 버티고 서 있는데 말이다.

나는 혹한이 닥쳐오고 나서야 벽에 회반죽을 칠했다. 건너편 호숫가에서 희고 깨끗한 모래를 배에 실어 가져왔는데, 필요했다면 훨씬 멀리까지라도 노를 저어 나갔을 것이다. 그때까지 내 오두막은 사방의 벽과 바닥까지 꼼꼼하게 널빤지로 덮여 있었다. 욋가지를 붙일 때는 망치질 한 번이면 못이 제자리에 푹푹 박혀 기분이 그렇게 좋을 수가 없었다. 회반죽을 흙받기에서 벽으로 깔끔하고 빠르게 옮겨 바르는 것이 당시의 내 야망이었다. 그때 잘난 체하는 남자 이야기가 떠올랐다. 한 남자가 옷을 잘 차려 입고 마을을 이리저리 돌아다니며 일하는 사람들에게 조언을 한답시고 이런저런 참견을 하곤 했다. 어느 날

그가 입으로 떠들어 대던 바를 몸소 보여 준답시고, 소매를 걷어 붙이고는 회반죽을 개어 놓은 흙받기를 집어 들었다. 그러고는 운 좋게 실수 없이 회반죽을 흙손에 얹은 후, 머리 위의 욋가지를 흐뭇한 표정으로 바라보더니, 그쪽으로 크게 몸짓을 하며 팔을 뻗었다. 하지만 그 순간 망신스럽게도 흙손에 얹혀 있던 회반죽이 주름 장식이 달린 그의 셔츠 앞섶으로 모두 미끄러져 떨어졌다.

나는 추위를 효과적으로 차단하고 깔끔한 모양새로 마무리되는 회칠의 경제성과 편리함에 새삼 감탄했다. 미장이가 저지르기 쉬운 여러 실수도 알게 되었다. 또한 벽돌이 어찌나 건조한지 그 위에 회반죽을 올리고 고르게 매만지는 그 짧은 순간에도 습기를 몽땅 흡수해 버리는 통에, 새 벽난로를 쌓는데 물이 몇 양동이나 들었던지, 기독교로 개종시키는 세례를 베푸는 듯했다. 나는 이전 해 겨울 강가에 나가서 민물 홍합의 껍데기를 태워 실험 삼아 석회를 만들어 본 적이 있었기에, 필요한 재료를 어디서 얻어야 할지 알았다. 원하기만 한다면 2~3킬로미터만 나가도 질 좋은 석회를 구해서 직접 구워 쓸 수 있었다.

그러는 동안 호수의 가장 그늘지고 얕은 만에는 살얼음이 얼기 시작했다. 이제 며칠, 혹은 몇 주만 있으면 호수 전체가 빙판이 될 터였다. 첫 얼음은 매우 단단하고 투명해서, 얕은 곳에서는 호수 바닥을

살펴볼 최고의 기회를 제공하기에 특히 흥미롭고 완벽하다. 물 위에 떠 있는 소금쟁이처럼 겨우 2~3센티미터 두께인 얼음 위에 납작 엎드리면, 10센티미터도 떨어지지 않은 호수 바닥을 유리 끼운 액자 속의 그림을 보듯 느긋하게 관찰할 수 있다. 그 시기쯤이면 물도 늘 잔잔하다.

모래 바닥에는 몇몇 생물이 주변을 돌아다니다가 다시 그 길로 되돌아온 듯 보이는 고랑이 여럿 파여 있다. 또 하얀 석영의 자그마한 알갱이로 된 날도래 유충의 허물도 잔해처럼 흩어져 있다. 허물의 일부가 고랑에 놓여 있는 것으로 보아 어쩌면 그 고랑을 파 놓은 것이 날도래 유충이 아닐까라는 생각도 든다. 하지만 그들이 만들기에는 고랑이 꽤 깊고 넓다.

그러나 무엇보다도 얼음 그 자체가 가장 흥미로운 관찰 대상인데, 그것을 연구하려면 일찍 기회를 잡아야 한다. 물이 얼어붙은 직후의 이른 아침에 얼음을 살펴보면, 처음에는 얼음 속에 갇힌 듯 보이던 대부분의 기포가 실은 그 아래 있을 뿐 아니라, 호수 바닥에서 계속 더 많은 기포가 올라오고 있는 게 보인다. 이 시기에는 얼음이 비교적 단단하고 빛을 차단해서 물밑이 보였다. 기포의 크기는 아주 미세한 것부터 직경 3밀리미터가 넘는 것까지 다양했고, 매우 선명하고 아름다웠다. 얼음을 통해 기포에 비치는 내 얼굴이 보일 정도였다. 가로세로

2~3센티미터 정도 면적에 30~40개의 기포가 올라오고 있었다. 이미 얼음 속에도 길이 1센티미터 남짓한, 꼭짓점이 위에 있는 가느다란 원뿔형 기포가 수직으로 맺혀 있었다. 물이 결빙한 지 얼마 안 됐을 때는, 그 자그마한 원뿔형 기포가 염주처럼 줄줄이 매달려 있기도 했다. 그러나 얼음 속에 있는 기포는 그 아래 맺힌 기포만큼 선명하지도 많지도 않았다.

나는 때로 얼음이 얼마나 단단히 얼었는지 보려고 돌멩이를 던져 보았는데, 얼음을 뚫고 들어간 돌이 공기도 함께 끌고 들어가서 얼음 아래쪽에 크고 선명한 하얀색 거품이 생겼다. 언젠가 48시간 후에 되돌아가 보니, 얼음은 가장자리의 이음새에서 확연히 드러나는 대로 2~3센티미터가 두터워졌지만, 돌이 만들어 놓은 커다란 기포는 여전히 완벽한 상태로 남아 있었다. 그런데 그 이틀 동안 날씨가 인디언 서머처럼 따뜻했었기에, 호수의 암녹색 물과 밑바닥까지 훤히 보여주던 얼음은 그다지 투명하지 않았고, 오히려 희끄무레 흐려져 있었다. 두께는 두 배나 두꺼워졌음에도 이전만큼 단단하지도 않았다. 따뜻한 날씨 덕분에 얼음 속의 기포들이 팽창하며 서로 들러붙어서 규칙적인 모양새가 흐트러졌기 때문이었다. 이제 그것은 길게 일렬로 늘어선 염주 알이 아니라, 자루에서 쏟아져 나온 은화처럼 마구 겹쳐 있거나, 좁은 틈새에 끼워진 얇은 조각처럼 보였다. 이제 얼음의 아름

다음은 사라져 버렸고, 바닥을 살펴보기도 너무 늦어 버렸다.

나는 새로운 얼음 속에서 내가 만들어 놓은 커다란 기포는 어디쯤 있을지 궁금해서, 중간 크기의 기포가 든 얼음덩이를 깨서 뒤집어 보았다. 기포의 주변과 아래쪽으로 새로 얼음이 얼어서, 기포는 두 얼음 사이에 끼어 있었다. 아래쪽 얼음에 완전히 들어가 있기는 했지만, 위쪽 얼음에도 바짝 붙어서 납작해져 있었다. 아니, 끄트머리가 둥그런 볼록한 렌즈 모양으로 두께가 6~7밀리미터 정도에 직경은 10센티미터가 넘는 듯했다. 그런데 놀랍게도 기포 바로 아래쪽 얼음은 뒤집어 놓은 접시 형태로 고르게 녹고 있었다. 얼음의 한가운데 부분은 두께가 1.5센티미터쯤 됐는데, 물과 기포 사이에 3밀리미터 두께의 얇은 얼음벽이 남아 있었다. 그리고 얼음벽에 남아 있던 작은 기포들은 거의 아래쪽으로 터져 있었다. 보아하니 직경이 30센티미터쯤 되는 가장 큰 기포 아래쪽에는 얼음이 전혀 얼지 않았던 것이다. 가만히 생각해 보니, 처음에 얼음 밑에서 보았던 그 무수히 많은 작은 기포들도 지금쯤은 마찬가지로 다 얼었을 테고, 그 각각의 기포가 그 각도에 따라 돋보기 같은 역할을 함으로써 아래에 있는 얼음을 녹여 없앤 게 아닐까 싶었다. 그러니 결과적으로 보면 기포들은 얼음을 깨서 쩍 소리가 나게 갈라놓는 공기총이라 하겠다.

마침내 진짜 겨울이 찾아왔다. 막 회반죽 칠을 마친 직후였다. 바람도 마치 그때까지는 허락이 없어 불지 못했다는 듯, 보란 듯이 집 주변에서 울부짖기 시작했다. 밤마다 기러기 떼가 그 육중한 몸을 이끌고 요란한 울음을 울어 대며 날갯짓 소리와 함께 어둠속에서 날아왔다. 땅에 눈이 수북이 쌓인 뒤에도 찾아와서는 일부는 월든 호수에 내려앉고, 또 일부는 숲 위로 낮게 날아 페어헤이븐 쪽으로, 혹은 멕시코를 향해 날아갔다. 몇 번인가 내가 마을에 갔다가 밤 10~11시쯤 돌아왔을 때, 오두막 뒤편 작은 연못가 숲속에서 먹이를 찾으러 나온 기러기 떼나 오리 떼가 낙엽 밟는 소리, 그리고 서둘러 날아오르라고 우두머리가 왝왝 재촉하는 소리를 들었다.

1845년 12월 22일 밤, 마침내 월든 호수 전체가 꽁꽁 얼었다. 플린트 호수와 몇몇 얕은 호수, 그리고 콩코드 강은 그보다 열흘 이상 일찍 얼어 있었다. 1846년에는 12월 16일, 1849년에는 12월 31일경, 1850년에는 12월 27일쯤, 1852년에는 1월 5일, 1853년에는 12월 31일에 월든 호수는 완전히 얼어붙었다. 눈은 11월 25일부터 이미 수북이 쌓여서, 주변은 겨울 풍경으로 바뀐 지 오래였다.

나는 내 자신의 껍데기 속으로 깊숙이 파고들어, 집과 마찬가지로 가슴속에 활활 불을 지피는 데 집중했다. 문밖 활동은 숲에서 죽은 나뭇가지를 모아 손에 들거나 어깨에 짊어지고 오는 것뿐이었다. 가끔

은 죽은 소나무를 양쪽 겨드랑이에 하나씩 끼고 헛간까지 질질 끌고 오기도 했다. 이미 제 몫을 다한 숲의 낡은 울타리를 발견하는 일은 횡재나 다름없었다. 더는 테르미누스(경계의 신)를 모시지 못하는 그 울타리를, 나는 불카누스(불의 신)에게 바쳤다. 눈밭에서 사냥해 온, 아니, 훔쳐 온 땔감으로 조리한 저녁을 먹는 일은 그 얼마나 흥미진진하겠는가! 그의 빵과 고기는 달콤하리라.

우리 마을에 있는 대부분의 숲에는 땔감으로 쓸 만한데 그냥 버려둔 삭정이나 죽은 나무가 널려 있었는데, 어떤 이는 이런 것들이 오히려 어린 나무의 성장에 방해가 된다고 생각했다. 호수에 떠다니는 유목도 있었다. 여름을 지나는 동안 나는 겉껍질이 붙은 리기다소나무를 통나무째 엮어 만든 뗏목을 발견했다. 철도 공사를 하던 아일랜드인 노동자들이 만든 것이었다. 나는 그것을 뭍으로 반쯤 끌어다 두었다. 그렇게 6개월간 육지에서 마르기는 했지만, 2년간 물에 잠겨 있던 탓에 더는 말릴 수 없을 정도로 물이 배인 상태였으나, 모양새는 여전히 건재했다.

어느 겨울 날, 나는 엮인 통나무를 하나씩 풀어 800미터나 되는 호수를 가로질러 얼음 위로 미끄러지게끔 하는 작업을 즐겁게 시작했다. 길이 5미터가량 되는 통나무의 한쪽 끝을 어깨에 얹고 반대편 끝은 얼음 위에 닿게 한 후, 뒤에서부터 밀며 미끄러져 갔다. 또는 가느

다란 자작나무 가지로 통나무 몇 개를 한데 묶은 뒤, 끝에 갈고리 모양 가지가 달린 더 긴 자작나무나 오리나무에 걸어 끌고 가기도 했다. 완전히 물을 먹어 납덩이처럼 무거웠음에도, 이 통나무들은 오랫동안 타올랐을 뿐 아니라 화력도 대단했다. 그래서 어쩌면 물에 잠겨 있었기 때문에 더 잘 타는지도 모르겠다는 생각이 들었다. 송진도 물에 담가 두면 램프 속에서 훨씬 오래 타오르지 않는가.

윌리엄 길핀[51]은 영국의 숲 경계지에 사는 사람들에 관해 이렇게 말했다. "무단 침입자들이 숲의 경계지에 세우는 집과 울타리를 …… 옛 삼림법은 중대한 불법 행위로 간주했다. 들짐승을 위협하고 숲에 해를 가하는 등의 행위라 하여 '공유지 침해'라는 죄목으로 엄중히 처벌했다." 그러나 나는 동물과 그들이 사는 숲의 보존에, 사냥꾼이나 벌목꾼 들보다 관심이 많았다. 마치 워든 경[52]이라도 되는 듯이 신경을 썼다. 간혹 숲이 조금이라도 불타면(실은 나도 실수로 산불을 낸 적이 있는데), 나는 숲의 주인보다도 더 오래 슬퍼했고 더 많이 아파했다. 아니, 숲의 주인이 직접 나무를 벨 때조차 통탄해 마지않았다. 나는 우리의 농부들이 숲을 벌목할 때 부디, 고대 로마인들이 신성한 숲(루쿰 콘루카레)에 빛이 잘 들도록 나무를 솎아 내며 느꼈던 경외감을 느끼기를 바란다. 다시 말해, 그 숲을 어떤 신에게 바쳐진 신성한 숲으로 여겼으면 한다. 로마인들은 속죄의 제물[53]을 바치며 이렇게 기도했던 것

이다. "남신이든 여신이든, 이 숲을 다스리는 신이시여, 나와 내 가족과 우리 아이들에게 은혜를 베푸소서……."

이 새로운 시대, 새로운 나라에서도 여전히 나무에 황금보다 더 영원하고 보편적인 가치를 부여한다는 사실은 참으로 주목할 만하다. 그 모든 발견과 발명에도 불구하고, 높이 쌓아 올린 목재 곁을 무심히 지나칠 인간은 없으리라. 앵글로색슨과 노르만 혈통의 우리 조상들에게 그러했듯, 우리에게도 목재는 더 없이 소중하다. 그들이 나무로 활을 만들었다면, 우리는 총의 개머리판을 만든다. 30년 전쯤 미쇼[54]는 이렇게 말했다. "뉴욕과 필라델피아의 연료용 장작이, 파리에서 파는 최상급 목재의 가격과 거의 같거나 오히려 비싸기까지 하다니 말이 되는가. 이 거대한 수도 파리는 매년 30만 코드[55] 이상의 장작을 소비하고, 그 경계 500킬로미터 너머까지 경작지로 둘러싸여서 나무 구하기가 쉽지도 않은데 말이다."

우리 마을에서도 장작의 가격은 매년 꾸준히 오르기 때문에, 사람들은 오르고 말고가 아니라 작년보다 얼마나 올랐는가에 신경을 쓴다. 아무 볼일도 없이 숲에 드나드는 기계공이나 상인들은 보나마나 목재 경매에 참가하려는 건데, 심지어 벌목꾼이 흘리고 간 나무 찌꺼기를 줍는 권리도 비싼 값을 내고 사들인다. 연료나 수공예품의 재료를 구하려고 숲에 드나들던 일은 이미 과거지사다. 뉴잉글랜드 사람

과 뉴네덜란드 사람, 파리 시민과 켈트족, 농부와 로빈 후드, 구디 블레이크와 해리 길[56], 세상 거의 모든 나라의 왕족과 소작인, 학자와 야만인 할 것 없이 모두가 몸을 데우려면 숲에서 가져온 몇 개의 장작이 필요하다. 나 역시 나무가 없으면 못 산다.

사람이라면 누구나 쌓아 놓은 자신의 장작더미를 애정 어린 시선으로 바라본다. 나는 내 장작더미를 창문 밖에 쌓아 두기를 좋아하는데, 높이가 높을수록 즐겁게 일하던 순간이 더 잘 떠오른다. 나는 누구 것인지 모를 낡은 도끼를 한 자루 가지고 있어서, 겨울이면 가끔 들고 나가 콩밭에서 파내 가져온 나무 그루터기를 집 앞 양지바른 곳에서 장작으로 팼다. 내가 쟁기질을 할 때 마차를 몰고 지나던 사람이 예언했듯이, 그때 판 그루터기가 나를 두 번이나 따뜻하게 해 주었다. 한 번은 도끼로 쪼갤 때, 또 한 번은 불을 지필 때였다. 어떤 연료가 그보다 더 강한 열기를 내게 줄 수 있을까. 도끼로 말하자면, 누군가가 마을의 대장장이에게 가져가 날카롭게 손을 보는 것이 좋겠다고 했지만, 나는 그의 말을 거절하고 숲에서 가져온 호두나무로 자루에 쐐기를 박아 넣어 나름대로 손을 좀 보았다. 날이 무디기는 했지만, 적어도 자루는 튼튼히 박혀 있었다.

송진이 많이 묻은 소나무 장작은 몇 개만 있어도 그야말로 보물이나 같다. 불길을 살찌우는 이러한 음식이 아직도 땅속에 얼마든지 감

춰져 있다는 사실을 떠올릴 때마다 참으로 흥미롭지 않은가. 과거 몇 년 동안, 나는 종종 헐벗은 산기슭을 '탐사'하고 다녔다. 원래 리기다 소나무 숲이 있던 곳이라서 송진이 많이 묻은 소나무 뿌리를 파낼 수 있었기 때문이다. 그런 뿌리는 거의 썩지를 않았다. 적어도 삼사십 년은 묻혀 있었을 텐데도 그 심은 멀쩡했다. 껍질 바로 안쪽의 변재 부분은 썩어 부식토가 되었는데, 그것은 그루터기 중심에서 10~15센티미터 떨어진 부분에 흙과 같은 높이로 고리 모양의 띠를 형성하고 있는 두툼한 껍질의 층을 봐도 알 수 있었다. 도끼와 삽으로 이 광맥을 탐색하다 보면, 땅속 깊은 곳에서 쇠기름처럼, 아니 금맥처럼 노란 골수 저장고를 만나게 된다.

그러나 보통 나는 눈이 내리기 전에 헛간에 비축해 둔 마른 나뭇잎을 이용해 불을 지폈다. 나무꾼들은 숲에서 야영할 때 주로 호두나무 생목을 가늘게 쪼개 불쏘시개로 이용한다. 가끔은 나도 그것을 조금씩 구해다 썼다. 마을 사람들이 지평선 너머에서 불을 지필 때면, 나 역시 굴뚝으로 연기를 피워 월든 계곡에 거주하는 여러 야생 동물에게 내가 깨어나 있음을 알리곤 했다.

가벼운 날개 달린 연기여,
위로 솟아오르며 날개를 녹이는 이카로스의 새여,

노래하지 않는 종달새처럼, 새벽을 알리는 사자처럼,
그대의 둥지인 양 작은 마을 위를 맴도는구나.

혹은 사라지려 하는 꿈이런가, 치맛자락을 모으는
한밤의 환영이 빚어내는 어렴풋한 형상이런가.
밤에는 별을 가리고,
낮에는 빛을 그늘지게 하여 태양을 가리는구나.
그대 나의 향기여, 이 화로에서 피어올라
이 선명한 불꽃을 용서해 달라 신들에게 간구하여라.

그리 많이 사용하지는 않았지만, 갓 잘라 낸 단단한 생목은 그 어떤 장작보다 내 목적에 부합했다. 겨울날 오후 산책하러 나갈 때면, 나는 가끔 불이 그대로 활활 타도록 내버려 두었다. 서너 시간 후에 돌아와 보면 불은 여전히 벌겋게 살아서 타고 있었다. 그러니 내가 나가 있어도 오두막은 비어 있는 것이 아니었다. 마치 성격 좋은 가정부를 집에 두고 나간 듯했다. 다시 말해, 내 집에는 나와 불이 함께 살았다. 그 가정부는 참으로 믿음직했다.

그런데 어느 날 장작을 패다가 나는 불현듯 집 안에 불이라도 옮겨 붙지는 않았는지 창문으로 안을 엿보고 싶은 마음이 들었다. 특별히

화재에 신경이 쓰이기는 그때가 유일하지 않았나 싶다. 그래서 나는 안을 들여다보았더니, 때마침 불꽃이 침상에 옮겨붙고 있었다. 나는 황급히 안으로 들어가 불을 껐다. 탄 자리가 손바닥 크기만 했다. 하지만 내 오두막은 볕도 잘 들고 여간해서는 비바람도 들이치지 않는 데다가 지붕도 낮아서, 겨울에도 한낮에는 불을 피우지 않고 얼마든지 지낼 수 있었다.

어느 날 나는 두더지가 지하실에 보금자리를 마련하고 감자를 3분의 1이나 먹어 치운 것을 알게 됐다. 녀석은 회반죽을 칠하고 남겨 둔 털과 갈색 종이로 아늑한 침대까지 장만해 두고 있었다. 야생 동물조차도 인간이나 마찬가지로 안락하고 따뜻한 잠자리를 바라는 것이었다. 그들은 참으로 신중하게 그런 것들을 구하려 애를 쓰기에 무사히 겨울을 지나 생존할 수 있는 것이다. 내가 일부러 얼어 죽으려고 산에 들어오기라도 한 것처럼 말하는 친구가 있다. 동물들은 단지 비바람을 피할 수 있는 장소에 침상을 마련하고 자신의 체온으로 그것을 데운다. 한데 인간은 불을 발견함으로써 너른 집 안에 공기를 가두고, 체온을 빼앗기는 대신 불로 그곳을 데워 자신의 침대로 사용한다. 그 안에서 인간은 성가신 옷을 벗고 돌아다니고, 한겨울에도 여름 같은 기온을 유지하며 지낸다. 창문 덕에 빛까지 들어오고, 등불 덕에 낮을 연장할 수도 있다. 이런 식으로 인간은 본능을 한두 발 앞서 가서, 예술

에 헌신할 시간을 마련한다.

예상치 못한 추위에 장시간 노출되면 온몸이 추위에 무감각해지기 시작하지만, 일단 따뜻한 집 안으로 들어가면 곧 회복되어 목숨을 연장할 수 있었다. 그러나 제아무리 호사스러운 집에 사는 사람도 이런 점은 특별히 자랑할 만한 것이 없다. 그러니 우리도 인류가 결국에는 어떤 식으로 멸망하게 될지 추측하느라 골치 아파할 필요도 없다. 북쪽에서 조금만 더 매서운 바람이 불어오면 언제든 인간의 목숨 줄은 쉽게 끊어져 버릴 것이다. 우리는 과거 끔찍이도 추웠던 '혹한의 금요일'이나 '대폭설'[57]에 관해 종종 이야기하지만, 그런 날보다 약간만 더 춥거나 눈이 조금만 더 내려도 이 땅에서 인간의 삶은 종지부를 찍을지도 모른다.

이듬해 겨울에는 장작을 아끼려고 작은 조리용 난로를 사용했다. 숲이 다 내 것은 아니지 않은가. 그런데 그것은 벽난로만큼 불이 오래가지 않았다. 그리하여 요리가 더는 시적인 활동이 되지 않았다. 그저 화학적인 과정일 뿐이었다. 요즘과 같은 난로의 시대에는 인디언의 방식을 따라 재 속에 감자를 묻어 구워 먹던 일도 곧 잊히리라. 난로는 자리를 많이 차지하고 집 안에 냄새도 남길 뿐만 아니라, 눈앞에서 불길을 감춰 버리니 나는 친한 벗을 잃은 기분이었다.

불길을 들여다보면 늘 어떤 얼굴이 보인다. 일꾼들은 밤이면 가만

히 불길을 들여다보며 낮 동안 머릿속에 쌓인 지저분한 찌꺼기와 속세의 때를 말끔히 정화한다. 그런데 이제 나는 가만히 앉아 불길을 들여다볼 수 없게 되었다. 그러자 한 시인의 적절한 표현이 새삼 강하게 머릿속에 떠올랐다.

"밝게 타는 불꽃이여, 그대의 사랑스러운
삶을 비추는 친밀한 공감을 나는 결코 부인하지 않는다네.
내 희망이 아니라면, 무엇이 그처럼 밝게 하늘로 타오르겠는가?
내 운명이 아니라면, 무엇이 그처럼 한밤에 낮게 잠기겠는가?
모두에게 환영받고 사랑받던 그대가
왜 집 안의 화로와 복도에서 추방되어 버렸는가?
흐릿하기 그지없는 우리네 삶의 평범한 빛에 비해
그대의 존재가 너무도 화려했던가?
그대의 밝은 빛이 우리의 상냥한 영혼과
신비로운 대화를 나누지 않았던가?
대담한 비밀도 털어놓지 않았던가?

어쨌든 우리는 안전하고 강인하게 버티고 있다네.
희미한 그림자조차 흔들리지 않고

기쁨이나 슬픔을 주는 법도 없이
단지 손과 발을 따스하게 할 뿐.
더 큰 열망을 주지도 않는 화롯가에 앉아
그 작고 실용적인 물건 옆에는
현재가 자리 잡고 앉아 잠들기도 할 테지만,
어두운 과거에서 걸어 나와, 흔들리는 오래된 장작불 곁에서
우리와 함께 이야기 나누었던 유령을 두려워하는 일은 없으리라."[58]

이전 거주민들과 겨울 방문객들

나는 몇 차례 즐거이 몰아치는 눈보라를 무사히 견뎌 냈다. 문밖에 눈발이 거세게 휘몰아쳐 부엉이의 울음소리마저 잦아드는 동안에도 불가에 앉아 행복한 겨울 저녁 시간을 보냈다. 몇 주 동안은 숲으로 산책을 나가도 이따금씩 나무를 베서 썰매에 싣고 마을로 돌아가는 사람 외에는 만나지 못했다. 하지만 자연은 나를 꾀어 숲속 가장 깊게 눈이 쌓인 곳으로 작은 오솔길을 만들도록 이끌었다. 일단 내가 한 번 밟고 지난 길에는 바람이 떡갈나무 잎을 떨어뜨렸고, 잎은 떨어진 자리에서 태양빛을 흡수해 눈을 녹였다. 그러면 발 딛기에 좋은 마른 바닥이 생겨났고, 밤에는 잎들이 검은 선을 이루어 길잡이가 되었다.

사람들과의 교제 대신, 나는 전에 이 숲에 살았던 사람들을 떠올려

봐야 했다. 마을 사람들의 기억에 따르면, 현재 내 오두막이 서 있는 근처를 지나는 길에서는 사람들의 웃음소리나 한담을 나누는 소리가 많이 들려왔고, 오두막과 경계를 이루는 숲에는 여기저기 그들의 작은 텃밭과 집이 자리해 있었다고 한다. 그리고 길은 지금보다 훨씬 울창한 숲에 가려져 있었다. 내 기억으로도 어떤 곳을 지날 때는 소나무가 마차 양편을 스칠 정도로 가까이 서 있었다. 그래서 어쩔 수 없이 홀로 이 길을 걸어 링컨까지 가야 하는 여자와 아이들은 지레 겁을 먹고, 꽤 먼 거리를 냅다 달려서 빠져 나가곤 했다.

비록 이 길이 주로 근처 마을로 나가는 데 편리한, 혹은 나무꾼이 가축이 끄는 수레를 끌고 다니기에 적당한 하찮은 길에 불과하기는 했어도, 지금보다 훨씬 다채로운 모습을 하고 있었기에 지나는 이의 눈이 즐겁고 오래도록 기억에 남는다고 했다. 지금은 마을에서 숲까지 흙을 다져 놓은 너른 밭이 펼쳐져 있지만, 그 당시에는 담갈색 습지 위에 통나무를 깔아 놓은 길이 가로지르고 있었다. 의심할 여지없이, 그때 그 길의 흔적은 지금은 구빈원이 된 스트래튼 농장에서 브리스터 언덕까지 이어지는 현재의 먼지 자욱한 대로 밑에 깔려 있을 것이다.

그 길 건너편 내 콩밭의 동쪽에는 콩코드 마을의 신사였던 향사 던컨 잉그램의 노예, 카토 잉그러햄이 살고 있었다. 덩컨 잉그러햄은 이

노예에게 집을 지어 주고 월든 숲에서 살 수 있도록 허락했다. 여기서 카토라 함은 고대 로마의 정치가 카토 '우티첸시스'가 아니라, '콩코디엔시스', 즉 콩코드의 카토를 말한다. 어떤 이는 그가 기니 출신의 흑인이라고 말했다. 밤나무 사이에 있던 그의 작은 밭을 기억하는 사람도 있었다. 밤나무는 훗날 필요하게 될지도 모른다고 그가 늘그막까지 기르던 것이었지만, 결국에는 그보다 젊은 어느 백인 투기꾼의 손에 넘어가고 말았다. 카토의 반쯤 무너져 버린 지하실도 아직 남아 있기는 하지만, 소나무 숲에 둘러싸여 행인들의 시선에서 감추어져 있는 탓에 아는 사람이 많지 않다. 게다가 지금은 그 안에 옻나무 관목(학명은 루스 글라브라[Rhus glabra])이 빼곡히 자라고 있고, 메역취 중에서도 가장 일찍 꽃을 피우는 종(학명은 솔리다고 스트릭타[Solidago stricta])이 무성히 자라난다.

여기, 그러니까 내 콩밭 한쪽 모퉁이, 그나마 마을과 가장 가까운 쪽에는 질파라는 유색인종 여인의 작은 집이 있었다. 그녀는 마을에 내다 팔기 위해 물레로 아마실을 자으며 큰 소리로 노래를 불렀는데, 워낙에 목청이 우렁차고 쩌렁쩌렁해 월든 숲 전체가 울릴 정도였다. 그런데 1812년 전쟁 중에 그녀가 잠깐 집을 비운 사이 조건부로 풀려난 영국군 포로들이 그녀의 집에 불을 질렀다. 그 일로 집에서 기르던 고양이와 개는 물론 닭까지도 모두 불에 타 버렸다. 그녀는 참으로 힘겨

운 삶을 살았고, 정신도 온전치 못한 듯했다. 자주 월든 숲에 드나들던 마을 사람 하나는 어느 날 정오쯤 그 집 앞을 지나칠 때, 그녀가 부글부글 끓고 있는 솥을 앞에 두고 "넌 뼈밖에 없구나, 뼈밖에 없어."라고 중얼거리는 소리를 들었다고 했다. 지금은 그 근처 떡갈나무 잡목 숲에 가면 벽돌 몇 장밖에는 찾아볼 수가 없다.

예전에는 길을 따라 내려가다 보면, 오른쪽 브리스터 언덕 위에 한때 마을의 대지주였던 커밍스 씨의 노예였던 '흑인 손재주꾼' 브리스터 프리먼이 살고 있었다. 지금도 그곳에는 브리스터가 심고 가꾸었던 사과나무들이 그대로 남아 있는데, 이제는 커다란 노목이 되었음에도 그 열매는 여전히 야생의 싱그러움을 그대로 간직하고 있었다.

얼마 전 나는 링컨 마을에 있는 오래된 묘지에서 그의 묘비명을 읽을 수 있었다. 콩코드에서 퇴각해 가다 쓰러진 영국 근위병들의 이름 없는 무덤 곁 한쪽 구석의 작은 공간을 차지하고 있는 그의 무덤에는 '시피오 브리스터, 유색인'이라고 적혀 있었다. '스키피오 아프리카누스'[59]라고 불러도 충분한 사람이지만 '유색인'이라 덧붙여 놓으니 마치 그가 탈색이라도 되어 버린 듯한 느낌이 들었다. 또한 묘비에는 그의 사망 연월일이 매우 강조되어 적혀 있었으나, 그것은 단지 그도 한때는 이 세상에 살았던 사람임을 간접적으로 알려 주는 정보에 지나지 않았다. 그는 펜다라는 성격 좋은 아내와 함께 살았다. 기분 좋게

사람들의 운세를 봐 주던 그녀의 얼굴은 크고 둥글었으며 그 어떤 밤의 아이들보다도 더 새까맸다. 그처럼 까만 달덩이는 그녀 이전은 물론이고 그 이후에도 콩코드의 하늘에 떠오른 적이 없다.

언덕 아래로 더 내려가면 왼편 숲속의 오래된 길가에 스트래튼 가족의 농가가 서 있던 흔적이 남아 있다. 그들의 과수원은 한때 브리스터 언덕 기슭을 온통 차지하고 있었지만, 지금은 리기다소나무가 무성해진 탓에 몇 개의 그루터기만 남고 다 사라져 버렸다. 하지만 그루터기의 오래된 뿌리는 지금도 마을에서 무성히 자라는 많은 나무의 천연 묘목이 되어 주고 있다.

거기서 마을로 좀 더 가까이 다가가면 브리드의 집터와 마주친다. 길 반대편, 숲의 끄트머리에 있는 그 장소는 신화 속에 그 이름이 정확히 언급되지 않은 어느 악마의 짓궂은 장난으로 유명한 곳이다. 그 악마는 이곳 뉴잉글랜드 사람들의 삶 속에서 매우 두드러지고 놀랄 만한 말썽을 부리고 다녔기에, 언젠가는 그의 전기문이 나와도 좋을 정도로 신화 속의 인물만큼이나 대단한 명성을 누릴 만한 자격이 있다 하겠다. 친구나 일꾼의 모습을 가장하고 나타나서 집 안의 물건을 모두 강탈하고 가족까지도 모두 살해해 버리는 그의 이름은 바로, 뉴잉글랜드산 럼주다.

그러나 이곳에서 일어났던 비극의 역사를 이야기하기에는 아직 시

기가 이르다. 어느 정도 시간이 흐르게 하자. 비통함이 누그러져 비극이 하늘색으로 물들 때까지 기다리자. 진위를 확인할 수 없어 미심쩍은 어느 전설에 따르면, 그 장소에는 선술집 하나가 자리해 있었다고 한다. 나그네가 목을 축이고 말에게 물을 먹이던 우물은 아직 그대로 남아 있다. 그곳에서 사람들은 서로 인사를 나누고 이런저런 소식을 주고받은 후, 다시 서로의 갈 길로 갔다.

브리드의 오두막은 겨우 12년쯤 전만 해도 있었다. 물론 사람이 살지 않은 지는 훨씬 오래전이다. 내 오두막과 거의 같은 크기였다. 기억하기로는 어느 선거일 밤에 동네 악동들이 그 오두막에 불을 질렀다. 당시 나는 마을 끄트머리에 살고 있었고, 윌리엄 대버넌트의 《곤디버트》[60]에 흠뻑 빠져 살았는데, 기면증으로 고생하던 겨울철이기도 했다. 그런데 내게는 수염을 깎다가도 잠에 빠져 버리고, 일요일에 지하실에서 감자 싹이라도 제거하고 있어야지 안 그랬다가는 안식일을 뜬 눈으로 지새울 수도 없는 삼촌이 한 분 계셨기에, 그 병이 유전은 아닌지 고민이 되었다. 혹은 내가 차머스가 편집한 영국 시선집[61]을 하나도 건너뛰지 않고 샅샅이 읽으려고 애를 써서 그랬을지도 모르는 일이었다. 어쨌든 당시 그 병은 내 신경에 상당히 거슬렸다.

내가 그 시선집에 막 고개를 묻으려던 순간 화재를 알리는 종소리가 울리더니, 일단의 남자와 소년들이 우르르 몰려갔고, 그 뒤로 소방

차 몇 대가 허둥지둥 쫓아가고 있었다. 나는 얼른 작은 개울을 뛰어넘어 선두 그룹으로 들어갔다. 우리는 숲을 지나 훨씬 남쪽에 있는 헛간이나 상점이나 집, 혹은 마을 전체가 불타고 있다고 생각했다. 전에도 그쪽에 몇 번 화재가 났었기 때문이다. 그때 누군가 "베이커네 헛간이야."라고 소리 질렀다. 그러자 다른 사람이 "아니, 코드먼의 집이야."라고 주장했다. 그때 불길에 지붕이 내려앉은 모양인지 숲 위쪽으로 새로운 불길이 솟아올랐다. 우리는 일제히 "콩코드여, 구해 주러 갑시다!"라고 소리 질렀다.

사람을 가득 태운 마차 몇 대가 맹렬한 속도로 우리 곁을 질주해 지나갔다. 아마도 승객들 중에는 보험회사 직원도 끼어 있었을 것이다. 그 사람들은 아무리 먼 길이라도 반드시 가서 살펴봐야 하니 말이다. 뒤쪽에서 소방차의 종소리가 느리지만 확실하게 처음부터 계속 울리고 있었다. 그리고 맨 뒤쪽에는, 사람들이 나중에 쑥덕거렸던 소문에 따르자면, 불을 지르고 경종을 울린 악동 무리가 따라오는 중이었다.

그리하여 우리는 참된 이상주의자들처럼 감각이 일러 주는 증거를 거부한 채 무작정 화재 현장으로 계속 달려갔다. 길모퉁이에 다다랐을 때, 불꽃이 탁탁 튀는 소리가 들렸고, 담 너머로 실제 불의 열기가 느껴졌다. 그제야 우리는 현장에 도착했음을 깨달았다. 불길 바로 앞에 서자 비로소 사람들은 흥분을 가라앉혔다. 처음에 우리는 개구리

연못의 물을 퍼다 부을까 생각했다. 그러다가 이미 너무 많이 타 버려서 그럴 만한 가치가 없다고 결론 내리고 그냥 다 타 버리도록 내버려 두기로 했다.

우리는 소방차를 빙 둘러서서 서로 어깨를 밀쳐 대며 전성관[62]에 대고 자신의 감정을 큰 소리로 표현하기도 하고, 낮은 목소리로 배스컴 상점 화재 같은, 세상이 목격했던 더 큰 화재에 대해 의견을 주고받기도 했다. 우리가 소방 수레를 끌고 제때 도착하기만 했어도, 근처 개구리 연못에 물만 가득 차 있었어도, 이 위협적인 최후의 화재를 또 하나의 홍수로 바꾸어 놓았을지도 모른다고 우리끼리 소곤거리기도 했다.

마침내 우리는 아무런 나쁜 짓도 저지르지 않고, 각자의 잠자리나 《곤디버트》로 돌아갔다. 한데 《곤디버트》에 관해 말이 나왔으니 말이지만, 서문에서 기지가 영혼의 화약이니 어쩌니 하는 부분에서 "그러나 인디언들이 화약을 모르듯이 인간도 대부분 기지가 무엇인지 모른다."라고 주장하는 문장은 빼 버리는 게 낫지 않았을까 하는 생각이 들었다.

그다음 날 거의 같은 시간에 나는 우연찮게도 들판 건너편에 있는 그 길을 걸어가다가 집이 불탄 자리에서 낮은 신음 소리가 나는 것을 듣고 어둠 속에서 가까이 다가가 보았다. 거기에는 내가 알기로 그 집

안의 유일한 생존자이자, 집 안의 악덕과 미덕 모두를 물려받고 그 화재와 유일하게 이해관계가 있는 후손 하나가 배를 깔고 바닥에 엎드려 그때까지도 연기를 피우는 잿더미 아래 지하실 벽 너머를 바라보며 늘 하던 버릇대로 혼잣말을 중얼거리고 있었다. 그는 온종일 멀리 떨어져 있는 강가 목초지에서 일하고 있었는데, 첫 자유 시간을 얻자마자 조상들의 집이자 자신이 어린 시절을 보냈던 집을 찾아왔던 것이다.

그는 엎드린 채로 이쪽저쪽 몸을 움직여 가며 사방으로 지하실을 들여다보았다. 마치 자신이 그곳 돌 틈 사이 어딘가 보물을 숨겨 놓았던 것을 기억해 내기라도 한 듯했지만, 벽돌과 잿더미밖에 없었다. 집은 다 불타 버리고 없었기에 잔해만 바라볼 뿐이었다. 그는 내가 거기서 있다는 사실에서 암시되는 동정심에 위안을 받은 듯했다. 그래서인지 어둠이 허락하는 한도 내에서 우물이 감춰져 있는 곳을 가르쳐 주었다. 다행스럽게도 우물이란 불에 탈 수 없는 것 아니던가. 그가 한참 동안 벽을 더듬더니 자기 아버지가 직접 깎아서 설치해 놓은 방아두레박을 찾아냈다. 그러고는 한쪽 끝을 묵직하게 만들기 위해 무거운 돌을 단단히 고정시켜 놓은 쇠갈고리인지 꺽쇠인지 하는 것을 더듬어 찾아내서는 그것이 흔히 볼 수 있는 평범한 '연결 도구'가 아니라는 사실을 내게 납득시키려 애썼다. 어쨌거나 이제 그 갈고리가 그

가 매달릴 수 있는 모든 것이었다. 나는 그것을 만져 보았다. 그리고 지금도 산책하러 나갈 때마다 거의 매일 그것을 바라본다. 그것에 한 집안의 역사가 매달려 있다는 느낌을 지울 수 없기 때문이다. 그곳에서 좀 더 왼쪽으로 아까의 우물과 그 담벼락 옆으로 라일락 관목이 보이는, 지금은 탁 트인 공터로 변한 곳에는 한때 너팅과 레그로세가 살았다. 그렇지만 이제는 다시 링컨 마을로 돌아가 보자.

앞서 언급한 집들이 있던 장소보다 훨씬 더 깊은 숲속에는 와이먼이라는 옹기장이가 무단으로 정착해 살고 있었다. 그곳은 호수에 가장 가깝게 접근하는 길목 지점이었다. 그는 도기를 만들어 마을에 내다 팔았고, 그 일을 자식들에게도 물려주었다. 물질적으로 풍족하지도 않았고, 그들이 사는 동안에는 땅 주인도 그저 묵인해 주고 있었다. 가끔은 보안관이 세금을 걷으러 갔지만, 형식적으로만 '나뭇조각을 압류함'이라고 적어 넣고는 허탕만 치고 돌아갔다. 나중에 내가 보안관의 보고서에서 읽었듯이 차압할 물건이라고는 하나도 없었기 때문이다.

어느 한여름에 괭이질을 하고 있자니, 시장에 내다 팔 도기를 수레에 한가득 싣고 가던 한 남자가 내 밭 옆에 말을 세우고는 젊은 와이먼이 어떻게 지내는지 물었다. 오래전 그에게서 도기 굽는 물레를 사 갔기에 그의 안부가 궁금했던 모양이었다. 나는 성서에서 옹기장이의

점토와 물레에 관해 읽은 적이 있기는 했다. 그럼에도 우리가 보통 사용하는 도기가 성서의 시대부터 끊이지 않고 전해진 것이라는 생각은 해 본 적이 없었다. 아니, 그것이 마치 조롱박처럼 나무에서 열리는 것으로 간주했다. 그래서 내 이웃에서도 도예라는 예술이 행해진 적이 있었다는 이야기를 들으니 참으로 기쁜 마음이 들었다.

내가 이주해 오기 전에 이 숲에 살았던 마지막 거주민은 아일랜드 사람인 휴 코일이었다.(내가 그의 이름 철자를 충분히 'coil'처럼 보이게 적었는지 모르겠다.)[63] 그는 와이먼이 살던 집에 세 들어 살았던 사람으로 '코일 대령'으로 불렸다. 소문에 의하면 워털루 전쟁에 참가했던 군인이었다고 한다. 만약 그가 지금까지 살아 있다면, 나는 그에게 전투에서 싸우던 모습을 재현해 보라고 했을 것이다.

그는 마을에서 도랑 파는 일을 해서 먹고살았다. 워털루에서 패한 후, 나폴레옹은 세인트헬레나 섬으로 유배되었고, 코일은 월든 숲에 유배된 것만 같았다. 내가 그에 관해 아는 사실은 하나같이 비극적인 일뿐이었다. 그는 마치 세상사를 다 겪어 본 사람처럼 예의 발랐고, 말도 가만히 듣고 있기 거북할 정도로 격식을 차려 했다. 또한 진전 섬망증을 앓아 늘 몸을 덜덜 떨었기에 한여름에도 커다란 외투로 몸을 감싸고 다녔으며, 얼굴은 늘 시뻘겋게 달아올라 있었다. 그는 내가 월든 숲으로 들어온 지 얼마 되지 않았을 때, 브리스터 언덕 기슭에서

객사했기에 이웃으로 지내던 시절에 관해 추억할 만한 거리는 별로 없다.

코일의 동료들은 그의 집을 '불운의 성'이라 부르며 피해 다녔는데, 나는 그곳이 헐리기 전에 찾아가 본 적이 있었다. 판자를 대서 높여 놓은 침대 위에는 그가 입었던 옷이 돌돌 말린 채 놓여 있어서 마치 그가 누워 있는 듯 보였다. 벽난로 위에는 그의 담배 파이프가 부러진 채 놓여 있었지만, '샘 옆에서 깨진 항아리'[64] 같은 것은 없었다. 있었다 해도 그것이 그의 죽음을 상징하지는 않았을 터다. 그는 브리스터 언덕의 샘에 대해 들어본 적은 있으나 가 본 적은 없다고 내게 털어놓은 일[65]이 있었기 때문이다. 방바닥에는 다이아몬드, 스페이드, 하트 등 지저분한 카드 몇 장이 흩어져 있었다.

마을의 행정관리도 잡을 수 없었던, 밤처럼 까맣고 울지도 않는, 심지어 구구거리지도 않는 닭 한 마리가 레이너드[66]라도 기다리는지 옆방에 보금자리를 마련해 놓았다. 집 뒤편으로는 텃밭의 윤곽이 흐리게 보였다. 씨앗은 뿌린 듯한데, 진전 섬망증 때문에 발작이 심해 그랬는지, 이미 수확할 때가 됐음에도 괭이질 한 번 하지 않은 듯했다. 그러니 쑥과 도깨비바늘만 무성했는데, 도깨비바늘 홀씨는 내 옷에 잔뜩 들러붙기까지 했다. 집 뒷벽에는 우드척 가죽이 펼쳐져 있었다. 아마도 그가 마지막 워털루 전투에서 가져온 전리품인 듯했으나, 이제

그에게는 따뜻한 모자도 장갑도 필요치 않으리라.

땅에 묻힌 지하 저장고의 돌덩이와 양지바른 초지에서 자라는 딸기, 라즈베리, 나무딸기, 개암나무 관목, 옻나무 등과 함께 지면에 움푹 파인 자국만이 이곳에 집이 있었다는 사실을 알려 줄 뿐이었다. 굴뚝이 있던 자리는 리기다소나무인지 옹이 진 떡갈나무인지 구분이 안 가는 나무가 자리를 차지하고 있었고, 달콤한 향기가 나는 검은 자작나무는 문 앞 섬돌의 위치로 짐작되는 부분에서 바람에 흔들렸다.

가끔은 우물의 흔적이 눈에 띄기도 했는데, 한때는 샘이 흘러나오던 곳이었겠지만, 지금은 말라서 눈물 한 방울 흘리지 않는 풀만 무성했다. 어쩌면 마지막 거주자가 떠나면서 훗날 다시 찾아낼 작정으로 평평한 돌을 덮어 잔디 속 깊숙이 묻어 버렸는지도 모를 일이다. 이 얼마나 슬프기 그지없는 일인가, 우물을 덮어 버리다니! 그것은 눈물의 샘을 열어 놓는 것과 매한가지였을 터다.

이 버려진 여우 굴과도 같은 지하 저장고의 흔적이 한때 부대끼며 살아갔던 인간이 남겨 놓은 유일한 흔적이었다. 이곳에서 그들은 어떤 형식, 어떤 언어로든 '운명과 자유의사와 절대 예지'[67]에 대해 토론했으리라. 하지만 그들이 도달한 결론에 대해 내가 알 수 있는 것이라고는 단지 "카토와 브리스터가 속인 거야." 정도지만, 그것은 유명한 철학 학파의 역사만큼이나 유익한 내용이라 하겠다.

문짝과 상인방과 문턱이 없어져 버린 지 한 세대가 지났음에도, 라일락은 여전히 기운차게 자라 봄마다 그 향기로운 꽃봉오리를 터뜨려서, 생각에 잠겨 지나는 나그네의 손이 절로 꽃을 꺾어 들게 만든다. 예전에 아이들이 앞마당에 심어 소중히 돌보았던 그 나무가 이제는 외딴 목초지 담벼락 옆에 서서 새로이 커져 가는 숲에 그 자리를 내어주려 하고 있었다. 라일락이야말로 그 일가의 마지막 생존자, 마지막 혈통일 터다. 그런데 가무잡잡한 그 집 아이들이 짐작이나 했겠는가. 집의 응달진 곳에 심어 매일 물을 주었던, 싹눈이 두 개밖에 붙어 있지 않던 그 작고 연약한 가지가 마침내 대지에 뿌리를 내리더니, 뒤쪽에서 그늘을 드리우던 집보다도, 텃밭과 과수원보다도 오래 살아남아서, 아이들이 나이를 먹어 세상을 떠난 반세기 후에도, 그것이 맞이했던 첫 번째 봄에 그랬듯이 아름다운 꽃을 피우고 달콤한 향기를 전하며 외로운 방랑자에게 그들의 이야기를 어렴풋이 전하게 될 줄을 상상이나 했었겠는가. 나는 여전히 상냥하고 기품 있고 화사한 라일락의 색조에 다시금 눈길을 던진다.

그런데 콩코드 마을은 지금도 그 자리를 굳건히 지키고 있건만, 더 크게 성장해 나갈 귀한 싹을 품고 있던 이 작은 마을은 어찌하여 끝내 사라져 버렸을까? 자연이 주는 이점, 특히 물이 주는 혜택을 이용할 수 없어 그랬을까? 아, 깊은 월든 호수와 차가운 브리스터 샘이 있

어 오랫동안 건강히 마실 물의 특혜를 베풀어 주었음에도, 그들은 그 물을 오직 술잔을 희석하는 데 말고는 제대로 이용할 줄 몰랐다. 그저 술꾼에 지나지 않았다. 바구니와 돗자리를 짜고 마구간용 빗자루를 만들고, 옥수수를 말리고 아마실을 잣고 옹기를 구우며 황무지를 장미처럼 꽃피워 번성해 갈 수는 없었을까? 그리하여 수많은 후손이 조상의 땅을 물려받게 할 수는 없었을까? 땅이 척박하니 적어도 저지대처럼 타락한 삶을 살아가지는 않아도 됐을 터인데. 안타깝게도 일찍이 이곳에 살았던 주민들의 추억은 이 아름다운 경치를 더욱 돋보이게 하는 역할은 하지 못한다. 어쩌면 자연은 나를 이곳 최초의 입주자로, 그리고 지난봄에 지은 내 오두막을 이 마을에서 가장 오래된 집으로 간주하려 하는지도 모르겠다.

내 집이 서 있는 자리에 과거 어느 시점이라도 다른 사람의 집이 세워졌던 일이 있는지 나는 알지 못한다. 그러나 고대의 도시가 있던 자리에 다시 터전을 잡은 도시에서는 살고 싶지 않다. 그런 도시의 건축 자재는 폐허일 테고, 텃밭은 묘지일 테니 말이다. 그곳의 토양은 뿌옇게 탈색되어 저주받을 테지만, 그러한 일이 벌어지기도 전에 지구는 멸망하고 말 것이다. 이렇게 과거를 회상하며, 나는 숲에 다시 사람이 살게 했고, 스스로를 달래 잠들었다.

이런 계절이면 방문객이 거의 없었다. 눈이 깊이 쌓였을 때는, 한두 주 정도 오두막 부근에는 사람 그림자도 찾아볼 수 없었다. 그러니 나는 집 안에서 들판의 쥐만큼이나, 혹은 눈 더미에 파묻혀서 아무것도 먹지 못한 채 오랫동안 견뎌 마침내 살아났다는 소나 닭만큼이나 아늑하게 지냈다. 서튼 마을 최초의 정착민 일가도 나와 사정이 다르지 않았는데, 그들은 1717년 집안의 가장이 외출한 동안 대폭설로 오두막이 완전히 눈에 파묻혔는데, 굴뚝에서 피어오른 연기가 쌓여 있던 눈에 구멍을 만들어 준 덕분에 한 인디언에게 발견되어 목숨을 구했다고 한다. 그러나 내게는 신경 써 주는 친절한 인디언이 없었다. 그리고 물론 그럴 필요도 없었다. 집주인이 멀쩡히 잘 지내고 있지 않은가.

대폭설이라! 듣기만 해도 얼마나 신이 나는가! 그런 때는 농부들이 가축을 이끌고 숲이나 늪지에 갈 수 없기에 집 앞에서 그늘이 되어 주던 나무를 베어 써야만 했다. 눈이 얼어붙어 단단해지면, 늪지에 있는 나무를 베어 냈는데, 이듬해 봄에 눈이 녹은 후에 가서 보면, 나무는 지면에서 자그마치 3미터나 올라간 부분에서 잘려 나가고 없었다.

눈이 깊이 쌓이면, 내가 큰길에서 오두막까지 들어가는 데 이용하던 400미터 정도 되는 오솔길에 내 발자국이 넓은 간격을 두고 점점이 찍혀 구불구불한 선을 이뤘다. 한 주 정도 날씨가 좋을 때면, 나는 일부러 이미 패여 있는 내 발자국을 그대로 밟으며 길을 오갔다. 같은

걸음 수와 보폭으로, 컴퍼스로 잰 듯이 정확하게 걸었다. 겨울이라는 계절이 간혹 이런 식의 단조로운 행동을 하도록 우리를 몰아가는 경향이 있다. 어쨌든 그 발자국 속에는 푸른 하늘이 가득 담기곤 했다.

그러나 어떤 치명적인 날씨도 내 산책, 혹은 외출을 막을 수는 없었다. 나는 너도밤나무나 자작나무, 오랜 친구인 소나무와의 약속을 지키기 위해 깊은 눈밭을 헤치고 12~16킬로미터의 거리도 마다치 않고 걸어가곤 했다. 이런 날이면 얼음과 눈의 무게 때문에 나뭇가지는 척척 늘어지고, 나무 꼭대기는 뾰족해져서 소나무가 전나무처럼 보였다. 눈이 거의 60센티미터 깊이는 될 법하게 쌓인 높은 언덕 꼭대기를 힘겹게 오를 때면, 걸음을 내딛을 때마다 머리 위에 쌓여 가는 눈보라를 털어 내야 했다. 손과 무릎으로 거의 기다시피 엉금엉금 오르다가 눈 속에 나뒹구는 일도 있었다. 그런 날이면 사냥꾼도 월동 장소에 들어 나다니지 않았다.

어느 날은 아메리카 올빼미(학명은 스트릭스 네블로사[Strix nebulosa]) 한 마리가 백주 대낮에 스트로브잣나무의 아래쪽 죽은 가지 위에서 줄기 쪽 가까이 앉아 있는 것을 지켜보며 즐거운 오후 한때를 보내기도 했다. 내가 서 있는 곳에서 올빼미까지의 거리는 채 5미터가 되지 않았다. 내가 움직였을 때 발에서 뽀드득 소리가 나자, 녀석도 들은 모양이었다. 그러나 확실히 내 모습은 볼 수 없는 듯했다. 내가 좀 더 시

끄럽게 굴자, 목을 길게 뽑고는 목 뒤의 깃털을 곧추세우면서 눈을 활짝 떴다. 그러나 머지않아 눈꺼풀이 다시 내리덮였다.

30분쯤 올빼미의 모습을 지켜보고 있자니, 나도 졸음이 왔다. 녀석은 고양이처럼 눈을 반쯤 뜨고 있었는데, 그러니 마치 고양이의 날개 달린 사촌쯤 돼 보였다. 올빼미의 눈꺼풀 사이에는 아주 가느다란 틈새가 있었다. 그는 그 틈새로 나와의 사이에 한 가닥 관계를 유지하는 듯했다. 그렇게 반쯤 감은 눈으로 꿈의 영토에서 바깥을 내다보며, 자신의 환상을 방해하는 희미한 물체, 혹은 티눈처럼 보이는 대상인 내 존재를 이해하려 애쓰는 중이었다. 그러다가 내가 시끄럽게 굴거나 좀 더 다가서면 불편한 기색을 내비치며, 앉은 자리에서 천천히 주변을 둘러봤다. 꾸던 꿈을 방해받아 짜증난 듯했다.

마침내 올빼미가 날개를 활짝 펴고 소나무 사이로 날아올랐다. 길게 펼친 날개의 폭은 상당히 넓었지만, 날갯짓 소리는 전혀 들리지 않았다. 그렇게 올빼미는 보이지 않는 시력 대신 섬세한 다른 감각의 안내를 받아 소나무 가지 위로 날아갔다. 자신에게는 석양 무렵이나 다름없는 길을 그 예민한 날개로 더듬어 가서 새로이 앉을 자리를 찾아냈다. 이제 그곳에서 자신만의 새벽이 밝아 오길 기다리려 함이리라.

너른 초원을 가로지르는 철로 옆의 긴 둑길을 걸을 때면, 살을 에는 듯 거세게 불어오는 찬바람과 마주치기 일쑤였다. 초원이야말로 바람

이 마음껏 뛰놀 수 있는 곳 아니던가. 그럴 때마다 나는 이교도였음에도 냉기가 한쪽 뺨을 후려치면, 곧 다른 쪽 뺨도 내밀었다. 브리스터 언덕을 따라 내려오는 마찻길 옆도 그리 사정이 좋지는 않았다. 너른 들판에 쌓여 있던 눈이 바람에 휩쓸려 월든으로 가는 길의 담벼락 사이까지 날아와 바로 앞서 지나간 사람의 발자국이 채 반 시간도 안 되어 지워지는 그런 날에도, 나는 친절한 인디언처럼 마을로 내려갔다.

집에 돌아갈 때쯤이면, 새로운 눈 더미가 생겨나 있었다. 북서풍이 길모퉁이에 수북이 쌓아 놓은 가루눈 덕분에 나는 매우 애를 먹으며 걸어야 했다. 길에는 토끼 발자국은 물론이고 그보다 훨씬 작은 들쥐의 발자국조차 찍혀 있지 않았다. 그러나 한겨울에도 변함없이 따뜻한 물이 샘솟는 늪가에는 잔디와 앉은부채가 늘 새파랗게 돋아 있었고, 가끔은 강인한 새 한 마리가 봄이 돌아오길 기다리며 앉아 있는 모습도 볼 수 있었다.

때로는 쌓여 있는 눈도 아랑곳하지 않고 산책하러 나갔다가 저녁나절이 되어 돌아와 보면, 오두막 문 앞에서부터 시작되는 나무꾼의 깊은 발자국과 마주치기도 했다. 집 안으로 들어가면 그가 깎아 놓은 나무토막 부스러기가 벽난로 위에 수북이 얹혀 있었고, 파이프 담배 냄새도 자욱했다. 간혹 일요일 오후에 집에 있을 때면, 현명한 농부 하나가 눈을 밟고 오는 소리를 들을 수 있었다. 그는 멀리서부터 숲을 지

나 '한담'이나 나누며 친목을 다지자고 내 집을 찾아오는 중이었는데, 농부 중에는 보기 드물게 '자작농'이었다. 교수의 가운이 아닌 작업복을 입고 있었음에도, 헛간 앞마당에서 퇴비 한 짐을 끌어낼 때만큼이나, 교회나 국가로부터 교훈을 끌어내는 데도 뛰어났다. 우리는 추위로 몸이 뻣뻣하게 굳을 듯한 날씨에도 사람들이 맑은 정신으로 모닥불 주위에 앉아 한담을 나누었던, 더 소박하고 단순했던 시절에 관해 이야기했다. 그러다가 다과가 다 떨어지면, 영리한 다람쥐들이 껍데기가 두꺼운 견과류는 속이 비어 있다는 사실을 알아채고 이미 오래전에 포기해 버린 밤알을 입에 넣고 깨물어 보곤 했다.

깊은 눈밭과 험악한 눈보라를 헤치고 가장 먼 곳에서 내 집을 찾아왔던 사람[68]은 어느 시인이었다. 그날은 농부, 사냥꾼, 군인, 기자, 심지어는 철학자도 겁을 집어먹을 만한 날씨였다. 하지만 그 무엇도 시인의 발걸음을 막을 수는 없었다. 그는 순수한 사랑의 힘으로만 움직여 다녔기 때문이다. 그의 오고 감을 누가 예측할 수 있겠는가? 시인의 소명이 그를 아무 때고 밖으로 불러냈고, 의사들이 잠을 자는 시간에도 예외는 아니었다.

우리는 호탕한 웃음소리로 작은 집을 들썩이게 만들었다. 그보다 조용한 소리로 진지하게 대화를 나눌 때도 집 안 곳곳이 울렸다. 그리고 그것이 오랫동안 침묵에 잠겨 있던 월든 골짜기에 보상이 되어 주

었다. 적당한 간격을 두고 우리는 규칙적으로 웃음의 예포를 쏘아 올렸다. 그것은 직전에 했던 농담에 관한 것이기도 했고, 이제 막 나오려는 농담에 관한 것이기도 했지만, 어느 것이든 상관없었다. 우리는 묽은 죽 한 사발을 사이에 두고 인생에 대한 '새로운' 이론을 수도 없이 만들어 냈다. 철학이 요하는 명석한 머리에 유쾌함의 자질이 제공하는 장점을 결합한 이론이었다.

호숫가에서 보낸 마지막 겨울 동안 또 한 사람[69]의 반가운 방문객이 찾아왔던 사실을 나는 결코 잊을 수가 없다. 그는 눈과 비와 어둠을 무릅쓰고 마을을 지나 숲 사이로 내 등불이 보일 때까지 걸어와 기나긴 겨울 저녁을 나와 함께 여러 날 동안 보내곤 했다. 그는 마지막 남은 철학자 중의 하나이자, 코네티컷 주가 세상에 선물한 사람이었다. 그는 자신이 처음에는 코네티컷 주의 생산품을 이리저리 팔고 다니다가, 나중에는 두뇌를 팔기 시작했다고 주장했다. 그리고 지금도 두뇌 파는 일을 하는데, 그것이 신을 자극하고 인간에게는 수치심을 안겨 주지만, 견과류가 그 알맹이를 결실로 맺듯이, 자신도 두뇌만을 결실로 얻을 뿐이라고 말했다.

나는 그가 세상 누구보다도 신념이 굳은 사람이라 생각한다. 그의 말과 태도는 늘 다른 사람이 아는 것보다 훨씬 더 나은 상태를 가정한다. 결코 현재에 머무는 법이 없다. 지금은 비교적 무시당하는 삶을 살

고 있으나, 그의 시대가 오면, 예상치도 못했던 법령이 시행될 테고, 집안의 가장과 국가의 통치자들이 그에게 조언을 구하러 찾아올 것이다.

"얼마나 맹목적이기에 평온을 보지 못하는가!"[70]

그는 인류의 진정한 친구이자, 인류 발전의 유일한 친구이기도 하다. 불멸의 존재라기보다는 묘지기 노인[71]이라 하겠다. 끊임없는 인내와 신념으로 인간의 몸에 새겨진 마모된 기념물에 불과한 신의 형상을 분명히 드러내려 애쓰는 사람이기 때문이다. 친절한 지성으로 그는 아이들, 거지, 미친 사람, 학자 등을 가리지 않고 감싸 안으며, 모두의 생각을 받아 주고, 거기에 식견과 과학적인 정확성을 더한다. 나는 그가 세계의 대로변에 모든 나라의 철학자가 머물 수 있는 큰 여관을 운영하기를 바란다. 그리고 문 앞 간판에 '인간은 누구라도 환영하나 짐승은 사절. 옳은 길을 열심히 찾아가는 여유롭고 차분한 마음만 들어오시오.'라고 써 붙여 놓으면 좋겠다.

내가 아는 한, 그는 어느 누구보다도 정신이 온전하고, 변덕도 없는 사람이다. 어제도 그리했고, 내일 또한 그리할 터다. 언젠가 그와 함께 느긋이 산책하며 이야기를 나누었을 때, 나는 세상이 우리 뒤로 완전히 밀려나 버린 듯한 기분을 느꼈다. 그가 어떠한 제도에도 서약하

지 않은 자유인, 즉 '인제누스(ingenuus)'[72]인 까닭이었다. 풍광을 돋보이게 만드는 그의 재주 덕분에, 어느 쪽으로 발길을 돌리든 우리 앞의 하늘과 땅은 서로 만나는 듯했다. 푸른 옷을 입은 한 인간, 그에게는 자신의 평온함을 비추는 둥근 하늘만이 가장 적당한 지붕이 되어 주었다. 나는 그도 언젠가는 죽게 되리라는 사실을 믿을 수가 없었다. 어찌 자연이 그가 없는 세상을 견딘다는 말인가.

우리는 생각이라는 널빤지를 하나씩 잘 펴 말린 후, 자리에 앉아 칼이 잘 드는지 시험해 보며 그것을 깎고, 스트로브잣나무의 정갈한 노란색 결을 감탄 어린 시선으로 바라보기도 했다. 우리는 매우 조심스레 숭배하듯이 물속에 들어가거나, 함께 힘을 모아 부드럽게 낚싯줄을 끌어당겼기에, 생각의 고기는 개울에서 놀라 달아나지도, 강둑의 낚시꾼을 두려워하지도 않은 채, 서쪽 하늘에 떠다니는 구름처럼, 혹은 때때로 모였다가 흩어지는 진주색 양털 구름처럼 당당히 다가왔다 사라져 갔다. 그곳에서 우리는 함께 신화를 이리저리 수정해 보고, 우화를 여기저기 다듬으며 지상에서는 결코 마땅한 토대를 찾을 수 없는 공중누각을 짓기도 했다.

위대한 관찰자여! 위대한 예견자여! 그와 나누는 대화는 뉴잉글랜드의 천일야화라 해도 손색이 없었다. 아! 은둔자와 철학자, 그리고 내가 이미 언급했던 옛 개척자, 이렇게 우리 셋은 그런 이야기들을 나

누었고, 갈수록 내 작은 집은 확장되어 흔들릴 것만 같았다. 약 2.5센티미터 지름의 원 하나당, 기압 이외에 몇 파운드의 압력이 가중되었는지 감히 털어놓을 수는 없지만, 판자마다 틈새가 어찌나 벌어졌든지, 그 이후로는 집이 세는 것을 막기 위해 권태로 그 틈을 메우는 작업을 해야만 했다. 하지만 그런 틈새를 메울 뱃밥[73] 정도는 이미 얼마든지 갖춰 놓고 있었다.

내가 오랫동안 기억할 만한 '알찬 시간'을 함께 보낸 사람[74]이 또 하나 있었다. 주로 마을에 있는 그의 집으로 내가 찾아갔으나, 때로는 그가 나를 찾아오기도 했다. 이상이 내가 숲에 살며 친분을 쌓았던 사람들이다.

어디서든 마찬가지겠으나, 나는 그곳에서도 결코 오지 않을 어떤 손님을 가끔 기다리는 일이 있었다. 인도의 성전 《비슈누 푸라나》에 이런 구절이 나온다.

"집주인은 저녁나절이면 앞뜰에 나가 소젖을 짤 때 걸리는 시간만큼, 혹은 원하기만 한다면 그보다 더 오래라도 손님이 도착하기를 기다려야 한다."

나는 자주 이 손님 접대의 의무를 수행하고자 한 마리가 아니라 소 떼 전체의 젖을 짜고도 남을 만큼의 시간 동안 손님을 기다렸으나, 마을에서 다가오는 사람은 전혀 볼 수 없었다.

겨울 동물들

수면이 단단하게 얼어붙자, 호수는 여러 곳으로 나가는 새 길이자 지름길이 되어 주었을 뿐 아니라, 얼음 위에서 바라보는 호수 주변의 경치는 낯익은 풍광임에도 새롭기만 했다. 플린트 호수는 내가 자주 노를 저어 그 위로 미끄러져 지나가곤 했던 곳인데도, 눈 덮인 그곳을 가로질러 걷자니 예상외로 넓고 낯설어서 북극해의 배핀 만이 떠오를 정도였다. 내 주위로는 눈 덮인 평원 끝에 링컨 마을의 언덕들이 높이 솟아 있었다. 그 속에 서 있자니 전에 내가 그 자리에 서 있던 적이 있었는지조차 기억나지 않았다.

얼음 위로, 확실히 가늠하기조차 힘든 먼 거리에서, 어부들이 늑대처럼 생긴 개를 데리고 천천히 이리저리 돌아다니고 있었다. 그 모습

이 물개 사냥꾼이나 에스키모 같았고, 안개라도 끼는 날에는 전설 속 동물처럼 보이기도 했다. 나는 그들이 거인인지 피그미족인지도 구분할 수 없었다.

저녁나절 링컨 마을로 강연을 갈 때면, 나는 이 길, 그러니까 플린트 호수를 가로질러서 갔는데, 그러면 내 오두막에서 어떤 길이나 집도 지나지 않은 채 강연장에 도착할 수 있었다. 가는 길에 만나는 구스 호수에는 한 무리의 사향쥐가 얼음 위에 높은 오두막을 지어 놓고 살았다. 그러나 내가 지나갈 때는 밖에 나와 노는 녀석이 하나도 없었다.

월든 호수는 내게 앞마당이나 마찬가지였다. 다른 호수와 마찬가지로 눈이 와도 보통은 잘 쌓이지 않거나 드문드문 얕게만 쌓였기에, 온 마을에 눈이 60센티미터 깊이나 쌓여 마을 사람들은 오직 큰길에만 발이 묶인 동안에도 나는 얼마든지 자유롭게 호수 위를 돌아다녔다. 마을의 거리에서 멀리 떨어지고 눈썰매 방울 소리도 어쩌다 한 번씩 긴 간격을 두고 들리는 호수 위에서, 눈꽃이나 잔뜩 매달린 고드름 때문에 가지가 휘어진 떡갈나무와 근엄한 소나무가 그늘을 드리우고 무스가 눈을 밟아 다져 놓은 듯한 거대한 마당에서, 나는 눈썰매도 타고 미끄럼도 탔다.

겨울에는 밤에, 아니 가끔은 낮에도, 거리를 가늠할 수 없을 만큼 멀리서 우는, 쓸쓸하기는 해도 매우 아름다운 부엉이의 울음소리가 들

렸다. 그것은 현악기의 활로 월든 숲의 얼어붙은 땅을 켜면 날 듯한 소리였다. 부엉이가 우는 모습을 눈으로 확인한 적은 없지만, 소리는 시간이 지나며 많이 친숙해졌다. 겨울 저녁에는 문을 열 때마다 "부엉, 부, 부, 부, 부엉" 하며 공명하는 듯한 그 소리를 들을 수 있었는데, 가끔은 처음 네 음절이 마치 "안녕, 하, 세, 요"라고 말하는 듯 들렸고, 또 가끔은 그냥 "부엉, 부엉" 소리로 들렸다.

호수가 완전히 얼어붙기 전인 겨울 초입의 어느 날 밤 9시쯤, 나는 기러기 한 마리가 크게 우는 소리에 깜짝 놀라 문간으로 갔다. 수많은 기러기가 오두막 위로 낮게 날아가고 있었는데, 날갯짓 소리가 숲에 불어 닥친 폭풍우처럼 휘몰아쳤다. 기러기 떼는 월든 호수를 넘어 페어헤이븐 쪽으로 향하고 있었다. 보아하니 내 오두막에서 흘러나오는 불빛을 보고 호수에 내려앉기를 포기한 듯했다. 그동안 대장 기러기는 무리를 이끄느라 내내 일정한 간격을 두고 큰 소리로 울어 댔던 것이다.

그때 갑자기 수리부엉이의 소리가 틀림없는, 내가 그동안 숲에서 들어온 그 어떤 소리보다 더 강렬하고 우렁찬 울음소리가 가까운 곳에서 들렸다. 대장 기러기의 울음소리에 일정한 간격을 두고 반응하고 있었다. 마치 허드슨 만에서 찾아온 이 침입자들에게 월든 토착민의 음역과 성량이 얼마나 대단한지 알려 줌으로써 수치심을 안겨서

멀리 콩코드 지평선 밖으로 쫓아내려는 의도 같았다. '내게 바쳐진 이 밤늦은 시간에, 숲의 성채를 놀라게 하는 의도가 무엇이냐? 지금 이 시간에 내가 잠이나 자고 있을 듯한가? 내 폐와 목청이 너만 못할 듯한가? 꺼져라, 사라져라, 부엉!' 둘의 대화는 내가 그때까지 결코 들어 본 적이 없는 끔찍한 불협화음을 이루었다. 그러나 예민한 귀로 듣는다면, 이 평원 근처에서는 한 번도 보지도 듣지도 못했던 협화음의 여러 요소를 찾아낼 수 있을 터였다.

나는 또한 콩코드 근방에서 나와 가장 친한 친구인 호수의 얼음이 함성을 지르는 소리도 들었다. 마치 잠자리에 누운 얼음이 체증과 악몽 때문에 편히 잠들지 못하고 이리저리 몸을 뒤척이며 내는 소리 같았다. 가끔은 서리에 뒤덮인 땅이 쩍쩍 갈라지는 소리에 잠을 깼는데, 누군가 내 오두막 문 안으로 소 떼를 몰아넣는 것 같은 소리였다. 아침에 일어나 보면 거의 400미터 거리는 될 법한 땅이 1센티미터 정도의 폭으로 갈라져 균열이 생겨 있었다.

가끔은 여우들이 달밤에 눈 덮인 숲속을 돌아다니는 소리도 났다. 자고새 같은, 먹이가 될 만한 사냥감을 찾아다니는 것이었는데, 마치 숲에 사는 야생 개처럼 이따금 포악하게 짖어 댔다. 불안에 어쩔 줄 모르며 무언가를 표현하고 싶은 듯했다. 또는 빛을 갈구하며 차라리 거리의 개가 되어 마음껏 달리고 싶어 하는 것 같기도 했다. 사실 인

간도 오랜 세월에 걸쳐 문명화를 이루었으니, 짐승들 사이에서도 나름의 문명화가 진행되고 있는 것은 아닐까? 내게는 여우의 모습이 굴 속에서 살아가던 원시적인 인간의 모습으로 보였다. 아직은 제 몸 지키기에 급급하지만, 그래도 언젠가는 변신을 맞이하게 되는 인간 말이다. 가끔씩 여우 한 마리가 오두막의 불빛에 이끌려 내 창문 가까이로 다가왔다가, 여우 같은 악담을 퍼부으며 다시 돌아가곤 했다.

보통 나는 새벽녘에 붉은 날다람쥐가 달그락거리며 지붕 위를 오가고, 벽을 오르락내리락 거리는 통에 잠에서 깼는데, 녀석들은 마치 그렇게 하라는 누군가의 지시를 받고 숲에서 파견돼 나오기라도 한 듯했다. 겨울 내내 나는 채 여물지 않은 단옥수수를 반 부셀 정도 문밖 눈밭에 쏟아 놓고, 그 미끼에 걸려 찾아오는 다양한 동물의 움직임을 지켜보며 즐거운 시간을 보냈다. 황혼 녘과 밤에는 토끼들이 규칙적으로 찾아와 배불리 먹고 갔다.

붉은 날다람쥐는 종일 오가면서 그 귀엽고 오묘한 동작으로 나를 감탄하게 했다. 처음에 다람쥐는 떡갈나무 관목 숲을 조심스럽게 통과했다. 그러다가 갑자기 내기라도 한 듯이 '뒷다리'에 잔뜩 힘을 주고 엄청난 속도로 기운을 쪽 빼면서 꽁꽁 언 눈밭을 마치 바람에 날리는 나뭇잎처럼 쪼르르 이쪽으로 달려왔다가 다시 저쪽으로 달려가곤 했다. 그러나 한 번에 2미터 이상은 절대로 나가지 않았다. 그런 다음

에는 우스꽝스러운 표정을 지으며 쓸데없이 공중제비를 한 바퀴 돌고는 마치 온 우주의 시선이란 시선이 전부 자신에게 집중되기라도 한 듯이 갑작스럽게 그 자리에 멈춰 섰다. 이처럼 깊고 외딴 산중에 사는 다람쥐까지도 무희가 춤을 출 때만큼이나 관중의 시선을 의식해 모든 동작을 취하는 듯했다. 나는 다람쥐가 여유롭게 걷는 모습은 본 적이 없다. 그러나 녀석들은 갈 길을 서둘러 가기보다는 멈춰 서서 주변을 둘러보는 시간이 더 많았다. 그러다가 눈 깜짝할 새 어린 리기다소나무 꼭대기로 올라가서 시계태엽 감는 듯한 소리로 찍찍거리며 모든 상상 속의 관중을 나무라곤 했다. 가만 보니 독백도 하고, 온 세상을 상대로 말하기도 하는 듯했다. 물론 나는 대체 뭘 나무라는 것인지 알 수가 없었고, 그 자신도 잘 모르리라는 생각이 들었다.

마침내 다람쥐는 옥수수 가까이로 가서 적당한 자루 하나를 골랐다. 그러고는 좀 전과 같이 의도를 파악하기 힘든 삼각 전법으로 바쁘게 왔다 갔다 하다가 창문 앞에 쌓아 놓은 장작단 꼭대기에 있는 막대로 올라갔다. 그곳에서 내 얼굴을 한번 쳐다보더니 몇 시간이나 계속 앉아 옥수수 알갱이를 먹기 시작했다. 이따금씩 내려가서 새 자루를 집어 오기도 했는데, 처음에는 게걸스럽게 먹었지만 반쯤 남으면 던져 버리곤 했다. 그러다 마침내는 배가 부른지 알갱이와 자루 속만 파먹으면서 음식으로 장난을 치기 시작했다.

그런데 장작 위에 올려놓고 한 발로 붙들고 서 있던 옥수수자루가 녀석이 잠시 산만하게 구는 통에 바닥으로 굴러 떨어졌다. 그러나 다람쥐는 도대체 무슨 일인지 모르겠다는 뚱한 표정으로 그것을 가만히 바라보았다. 마치 옥수수가 살아 있는 것은 아닌지 의심하며, 내려가서 다시 집어 와야 할지 그냥 새 것을 하나 더 가져올지, 그도 아니면 아예 자리를 떠 버릴지 갈피를 못 잡는 듯했다. 그러나 그렇게 옥수수를 생각하고 있다가도 금세 바람이라도 불면 실려 오는 소리에 귀를 기울였다.

그 염치라고는 모르는 자그마한 녀석이 그런 식으로 오전 내내 많은 옥수수를 낭비했다. 그러다가 마침내 아주 길고 통통한, 대충만 봐도 녀석의 덩치보다도 커다란 옥수수 한 자루를 골라잡더니, 마치 호랑이가 들소를 업고 가듯 솜씨 좋게 균형을 잡고 일정한 지그재그 전법으로 자주 쉬면서 숲속으로 옮겨 가기 시작했다. 녀석은 마치 옥수수가 너무 무거워서 그런다는 듯 수직도 아니고 수평도 아닌, 그 사이쯤 되는 대각선의 모양으로 옥수수 끄트머리를 땅에 질질 끌고 갔다. 참으로 까불거리고 변덕스럽기 그지없었음에도, 끝까지 책임지고 그것을 가져가리라 단단히 결심한 듯 보였다. 그렇게 다람쥐는 자신이 사는 곳을 향해 옥수수를 끌고 사라졌다. 어쩌면 정말로 200~300미터는 떨어진 소나무 꼭대기에 있는 자신의 집으로 끌고 갔을지도 모

르겠다. 그렇다면 훗날 나는 숲속 이곳저곳에 흩어져 있는 옥수수 속대를 발견하게 될 터다.

마침내 어치가 도착했다. 사실 어치는 200미터 근방에서부터 조심스럽게 접근해 왔던 터라, 그 귀에 거슬리는 울음소리는 이미 오래전부터 들려오고 있었다. 녀석들은 매우 은밀하게 이 나무에서 저 나무로, 가깝게, 더 가깝게 살그머니 다가와 다람쥐가 떨어뜨린 옥수수 알갱이를 부리로 집어 들었다. 그런 다음 리기다소나무 가지 위에 앉아 가져온 것을 먹으려 하지만, 너무 큰 알갱이를 급하게 삼키려다가 목에 걸려 캑캑거린다. 한참 고생한 후에 알맹이를 뱉어 내면, 어치는 그것을 한 시간쯤 열심히 부리로 반복해서 쪼아 잘게 부수었다. 어치는 소문난 도둑들이라 나는 그들을 별로 좋아하지 않는다. 그러나 다람쥐는 처음에는 몸을 사려도 시간이 좀 지나면 옥수수가 마치 제것인 양 당당하게 가져다 먹는다.

한편 박새도 무리를 지어 날아와서 다람쥐가 떨어뜨린 옥수수 알을 물고 가까운 나뭇가지 위로 날아가 앉았다. 그리고는 옥수수 알갱이를 발톱으로 꽉 움켜잡고, 마치 그것이 나무껍질 속에 든 벌레라도 되는 양 그 작은 부리로 쪼기 시작했다. 그것이 자신들의 날씬한 목으로 쏙 넘어갈 만큼 충분히 작은 조각이 될 때까지 멈추지 않았다. 박새는 몇 마리씩 무리를 지어 매일 날아와서는 장작 쌓아 놓은 곳에서 먹이

를 집어 올리기도 했고, 오두막 문 앞에 떨어진 음식 부스러기를 주워 먹기도 했다. 그때 녀석들이 내는 희미한 혀짤배기 울음소리는 풀잎에 맺힌 고드름의 짤랑거리는 소리 같기도 했고, '데이 데이 데이' 하며 활기 넘치게 노래하는 듯도 했다. 또 드물기는 해도, 봄날처럼 따뜻한 날씨에는 힘이 넘치는 여름을 연상시키는 '피-비' 소리가 숲 언저리에서 들려왔다.

어느 정도 시간이 흐르자 주변에 익숙해졌는지, 어느 날은 박새 한 마리가 내가 한 아름 안고 가던 장작더미 위에 올라 앉더니 겁도 없이 나뭇조각을 부리로 쪼아 댔다. 언젠가 내가 마을의 채소밭에서 김을 매고 있을 때도 참새 한 마리가 내 어깨 위에 잠시 내려앉은 적이 있었다. 그때 나는 세상 그 어떤 명예로운 견장을 어깨에 달았다 해도 결코 느낄 수 없을 듯한 영광스러운 기분까지 느꼈다. 다람쥐도 마찬가지로 나와 친숙해져서 가끔씩 지름길이라 느껴지면 내 신발을 밟고 지나가기도 했다.

아직은 땅에 눈이 많이 덮이지 않은 초겨울이나 겨울의 막바지에, 남쪽 언덕 기슭이나 장작더미 주변에 눈이 녹을 때면, 자고새가 아침저녁으로 먹이를 찾아 숲에서 나왔다. 그런 때 숲속을 돌아다니면, 어디선가 자고새가 불쑥 튀어나와 갑자기 날개를 퍼덕이며 급히 도망쳤다. 그러면 높이 매달린 가지와 마른 나뭇잎에 쌓여 있던 눈이 흔들

리며 햇살 속에서 체에 거른 황금 가루처럼 떨어져 내렸다. 이 용감한 새는 겨울을 전혀 무서워하지 않았다. 바람에 날려 쌓인 눈 속에 자주 파묻히는데도, 흔히 말하길 "자고새는 때로 부드러운 눈 속으로 뛰어들어 그 속에서 하루 이틀 정도 숨어 있기도 한다."고 하지 않는가.

해 질 무렵이면 자고새는 야생 사과의 새싹을 쪼아 먹으려고 숲에서 들판으로 나왔는데, 나는 자주 그런 녀석들을 놀라게 만들었다. 그들은 매일 저녁 어김없이 특정한 사과나무 밑으로 갔다. 그러면 그곳에는 교활한 사냥꾼들이 기다리고 있었다. 사실 멀리 숲 근처 과수원은 자고새 때문에 입는 피해가 적지 않다고 한다. 그러나 나는 녀석들이 그렇게라도 배불리 먹을 수 있다는 사실이 기쁘기만 했다. 새싹과 맑은 물만 먹고사는 자고는 자연이 직접 낳은 자식이 아니던가.

어두운 겨울 아침이나, 해가 짧은 겨울 오후에 나는 가끔씩 한 무리의 사냥개가 추적의 본능을 억제하지 못하고 온 숲을 헤매 다니며 짖어 대는 소리를 들었다. 그 뒤로는 일정한 간격을 두고 사람이 부는 사냥 나팔 소리가 들렸다. 그러면 숲이 다시 울리기 시작한다. 하지만 호숫가 빈터에는 여우가 뛰쳐나오지도 않고 악타이온[75]을 추적하는 사냥개의 무리도 보이지 않는다.

어쩌면 나는 저녁나절쯤 되어 여우 꼬리 하나를 전리품 삼아 썰매에 매달고 여인숙을 찾아 돌아가는 사냥꾼의 모습을 보게 될지도 모

른다. 그들은 내게 말하리라. 만약 여우가 얼어붙은 대지의 가슴에 그대로 숨어 있었더라면 지금도 안전하게 살아 있었을 터라고. 혹은 그냥 일직선으로 계속 달아나기만 했어도, 사냥개들이 절대 따라잡을 수 없었을 터라고. 그러나 추적자들을 멀리 따돌린 여우는 멈춰 쉬면서 그들이 가까이 다가오지 않는지 귀를 기울인다. 그러다가 사냥개가 따라잡으면 이번에는 자신이 자주 다니던 길로 되돌아간다. 하지만 그곳에는 사냥꾼이 기다리고 있다.

때로 여우는 매우 긴 담벼락 위를 뛰어간다. 그러다가 한쪽으로 멀리 뛰어내린다. 또한 여우는 물에 들어가면 냄새를 축적할 수 없다는 사실을 아는 듯하다. 어떤 사냥꾼이 말하길, 언젠가 사냥개에게 쫓기던 여우 한 마리가 월든 호수로 뛰어드는 장면을 목격했는데, 그때 호수는 표면의 얼음 위에 얕은 물웅덩이가 여러 개 생겨 있을 정도로 녹은 상태였다고 한다. 여우는 호수를 조금 건너가다가 다시 뛰어든 쪽으로 되돌아갔다. 머지않아 사냥개가 몰려왔으나, 개들은 여우의 냄새를 잃어버리고 말았다.

가끔은 사냥꾼 없이 사냥을 하는 한 무리의 개들이 내 집 앞을 지나가기도 했다. 그럴 때 녀석들은 오두막 주위를 빙글빙글 돌며 내 존재는 전혀 개의치도 않고 사납게 짖어 댔는데, 그 모습은 마치 광기에 사로잡힌 듯했고, 그 무엇으로도 녀석들의 추적을 멈추게 할 수 없을

것만 같았다. 그런 식으로 녀석들은 가장 최근에 생긴 여우의 흔적을 다시 찾아낼 때까지 그 자리를 뱅뱅 돌았다. 영리한 사냥개일수록 그 임무 말고는 아무것도 생각하지 않기 때문이다.

어느 날 렉싱턴에 산다는 어떤 남자가 자기 사냥개를 찾아 오두막까지 온 일이 있었다. 그 개는 사방에 흔적을 남기며 혼자 한 주 넘게 사냥을 하고 다닌다는 것이었다. 그러나 내가 아는 것을 다 말해 주었다 한들 그에게는 전혀 도움이 될 듯하지 않았다. 그의 질문에 대답하려 할 때마다, 그는 내 말을 가로막으며 "그런데 댁은 대체 여기서 뭘 하는 겁니까?"라고 물었기 때문이다. 그는 개 하나를 잃어버리고, 사람을 찾은 셈이었다.

호수의 물이 가장 따뜻할 때가 되면, 매년 한 번씩 월든 호수로 목욕을 오는 말투가 무뚝뚝한 늙은 사냥꾼이 있었다. 그때마다 그는 나를 찾아와서 이런저런 얘기를 들려주었다. 여러 해 전, 어느 날 오후 그는 총을 챙겨 들고 월든 숲을 한 바퀴 돌아보기 위해 나섰다. 웨일랜드 길을 걷고 있는데 한 무리의 사냥개가 가까이 다가오며 짖는 소리가 들렸고, 머지않아 여우 한 마리가 담벼락을 넘어 길로 뛰어들었다. 그러나 어찌나 빠르게 맞은편 담벼락을 뛰어넘어 길에서 사라졌는지, 급히 겨눈 그의 빠른 총알도 여우의 몸을 채 스치지 못했다. 잠시 후에 사냥개 한 마리가 새끼 세 마리를 이끌고 주인도 없이 사냥감

을 쫓아왔으나, 역시 숲속으로 사라졌다.

그날 오후 늦게 그가 월든 호수 남쪽의 울창한 숲속에서 쉬고 있자니, 멀리 페어헤이븐 호수 쪽에서 사냥개들이 여전히 여우를 쫓으며 짖는 소리가 들려왔다. 소리는 점점 더 가까이 다가오며 온 숲을 울렸다. 한순간 웰메도 쪽에서 들리는가 싶으면, 또 한순간은 베이커 농장 쪽에서 들리는 듯했다. 그는 한참 동안 가만히 서서 사냥꾼의 귀에는 더없이 감미롭게 들리는 개 짖는 소리가 만들어 내는 음악을 들었다. 그때 갑자기 아까의 여우가 다시 나타났다. 꽤 여유로운 발걸음으로 장엄한 숲길을 요리조리 헤치며 걷고 있었는데, 나뭇잎의 동정 어린 바스락거림이 그의 소리를 감추어 주는 듯했다. 여우는 추적자들을 멀리 따돌리고 이제 빠르고 조용하게 숲길을 가다가 숲 한가운데 자리한 바위 위로 뛰어올라 몸을 똑바로 세우고 가만히 귀를 기울였다. 바로 뒤에 사냥꾼이 있다는 사실도 알지 못한 채.

잠시 연민의 감정이 사냥꾼의 팔목을 잡아끌었다. 그러나 그것은 한순간에 불과했고, 그는 생각이 생각을 따라잡지 못할 정도로 빠르게 총을 집어 겨냥했다. 빵! 여우가 바위에서 굴러 떨어져 바닥에 나뒹굴었다. 사냥꾼은 그 자리에 그대로 서서 사냥개의 소리에 주의를 집중했다. 그들은 여전히 다가오고 있었으며, 이제 근처의 숲은 구석구석 그들의 악마 같은 울부짖음으로 진동했다.

마침내 어미 사냥개가 주둥이를 바닥에 대고 킁킁거리다가 마귀라도 씌운 듯이 허공을 물어뜯으며 나타났다. 그리고는 곧장 바위 쪽으로 달려갔다. 그러나 죽어 있는 여우를 보고는 너무 놀라 벙어리라도 된 듯 갑자기 동작을 뚝 멈췄다. 그리고는 조용히 여우의 주위를 돌고 또 돌았다. 그동안 새끼들이 한 마리씩 도착했고, 어미와 마찬가지로, 녀석들도 눈앞에 펼쳐진 알 수 없는 사건에 침울하게 침묵을 지켰다. 그때 사냥꾼이 앞으로 나서 개들 사이에 섰다. 모든 의문은 풀렸다. 그가 여우의 가죽을 벗기는 동안 사냥개들은 조용히 기다리고 있었다. 그러고 나서도 한동안 사냥꾼이 전리품으로 챙긴 여우의 꼬리를 따라갔다. 그러나 마침내는 방향을 돌려 숲속으로 다시 사라졌다.

그날 저녁 웨스턴 마을의 유지 한 사람이 바로 그 콩코드 사냥꾼의 오두막을 찾아가 혹시 자기 사냥개들의 행방을 아는지 물으며, 그 녀석들은 웨스턴 숲에서부터 벌써 일주일 동안이나 자기들끼리 사냥을 하고 다니는 중이라고 말했다. 콩코드 사냥꾼은 자신이 아는 바를 털어 놓고 여우의 가죽은 그가 가지고 가는 게 좋겠다고 제안했다. 그러나 사냥개 주인은 그 제안을 거절하고 길을 나섰다. 그날 밤 그는 사냥개들을 찾을 수 없었다. 그러나 다음 날에는 녀석들이 콩코드 강을 건너, 어느 농가에 들러 하룻밤을 지내고는 그곳에서 배불리 얻어먹은 후, 아침 일찍이 다시 길을 나섰다는 소식을 듣게 되었다.

내게 이야기를 들려준 사냥꾼은 샘 너팅이라는 사람을 기억하고 있었다. 너팅은 페어헤이븐 산등성이에서 곰을 사냥해서는 콩코드 마을로 가져와 그 가죽으로 럼주를 바꿔 먹곤 했는데, 심지어 그곳에서 무스를 본 적도 있다는 것이었다. 너팅은 버고인이라는 매우 유명한 사냥개 한 마리를 데리고 다녔고, 자신은 그 개의 이름을 버긴이라 불렀다. 그리고 내게 이 이야기를 들려주던 사냥꾼에게도 가끔씩 그 개를 빌려 주었다고 한다.

예전에 이 마을에 나이 든 상인이 살았다. 전직 군인이자 공무원과 주의원을 지내기도 했던 사람으로, 나는 그의 '거래 장부'에서 다음과 같은 목록을 찾았다. 1742~1743년 1월 18일, '존 멜빈 변호사, 회색 여우 한 마리, 2실링 3펜스'. 회색 여우는 이 지방에서 더는 찾아볼 수 없다. 1743년 2월 7일 자에는 '헤스카이어 스트래튼에게 고양이 가죽 절반을 담보로 1실링 4.5펜스를 빌려줌'이라고 적혀 있었는데, 여기서 말하는 고양이란 살쾡이를 말하는 것이리라. 스트래튼은 프랑스 전쟁에 하사로 참전하기도 했었는데, 설마 그런 사람이 고양이 같은 하찮은 사냥감을 잡아 담보로 맡겼겠는가. 사슴 가죽을 담보로 잡았다는 기록도 있었는데, 그것은 거의 매일 거래가 이루어졌다.

어떤 마을 사람은 인근에서 마지막으로 잡힌 사슴의 뿔을 아직도 보관하고 있었고, 또 어떤 사람은 그 마지막 사슴 사냥에 자기 삼촌도

참가했었다는 이야기를 내게 들려주었다. 예전에는 이 지방 사냥꾼들이 참으로 많기도 했지만, 유쾌한 부류들이었다. 나는 지금도 유난히 깡말랐던 사냥꾼 한 명을 기억한다. 그는 길가다 종종 나뭇잎을 따서 그것으로 피리를 불곤 했는데, 내가 기억하는 한 그 소리는 어떤 사냥 나팔보다도 야성적이고 아름답게 들렸다.

한밤중에 달이 높이 떠 있을 때, 간혹 밖으로 나가 숲길을 걷다 보면 먹이를 찾아 숲 주변을 배회하는 사냥개들과 마주치기도 했다. 그러면 녀석들은 겁이라도 집어먹었는지 슬금슬금 옆으로 비켜서 내가 지나갈 때까지 수풀 속에서 조용히 기다렸다. 다람쥐와 들쥐는 내가 저장해 놓은 견과류를 두고 서로 다퉜다. 내 오두막 주위로는 지름이 2.5센티미터에서 10센티미터쯤 되는 리기다소나무가 스무 그루 정도 서 있었는데, 모두 이전 겨울을 나며 쥐들에게 파 먹힌 상처를 적잖이 드러내고 있었다. 지난겨울에는 눈이 오랫동안 깊이 쌓여 있던 탓에, 작은 동물들은 노르웨이의 겨울만큼이나 험난한 겨울을 보내야 했다. 그래서 쥐들이 소나무 껍질이라도 갉아먹어 모자란 식량을 보충해야 했던 것이다.

덕분에 소나무들은 껍질 쪽이 빙 둘러 다 갉혀 나가고 없었다. 그럼에도 보기 좋게 살아서 한여름에는 싱싱하게 번성했고 키도 한 자씩 쑥쑥 자랐다. 그러나 이번 겨울에도 같은 일을 당한 소나무는 어김없

이 죽었다. 하늘이 작은 쥐 한 마리로 하여금 나무를 위아래가 아니라 한 자리에서 빙 둘러 갉아먹게 그대로 두어, 소나무 한 그루를 통째로 저녁 식사로 삼아 버리게 허락한다는 사실은 참으로 놀랍기 그지없는 일이다. 그러나 번식력이 강해 너무도 쉽게 빽빽이 자라 버리는 리기다소나무의 개체 수를 줄이려면 어쩔 수 없이 이런 과정이 필요할지도 모르겠다.

아메리카산 토끼는 나와 매우 친해졌다. 한 녀석은 내 집 아래, 정확히 말해 내 방바닥 밑에 보금자리를 마련해 두고 겨울 내내 살았다. 아침이 되어 내가 몸을 뒤척이기 시작하면 서둘러 밖으로 나가려고 머리를 마루판 판자에 쿵쿵쿵 찧어 대는 통에 나를 깜짝깜짝 놀라게 했다. 땅거미가 질 때쯤이면 산토끼들이 내가 내다 버린 감자 껍질을 먹으려고 오두막 문 앞으로 모여들었는데, 털 색깔이 땅 색과 너무나도 흡사해서 움직이지 않고 가만히 있으면 거의 구분도 할 수 없을 정도였다. 가끔은 황혼 녘에 창 밑에 가만히 앉아 있는 토끼 한 마리를 바라보고 있다가 한순간 그 모습을 놓쳐 버리기도 했다. 저녁에 내가 문이라도 열라치면, 녀석들은 끽끽거리며 이리저리 튀어 달아났다.

가까이서 토끼들을 바라보면 가엾은 생각이 들었다. 어느 날 저녁에는 한 녀석이 미처 도망을 가지 못해 내게서 두 발자국쯤 떨어진 문간에 앉아 두려움에 오들오들 떨었다. 그 가엾기 짝이 없는 작은 녀석

은 깡말라 뼈밖에 남지 않은 몸에 누더기 같은 귀와 뾰족한 코, 짧은 꼬리를 달고 있었고, 앞발 역시 홀쭉했다. 그 모습을 보고 있자니, 자연이 이제 더는 고귀한 혈통을 유지해 가지 못하고 발끝으로 간신히 명맥을 유지해 가고 있는 것이 아닐까 하는 생각이 들었다. 녀석의 커다란 두 눈은 어리기는 했으나 수종이라도 걸린 듯 병약해 보였다. 그러나 내가 한 발 앞으로 다가서자, 세상에, 녀석은 용수철처럼 튀어 올라 몸과 사지를 우아하게 쭉쭉 뻗으며 얼어붙은 눈밭 위를 쏜살같이 달려서 곧 나와의 사이에 숲 하나를 두었다. 자유로운 야생 동물이 자신의 활력과 자연의 품위를 확실히 증명하는 순간이었다. 산토끼의 호리호리한 몸은 다 나름의 이유가 있었다! 그것이 바로 토끼의 천성이었다.(어떤 학자는 토끼를 뜻하는 라틴어 '레푸스〔lepus〕'와 '레비페스〔levipes〕'가 '발이 빠른'의 의미라고 생각한다.)[76]

토끼와 꿩이 없는 시골은 대체 어떤 시골일까? 그들은 동물 중에서도 가장 소박한 토착종이 아니던가. 또한 고대에도 지금만큼이나 인간에게 잘 알려진, 가장 오래되고 존중받는 동물 가계에 속하며, 자연 그 자체의 색과 본질을 동시에 갖춘, 나뭇잎이나 대지와도 가장 가까운 존재이다. 그들 서로의 관계도 한쪽이 날개 대신 다리 한 쌍을 더 달고 있을 뿐 한없이 가까운 존재다. 길을 가다 토끼나 꿩이 갑자기 튀어나와도, 우리는 야생 동물과 마주쳤다 말하기 힘들다. 그것은 나뭇

잎 스치는 소리를 예상하는 것만큼이나 자연스러운 일이기 때문이다.

지구상에 어떠한 혁명적인 일이 벌어지더라도, 꿩과 토끼는 대지의 진정한 토박이처럼 여전히 살아남아 번성해 갈 것이 틀림없다. 숲이 다 잘려 없어져도 새로이 움트는 싹과 수풀이 그들의 은신처가 되어 줄 테니, 그들은 어느 때보다도 더 그 수를 불려 갈 터다. 산토끼 한 마리도 먹여 살리지 못한다면 그곳은 참으로 척박한 시골이 아닐 수 없으리라. 목동 아이들이 잔가지 덫을 놓고, 말총으로 만든 올가미를 설치해 놓더라도, 우리의 숲은 토끼와 꿩으로 넘쳐 나기에, 모든 습지 주변에서 녀석들이 한가로이 거니는 모습을 볼 수 있을 것이다.

겨울의 호수

고요한 겨울밤을 보내고 나면, 나는 꿈속에서 '무엇을, 언제, 어떻게, 어디서' 같은 질문을 받고 잠결에 답을 하려고 헛되이 애쓰다가 깨어나는 기분을 느꼈다. 눈을 떠 보면 모든 생명을 품은 자연이 새벽을 맞아 평온하고 만족스러운 얼굴로 내 넓은 창을 들여다보고 있었는데, 그 입술에는 질문이 담겨 있지 않았다. 나는 잠에서 깨며 질문의 해답으로, 자연과 햇살 속으로 들어간다. 어린 소나무가 점점이 서 있는 땅에 깊이 쌓인 눈과 내 집이 자리 잡은 언덕 비탈이 '전진!'이라고 말하는 듯했다. 자연은 인간에게 어떤 질문도 하지 않고, 인간이 묻는 질문에 대답도 하지 않는다. 이미 오래전에 그렇게 작심을 했던 것이다. "오, 군주여! 우리의 눈이 이 우주의 경이롭고 다양한 장관에 경탄

하여 그것을 영혼에 전합니다. 밤이 이 경이로운 창조물의 일부를 칠흑 같은 어둠으로 가리지만, 낮이 찾아와 다시 이 위대한 작품을 드러내니 지상에서 하늘의 평원에까지 이릅니다."[77]

그리하여 나는 아침 일을 시작한다. 가장 먼저 도끼와 양동이를 들고 물을 찾아 나선다. 아직 잠에 취해 있지 않다면 말이다. 밤에 춥고 눈까지 내렸다면 점치는 막대(수맥 탐지용 막대)가 필요하다. 겨울이 되면 약한 바람에도 민감하게 파동이 일고 모든 빛과 그림자를 반사하던 호수의 수면이 거의 30~40센티미터의 두께로 단단히 얼어붙으니, 소 떼가 우르르 지나가도 끄떡없을 정도였고, 그 위에 비슷한 깊이의 눈까지 쌓이면 호수는 들판과 구분되지 않았다. 주변 언덕에 사는 마멋[78]처럼 호수도 눈꺼풀을 닫고 석 달 혹은 그보다 긴 시간 동안 동면에 들어가는 것이다. 그 눈 덮인 평원에 서 있으면, 마치 산으로 둘러싸인 목초지 한가운데 서 있는 듯했다.

나는 일단 30센티미터 높이의 눈더미를 치우고, 다시 30센티미터 두께의 얼음을 깬다. 그러고는 발아래 열린 창 앞에 무릎을 꿇고 물을 마신 후 물고기가 사는 조용한 거실을 들여다본다. 호수 속은 젖빛 유리를 통해 비쳐든 듯한 부드러운 햇살이 고르게 스며 있었고, 바닥에는 여름철과 마찬가지로 모래가 반짝였다. 그곳은 석양 무렵의 호박색 하늘처럼 늘 잔잔한 평온함이 지배하고 있어서 호수 주민들의 담

딤하고 차분한 기질과 잘 이울렸다. 천국은 우리의 머리 위에도 있지만, 발밑에도 있다.

만물이 추위로 얼어붙어 사각거리는 이른 아침에, 강꼬치고기와 농어를 잡겠다고 낚싯대와 가벼운 점심 꾸러미를 들고 찾아와서 그 눈 덮인 들판에 가느다란 낚싯줄을 드리우는 사람들이 있다. 본능적으로 마을 사람들과는 다른 삶의 방식을 따르고, 다른 권위를 신봉하는 야성의 인간이다. 그들이 오가는 덕에 마을 간의 교류가 끊이지 않고 이어진다. 이들은 두툼한 모직 외투를 입고 호숫가의 마른 떡갈나무 낙엽 위에 앉아 점심을 먹는다. 도시 사람들이 인공적인 지식에 밝다면, 이들은 자연의 지식에 밝다. 그들은 전혀 책에 의존하지 않아서, 말로 설명할 수 있고 알려진 것보다 훨씬 많은 일을 해낸다. 그들이 행하는 일들은 아직 세상에 알려지지 않은 것들이다.

다 자란 농어를 미끼로 강꼬치고기를 낚는 이가 있다. 그의 양동이를 들여다보면 여름날의 호수를 들여다보는 듯한 경이로움이 느껴진다. 그가 여름을 집에 가두어 둔 것 같기도 하고, 여름이 어디서 쉬고 있는지 알고 있기라도 한 듯한 느낌이다. 대체 무슨 재주로 한겨울에 이런 고기를 잡아 올렸지? 아, 땅이 얼어붙었으니, 썩은 통나무 속에서 벌레를 잡아서 미끼로 썼구나. 그의 삶이 박물학자의 심오한 연구보다도 더 깊숙이 자연을 꿰뚫고 있다. 그 자신이 박물학자의 연구 대

상이라 할 법하다. 박물학자는 이끼와 나무껍질을 칼로 조심히 들쳐 올려서 벌레를 찾는다. 낚시꾼은 도끼로 통나무를 찍어 속의 벌레를 열어젖히니, 이끼와 나무껍질이 사방으로 튄다. 나무껍질 벗기는 일은 그의 생계 수단이다. 그런 사람은 물고기를 낚을 자격이 있다. 그리고 나는 그의 안에서 자연의 섭리가 이루어지는 모습을 보고 싶다. 농어는 굼벵이를 삼키고, 강꼬치고기는 농어를 삼킨다. 이렇게 하여 존재와 존재 사이의 틈이 모두 메워진다.

안개가 자욱한 날 호수 주위를 거닐다 보면, 가끔 소박한 낚시꾼이 원시적인 방식으로 낚시하는 모습을 보는데, 참으로 흥미롭다. 그는 호수 가장자리에서부터 중심 쪽으로 약 20~30미터쯤 들어간 곳에 같은 간격으로 좁은 얼음 구멍들을 뚫고, 그 위에 오리나무 가지를 꽂았다. 그리고 낚싯줄이 끌려 들어가지 않도록 줄 끝을 나무 막대에 묶고, 느슨하게 늘어뜨린 낚싯줄을 얼음에서 30센티미터 정도 높이에 있는 오리나무 가지 위로 걸쳐놓았다. 그런데 그 줄에 떡갈나무 잎을 매달아서 고기가 입질을 하면 나뭇잎이 즉시 흔들렸다. 호숫가를 반 바퀴 정도 돌아가면, 일정한 간격으로 열 지어 선 오리나무 가지들이 안개 속으로 어렴풋이 보이곤 했다.

아, 월든 호수의 강꼬치고기여! 녀석들이 얼음 위에 누워 있거나, 낚시꾼들이 물이 스며들도록 얼음에 파 놓은 작은 웅덩이 속에 들어

있는 모습을 볼 때마다, 나는 그 보기 드문 아름다움에 놀란다. 마치 전설 속에 등장하는 물고기 같다. 콩코드 사람들의 삶에서 아라비아가 먼 이국이듯, 강꼬치고기도 마을의 거리는 물론이고 숲과도 어울리지 못하는 이질적이고 이국적인 존재다. 그 눈부시고 초월적인 아름다움은 길거리 장사꾼이 큰 소리로 떠들며 파는 송장 같은 대구나 볼락의 모습과는 비교가 되지 않는다. 강꼬치고기는 소나무 같은 녹색도 아니고 돌처럼 잿빛도 아니고 하늘처럼 푸르지도 않지만, 내 눈에는 꽃이나 보석처럼 진귀한 색으로 보인다. 그들은 월든의 진주다. 월든의 물이 동물화된 핵이며 결정체다. 그리고 물론 속속들이 월든 그 자체다. 동물의 왕국에서는 그들이 작은 월든, 즉 월든의 거주자다. 여기, 이 깊고 넓은 샘 속에, 가축과 마차와 방울을 딸랑거리는 썰매가 덜거덕거리며 지나다니는 월든 길옆에 깊이 자리한 물속에, 이 커다란 황금색과 에메랄드 색의 물고기가 헤엄쳐 다니다니, 그리고 그런 물고기가 잡혀 올라오다니 참으로 놀랍지 않은가.

나는 시장에서는 강꼬치고기 종류를 한 번도 본 적이 없다. 만약 장에서 팔린다면, 오가는 이의 시선을 단박에 붙잡았을 터다. 물 밖으로 나온 강꼬치고기는 단지 몇 번 발작적으로 몸부림치다가, 물속에서의 혼을 포기해 버린다. 제 명을 다하지 못하고 하늘의 옅은 공기 쪽으로 옮겨 가는 인간을 바라보는 듯하다.

오랫동안 수심을 알 수 없던 월든 호수의 바닥을 되찾고 싶은 마음에 나는 1846년 초 얼음이 녹기 전, 나침반과 사슬과 측심줄로 신중하게 조사했다. 월든 호수에 바닥이 있느니 없느니 하는 여러 얘기가 전해져 왔으나, 사실 그 소문이야말로 바닥(근거) 없는 것이었다. 인간이 수심을 재 보는 수고를 전혀 기울이지도 않은 채 그토록 오랫동안 호수에 바닥이 없다고 믿어 왔다니, 참으로 놀라운 일이다.

어느 날 나는 산책을 나갔다가 인근에 바닥이 없다고 알려진 두 개의 호수를 찾아가 봤다. 많은 사람이 월든 호수의 바닥은 지구 반대편까지 뚫려 있다고 믿는다. 어떤 이는 호수의 얼음 위에 한참 동안이나 엎드려, 대상을 왜곡시키는 얼음이라는 매개물 통해, 게다가 눈에는 물기까지 머금고, 호수 바닥을 들여다보았다. 그러다가 가슴이 차가워져 감기라도 들까 두려워지면 서둘러서 결론을 내렸다. 저 아래서 '건초를 가득 실은 수레도 통과할 만큼' 거대한 구멍을 여럿 보았다는 것이다. 그리로 수레를 몰고 갈 사람이 있으랴마는, 어쨌든 그 구멍이 의심의 여지없이 저승의 강 스틱스(Styx)의 원천이며 이승에서 지옥으로 들어가는 입구라 단정 지었다.

또 어떤 사람은 마을에서 '25킬로그램 추'와 지름 2.5센티미터 굵기의 동아줄을 한 수레분이나 구해서 호수의 수심을 재려 했는데, 바닥을 찾는 데는 역시 실패하고 말았다. 25킬로그램 추가 이미 바닥에 닿

왔는데도, 경이로움이라면 얼마든지 무한정 받아들일 수 있는 자기들의 능력을 재 보고자, 계속해서 헛되이 밧줄을 풀어 넣은 것이다. 내가 독자에게 단언할 수 있는 사실은, 월든이 드물게 깊은 호수이기는 하지만 터무니없을 정도로 깊은 것은 아니며 바닥도 꽤 단단하다는 것이다.

나는 대구잡이용 낚싯줄과 700그램 정도의 돌을 사용해 쉽게 호수의 깊이를 측정했다. 돌이 바닥에서 떨어지는 순간도 정확히 알 수 있었다. 호수 바닥에 놓여 있던 돌을 들어 올릴 때, 일단 돌이 바닥에서 떨어지면 그 사이로 물이 들어가 끌어올리기가 쉬워지지만 바닥에 붙어 있는 동안에는 굉장히 힘이 들기 때문이다. 가장 깊은 곳의 수심은 정확히 31미터였다. 그때 이래로 물이 불어서 1.5미터쯤 높아졌으니, 이제는 32.5미터다. 면적에 비해 상당한 깊이다. 그러나 상상력을 발동시켜 몇 센티미터라도 뺄 수는 없는 일이다. 모든 호수가 다 얕기만 하다면 어쩌겠는가? 그것이 우리의 마음에도 영향을 미치지 않겠는가? 나는 월든 호수가 깊고 맑아서 하나의 상징이 되어 주고 있음이 더없이 고맙다. 인간이 무한을 믿는 한, 바닥이 없는 호수도 계속 존재하리라.

한 공장 주인이 내가 호수의 깊이를 알아냈다는 소식을 듣고는 사실일 리가 없다고 주장했다고 한다. 왜냐하면 자신이 댐에 관해서는

인가견이 있는데, 모래는 그처럼 가파른 각도로는 쌓일 수가 없다는 것이었다. 그러나 깊은 호수들도 그 면적에 비하면 대부분의 사람들이 생각하는 것처럼 깊지는 않다. 만약 물을 다 빼 버린다면, 그리 대단한 골짜기가 드러나지는 않을 것이다. 그런 호수들은 산과 산 사이에 낀 물컵과는 다르다. 월든의 경우에는 면적에 비해 바닥이 예외적이라 할 만큼 깊지만, 수직으로 잘라 단면을 보면 가운데가 얕은 접시처럼 살짝만 더 깊을 것이다. 물을 다 퍼낸다면 대부분의 호수도 우리가 흔히 보는 목초지 정도밖에는 패어 있지 않을 것이다.

풍경에 관한 한은 모든 면에서 무척이나 감탄할 만하고 보통 정확하기까지 한 판단을 내렸던 윌리엄 길핀[79]은 스코틀랜드의 피너 호수(Loch Fyne)의 발원지에 올라서서 "산으로 둘러싸인 염수 만으로, 깊이가 110~125미터에 폭이 6.5킬로미터, 길이는 80킬로미터쯤 된다."고 묘사하더니, "만약 우리가 대홍수로 인한 파괴, 혹은 그것을 일어나게 만든 자연의 변동 직후에, 혹은 물이 그 안으로 밀려들기 전에 이곳을 보았더라면, 무시무시한 협곡이 우리 눈앞에 펼쳐져 있었을 터다."라고 말했다.

"거대한 산은 하늘을 찌를 듯이 솟구쳐 있고
텅 빈 바닥은 넓고 깊게 밑으로 꺼져

너른 물 바닥을 이루고 있네."[80]

그러나 만약 우리가 피너 호수의 가장 짧은 지름을 이용해서 월든 호수와 깊이를 비교해 본다면, 앞서 살펴봤듯이 종단면으로 잘랐을 때 낮은 접시 정도의 깊이밖에 되지 않는 월든 호수의 수심이 피너 호수보다 4배나 깊다는 것이 드러난다. 피너 호수의 물이 다 빠졌을 때 드러날 협곡의 무시무시함이 얼마나 '대단'할지에 대해서는 이쯤 해두자. 미소 짓는 수많은 계곡과 그 사이사이에 펼쳐진 옥수수밭도 실은 그 물 빠진 '무시무시한 협곡'이나 다를 바 없지만, 그런 사실을 순진한 주민들에게 납득시키려면 지질학자다운 통찰력은 물론이고 멀리 내다볼 줄 아는 식견도 갖추어야 할 테니 말이다.

탐구심이 강한 사람이라면 가끔 지평선의 야트막한 언덕에서 원시시대의 호숫가 흔적을 발견할지도 모른다. 평원이 융기했다고 해서 호수였던 역사가 숨겨지지 않기 때문이다. 그러나 대로변에서 작업하는 사람이라면 잘 알겠지만, 소나기가 온 뒤에 길에 생긴 물웅덩이를 살펴보는 것이 땅이 파인 곳을 찾는 가장 쉬운 방법이다. 다시 말해, 약간의 상상력만 발휘해도, 우리는 자연보다 더 깊이 잠수하고, 더 높이 날아오를 수 있다. 그렇게만 한다면, 우리는 대양의 수심도 그 넓이와 비교해 보면 그리 대단하지 않음을 발견하게 될지도 모르겠다.

나는 얼음을 뚫고 수심을 쟀기 때문에, 얼지 않은 항만을 측량할 때보다 훨씬 정확하게 호수 바닥의 모양을 추정할 수 있었는데, 월든의 바닥이 대체로 고르다는 사실에 매우 놀랐다. 가장 깊은 부분의 수천 평에 달하는 면적은 태양, 바람, 쟁기질에 노출돼 있는 그 어떤 지상의 밭보다도 훨씬 평평했다. 한번은 임의로 선을 하나 그어 놓고 그 선상에 위치한 지점의 수심을 재어 보니 150미터 이내에서는 30센티미터 이상 수심이 달라지는 곳은 없었다. 그리고 호수 한가운데에서는 어느 방향으로 나아가든 매 30미터마다 10센티미터 이내에서 수심이 변하리라는 사실을 예측할 수 있었다. 어떤 이는 월든처럼 바닥이 모래인 고요한 호수에도 깊고 위험한 구멍이 있다고 늘상 말했지만, 이런 환경에서 물의 작용은 모든 기복을 평평하게 한다. 호수는 바닥이 상당히 고를 뿐 아니라 호반이나 주변을 에워싸고 있는 언덕의 능선과도 완벽하게 일치하기 때문에, 멀리 곶이 있다는 사실도 맞은편 물가에서 수심을 측정하면서 알게 되었고, 곶의 방향도 맞은편 호반을 관찰하면서 확인할 수 있었다. 곶은 모래톱이 되고, 평원은 여울이 되며, 계곡과 협곡은 깊은 물이 되고 수로가 되는 것이다.

나는 50미터를 2.5센티미터로 축소해 호수의 축척도를 작성하고, 100군데가 넘는 지점의 수심을 재서 지도상에 모두 기입했다. 그러자 다음과 같은 놀랄 만한 우연의 일치를 발견했다. 가장 깊은 지점을 가

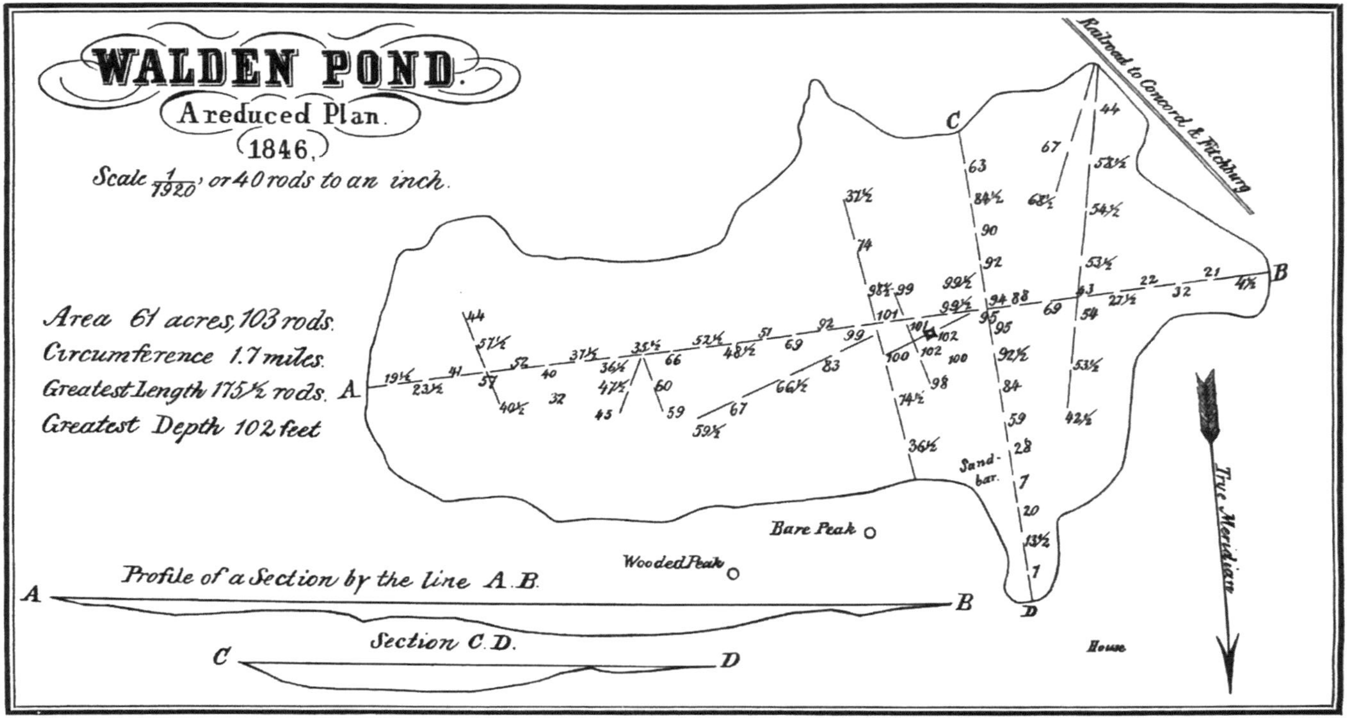
WALDEN POND.
A reduced Plan.
1846.
Scale 1/1920, or 40 rods to an inch.
Area 61 acres, 103 rods.
Circumference 1.7 miles.
Greatest Length 175½ rods.
Greatest Depth 102 feet
Railroad to Concord & Fitchburg
True Meridian
Sand-bar.
Bare Peak
Wooded Peak
House
A
B
C
D
Profile of a Section by the line A.B.
Section C.D.

리키는 숫자가 명백하게 지도 한가운데 위치해 있길래, 지도 위에 자를 놓고 세로로도 대보고, 가로로도 대봤다. 놀랍게도 가장 긴 세로선과 가장 긴 가로선이 정확히 가장 깊은 지점에서 교차하는 것이 아닌가. 호수 한가운데는 거의 평평하고, 호수의 외곽선은 규칙적인 것과는 거리가 멀었으며, 가장 긴 가로선과 세로선은 작은 만의 깊이까지도 속속들이 다 잰 것임에도 그랬다. 나는 혼잣말로 중얼거렸다. "이런 방법으로 호수나 물웅덩이뿐 아니라 대양의 가장 깊은 지점도 알아낼 수 있지 않을까? 그렇다면 계곡을 뒤집어 놓은 것으로 간주되는 산의 높이도 역시 잴 수 있지 않을까?" 모두 알다시피, 산의 가장 좁은 부분이 가장 높은 곳은 아니지 않은가.

나는 다섯 개의 작은 만 중에 세 곳의 수심을 쟀는데, 세 곳 모두 물목을 거의 수평으로 가로지르는 모래톱이 형성되어 있었고, 안쪽의 수심이 더 깊었다. 따라서 만은 수평뿐 아니라 수직 방향으로도 호수가 육지 쪽으로 확장해 나간 후, 두 개의 곶이 모래톱으로 연결됨으로써 일종의 저수지나 독립적인 호수의 형태를 이룬 것이었다. 해안가 항구에도 그 초입에는 모두 모래톱이 있다. 작은 만의 입구가 그 길이에 비해 넓을수록 모래톱 밖의 수심은 내포보다 훨씬 깊었다. 따라서 만의 길이와 넓이, 주변 물가의 특징을 알면 어떠한 경우에도 통용되는 하나의 공식을 세울 만한 요소를 거의 다 갖춘 셈이나 다름없다.

이 경험을 토대로, 호수의 윤곽과 기슭의 특징을 관찰한 자료를 이용하면 그 호수의 가장 깊은 곳을 정확히 알아낼 수 있는지 알아보기 위해, 이번에는 화이트 호수의 도면을 작성했다. 화이트 호수는 면적이 5만 평이 넘고, 월든과 마찬가지로 호수 안에 섬도 없었다. 눈에 보이는 물의 유입구나 유출구도 없었다. 그런데 가장 긴 가로선이 가장 짧은 가로선과 너무 인접해 있어서, 마주 보는 두 곶은 서로 근접해 있는 반면 두 만의 후미는 멀리 떨어져 있었다. 그래서 나는 가장 짧은 가로선에서 얼마 떨어지지는 않았으나, 가장 긴 세로선과 교차하는 지점을 호수의 가장 깊은 수심이라고 과감하게 표시해 두었다. 조사를 마치니, 가장 깊은 곳은 표시한 곳에서 30미터 정도 떨어져 있었지만 그래도 예상했던 방향이었고, 깊이도 30센티미터밖에 차이나지 않은 18미터였다. 물론 호수에 유입구와 출구가 있어 물의 흐름이 감지된다거나 한가운데 섬이 있다면, 문제는 훨씬 복잡해진다.

인간이 모든 자연 법칙을 안다면, 하나의 사실이나 하나의 실제 현상에 대한 설명만 있어도 그 시점에 벌어지는 모든 상황의 결과를 구체적으로 추측할 수 있을 것이다. 그러나 현재 우리는 단 몇 가지 법칙만 알고 있을 뿐이라, 추측해 낸 결과는 허술할 수밖에 없다. 물론 자연의 혼란이나 불규칙성 때문이 아니라, 계산에 반드시 필요한 요소를 알지 못하기 때문이다. 일반적으로 법칙과 조화에 대한 우리의

개념은 직접 알아낸 사례들에 국한된다. 그러나 우리가 아직 찾아내지 못했기에 겉으로는 모순돼 보이지만, 실제로는 서로 일치하는 많은 법칙에서 찾아낼 수 있는 조화가 훨씬 더 경이로운 것이다. 개개의 법칙은 우리의 관점에 따라 무수한 측면으로 파악될 수 있다. 그것은 하나의 절대적인 형태를 갖춘 산이, 나그네가 한 걸음씩 걸을 때마다 다른 모습으로 보이는 것과 마찬가지다. 산을 쪼개거나 구멍 뚫는다고 해서 그 전체를 파악할 수 있는 것은 아니지 않은가.

내가 호수에서 관찰한 것은 인간 세상의 윤리에도 그대로 적용된다. 바로 평균의 법칙이다. 두 개의 지름을 이용한 그런 규칙은 우리를 태양계 속의 태양으로, 그리고 인간 몸속의 심장으로 안내한다. 또한 한 인간이 매일 행하는 행동과, 그가 품은 작은 만과 그 내포로 밀려드는 삶의 파도를 모두 모아 두고 그곳에 가로세로 양 방향으로 선을 긋는다. 그러면 두 선이 교차하는 곳이 바로 그의 성품에서 가장 높거나 깊은 부분이리라. 어쩌면 우리가 그의 호반의 기울기나 인근 지역과 환경이 어떤지만 알아도, 그의 깊이와 감추어 둔 심성의 바닥을 알 수 있을지 모른다.

만약 그가 아킬레우스의 고향[81]처럼 험준한 산맥으로 둘러싸여 있고 산봉우리들이 가슴에 그림자를 드리운다면, 그의 내면도 그에 상응해 깊어질 것이다. 낮고 기복 없는 기슭은, 그 측면에서는 그도 별로

깊지 않음을 증명해 보인다. 우리 몸에서 이마는 생각과 관련 있으니, 대담하게 튀어나와 있다면 그만큼 생각이 깊다는 것을 나타낸다. 우리의 작은 만 입구에는 모래톱이 형성돼 있고, 그것은 개개인의 고유 성격을 나타낸다.

모래톱 각각은 특정 계절 동안 우리의 항구가 되어 준다. 우리는 그 속에 갇혀 부분적으로 육지와 만난다. 이러한 성향은 대체로 변덕스럽지 않다. 그 형태와 크기와 방향이 고대로부터 형성된 융기의 축, 즉 물가에 형성된 곶에 의해 결정되기 때문이다. 이 모래톱이 폭풍이나 조류에 의해 점차 커지거나 물이 감소하면서 표면으로 드러나면, 처음에는 하나의 생각을 정박시키던 물가의 곶에 지나지 않던 성향이 개별적인 하나의 호수가 되어 버린다. 그리하여 바다와 단절되고, 그 안에서 생각은 여러 조건을 획득해 소금물에서 민물로 변하고, 달콤한 바닷물이나 사해, 혹은 늪이 된다.

각 개인이 세상에 태어났을 때, 그러한 모래톱 하나가 어딘가 수면 위로 솟아올랐다고 생각해 보면 어떨까? 사실 우리는 형편없는 항해사들이라서 우리의 사랑이라는 것도 대부분 항구도 없는 해안에서 왔다 갔다 방황하거나, 겨우 시(詩)라는 작은 만의 만곡부나 오갈 따름이다. 혹은 모든 이에게 개방된 항구로 향해서 학문이라는 건선거[82] 안으로 들어가는데, 그곳에서 사상은 이 세상에 맞게끔 정비될 뿐이

고, 각각의 사상에 고유성을 부여할 자연의 조류는 만나지 못한다.

나는 비와 눈과 증발 이외에는 월든 호수에 물이 들고 나는 곳을 발견하지 못했다. 어쩌면 온도계와 줄을 이용하면 찾아낼 수 있을지도 모르겠다. 물이 호수로 흘러드는 곳이 여름에는 가장 차고 겨울에는 가장 따뜻하지 않겠는가. 1846년과 1847년에 얼음 캐는 인부들이 이곳에서 작업할 때, 하루는 얼음을 쌓던 인부들이 호반으로 옮겨 놓은 얼음덩이 중의 일부가 너무 얇다면서 퇴짜를 놓았다. 그 덕분에 얼음을 자르던 인부들은 일부 구역의 얼음이 다른 곳의 얼음보다 5~7.5센티미터 정도 얇다는 사실을 알았다. 그래서 그들은 아마 그곳에 호수 물의 유입구가 있을지도 모르겠다고 생각했다.

그들은 내게 다른 장소도 하나 더 보여 주었다. 자신들이 생각하기에 호수 물이 언덕 아래로 빠져나가 이웃의 목초지로 '새는 구멍'이 확실하다며, 나를 얼음덩이 위에 태우더니 그곳으로 데려 갔다. 수면에서 3미터 정도 내려간 곳에 있는 작은 구멍이었다. 그러나 나는 그보다 더 심하게 새는 곳이 발견되지 않은 한 월든 호수를 땜질할 필요는 없으리라 생각한다. 어떤 이는 만약 '새는 구멍'이 정말 발견된다면, 그것이 목초지와 연결돼 있음을 증명할 방법을 제안했다. 그 구멍의 입구에 색깔 있는 가루나 톱밥을 흘려 넣은 후, 목초지의 샘에 여과기를 넣어 두면 물줄기를 타고 온 입자가 거기에 걸리지 않겠느냐

는 것이었다.

내가 호수를 탐사하는 동안 두께가 40센티미터나 되는 얼음이 약한 바람에도 마치 물결처럼 흔들렸다. 얼음 위에서는 수평기를 사용할 수 없다는 사실은 널리 알려져 있다. 호반에 수평기를 설치하고, 그것이 얼음 위에 세워 둔 눈금 막대를 향하도록 한 후, 호숫가에서 5미터 떨어진 곳의 얼음이 가장 크게 요동칠 때 그 치수가 얼마나 되나 측정해 보니 거의 2센티미터 가까이 되었다. 그럼에도 얼음은 호숫가에 단단히 붙은 듯 보였다. 호수의 중심에서 재어 보면 분명히 요동의 폭은 훨씬 클 것이다. 모르긴 해도, 만약 우리의 도구가 충분히 정밀하기만 하다면, 인간의 힘으로 지각의 요동까지 측정할 수 있지 않을까?

수평기의 두 다리는 호반에, 나머지 하나는 얼음 위에 세우고, 가늠기가 세 번째 다리 너머를 향하게 한 후 관측하자, 얼음의 극히 미세한 요동 때문에 호수 건너편에 서 있는 나무가 거의 몇 미터는 위아래로 움직여 보였다. 수심을 재려고 얼음에 구멍을 뚫기 시작했을 때, 나는 얼음 위에 수북이 쌓여 있던 눈과 얼음 사이에 높이가 거의 10센티미터는 될 법한 물이 고여 있음을 알았다. 하지만 물은 내가 뚫은 구멍 속으로 즉시 흘러들기 시작했고, 마치 깊은 개울처럼 이틀간이나 계속 흘렀다. 그것이 사방의 얼음을 녹였고, 호수의 표면을 말리는 데도 크게 기여했다. 물이 모두 호수로 흘러 들어갔기 때문에, 수위가

높아지면서 얼음의 높이도 올라갔다. 이것은 배에서 물을 내보내려고 바닥에 구멍을 뚫는 것과 같은 이치였다.

이런 구멍들이 다시 얼어붙은 후, 연이어 비가 내려 마침내 호수 표면이 다시 매끄럽게 얼음으로 덮이면, 얼음 속에 거미줄처럼 보이는 검은 무늬가 얼룩덜룩 아름답게 생겨났다. 얼음 속에 피어난 장미꽃과도 같은 그 무늬는 사방에서 호수 중심으로 흘러들어 가는 물이 만들어 놓은 수로에 의해 생겨난다. 가끔 호수의 얼음이 얕은 물웅덩이로 뒤덮일 때면, 나는 이중으로 비치는 내 그림자를 목격하곤 하는데, 그때 하나의 그림자는 다른 그림자의 머리 위에 서 있었다. 즉 첫 번째 그림자는 얼음 위에, 두 번째는 나무 위나 산등성이에 서 있곤 했다.

아직은 추운 1월이라 눈도 두텁게 싸이고 얼음도 단단히 얼어 있건만, 마을에 사는 꼼꼼한 땅주인은 여름에 마실 물을 시원하게 식힐 얼음을 가져가겠다고 호숫가를 찾아온다. 1월에 7월의 더위와 갈증을 예견하고는 두꺼운 외투에 장갑까지 끼고 찾아오다니! 많은 것이 제공되지 않는 이 겨울철에 말이다. 참으로 인상적이고, 심지어 애처로울 정도로 약지 않은가. 아무리 그래 봐야 다음 생에서 여름에 마실 물을 시원하게 식혀 줄 얼음까지 이번 생에서 챙겨 두지는 못할 텐데 말이다.

그는 단단한 호수를 자르고 톱질하여 물고기들의 지붕을 들어낸 후, 그들 삶의 터전이자 숨 쉬는 공기인 얼음을 마치 패 놓은 장작처럼 사슬과 말뚝으로 묶어 마차에 실은 다음 자상한 겨울 공기의 도움을 받아 겨울의 지하실로 운반해 가서, 그곳에서 여름을 나게 하려 한다. 거리로 운반되는 얼음의 모습을 멀리서 바라보면, 마치 단단한 하늘을 보는 것 같다. 얼음을 자르는 인부들은 유쾌한 사람들로 농담도 잘하고 성격도 좋아서, 내가 다가가면 '구덩이 방식 톱질'[83]을 함께 해 보겠느냐고 청하곤 했는데, 그럴 때면 내가 구덩이 속에 들어갔다.

1846~1847년 겨울, 100명의 상춘국 사람들[84]이 어느 날 아침 월든 호수에 갑자기 들이닥쳤다. 보기 흉한 농기구와 썰매, 쟁기, 파종기, 잔디 베는 칼, 삽, 톱, 갈퀴 등을 여러 대의 수레에 잔뜩 나눠 싣고 있었고, 각각의 인부는《뉴잉글랜드 농민》이나《경작인》같은 잡지에도 묘사된 적이 없는 끝이 창처럼 뾰족하게 두 개로 갈라진 막대기로 무장하고 있었다. 나는 그들이 겨울 호밀을 심으러 온 것인지, 아니면 최근에 아이슬란드에서 들여왔다는 다른 종류의 곡물 씨앗을 뿌리러 온 것인지 알 수 없었다. 거름은 가져오지 않은 듯 보였기에, 나는 그들도 나처럼 땅 표면에서 얕게 경작을 하려나 보다 생각했다. 토양이 깊고 오랫동안 충분히 묵혀 둔 땅에 파종을 하려는지도 몰랐다.

인부들이 말하길, 자신들을 이미 재산이 50만 달러나 되는 신사 농

부가 고용했는데, 이 사업으로 재산을 두 배쯤 늘리고 싶어 한다는 것이었다. 자신이 가진 모든 달러 한 장 한 장을 또 다시 달러로 덮기 위해, 그는 이 추운 한겨울에 월든 호수의 유일한 외투, 아니, 피부 그 자체를 벗겨 가려 했다.

인부들은 월든 호수를 본보기가 되는 모범 농장으로 만들기라도 하려는지, 감탄스러울 정도로 질서 정연하게, 즉시 일에 착수했다. 쟁기질과 써레질을 하고, 표면을 평평하게 고르고 고랑을 팠다. 그러나 그들이 어떤 종류의 씨앗을 고랑에 뿌릴지 유심히 지켜보고 있을 때, 바로 옆에 서 있던 일단의 인부들이 갑자기 매우 특이한 동작으로, 그 처녀지의 틀 전체를 바닥의 모래까지 남김없이, 아니, 이곳은 물기가 많은 습지니 그 안의 물까지, 좀 더 정확히 말하자면 그곳의 대지 전부를 갈고리에 걸어 들어 올리더니 썰매로 끌고 갔다. 나는 그들이 습지에서 토탄이라도 캐내려는 줄 알았다. 그렇게 그들은 기차에서 울리는 특이한 비명 소리와 함께, 극지방의 어떤 지점에서부터 매일같이 호수를 오갔다. 내가 보기에 그들은 북극의 흰멧새 무리 같았다.

그러나 가끔은 호수가 전설의 원주민 여인처럼 복수를 했다. 어느 날 말이 끄는 수레 뒤를 따라가던 인부 하나가 갈라진 구덩이에 빠져 아예 지옥의 바닥으로 떨어질 뻔한 일이 있었다. 그러자 그전까지만 해도 용감하기 이를 데 없던 사람이 갑자기 풀이 팍 죽었고, 동물적인

열기도 다 잃어 내 집에 피신하며 무척 기뻐했다. 그리고는 난로의 장점을 인정하기까지 했다. 그 외에도 가끔은 얼어붙은 땅이 쟁기 끝 쇳조각을 빼앗아 가기도 하고, 쟁기가 고랑에 박혀 부러뜨릴 수밖에 없는 상황도 벌어졌다.

그때의 상황을 사실대로 평이하게 이야기해 보자면, 100명의 아일랜드 사람이 미국인 감독관 여러 명과 함께 얼음을 잘라 가기 위해 매일 케임브리지에서 찾아왔다. 그들은 설명이 필요 없을 정도로 잘 알려진 방식으로 얼음덩이를 각지게 잘라 썰매에 싣고는 호반으로 날랐다. 그러고는 재빨리 얼음 쌓는 장소로 끌고 가서 말이 잡아당기는 쇠갈고리와 도르래를 이용해 끌어 올리고는, 수많은 밀가루 통을 쌓아 올리듯 얼음 더미 위에 또 다른 얼음을 층층이, 열열이, 차곡차곡 쌓았다. 그 모습은 마치 구름을 뚫고 올라가도록 설계된 방첨탑의 견고한 토대를 쌓아 올리는 듯 보였다.

인부들은 일진이 좋은 날이면 하루 1천 톤의 얼음을 거둔다고 말했는데, 그것은 거의 1천 2백 평에 달했다. 썰매가 같은 길을 계속 지나다니는 탓에, 얼음 위에도 '육지'에서처럼 깊은 바퀴 자국과 '요람 구멍'[85]이 생겨났다. 말들은 하나같이 속을 양동이처럼 파낸 얼음 구덩이에 쏟아 놓은 귀리를 먹었다. 그렇게 인부들은 가로세로가 30~35미터쯤 되는 사각형 모양으로 얼음 덩이를 10미터쯤 되게 쌓아 올렸

다. 그리고 맨 바깥층의 얼음 사이사이에는 공기를 차단하기 위해 건초를 끼웠다. 아무리 찬바람이라도 얼음 사이사이의 통로를 빠져나가다 보면, 차츰 얼음을 녹여 커다란 구멍을 만들기 때문이다. 그렇게 되면 여기저기에 약한 지지대나 기둥만을 남게 되고, 결국에는 얼음 더미가 무너져 버린다.

처음에는 쌓아 놓은 얼음 더미가 거대한 푸른 요새나 신화 속에나 등장하는 '발할라 궁전'처럼 보였다. 그러나 인부들이 얼음 사이에 목초지에서 가져온 거친 잡초를 끼우고, 그것에 서리와 고드름으로 뒤덮이자, 얼음 더미는 원래 하늘색 대리석으로 지어졌으나 유구한 세월 탓에 이끼가 낀 하얀색의 숭고한 유적지처럼 보였다. 또한 달력에서 보았던 백발이 성성한 노인, 그 겨울이라는 노인이 살아가는 거처처럼 보였고, 그가 우리와 함께 여름잠을 자려고 지은 오두막처럼 보이기도 했다.

인부들은 쌓아 놓은 얼음 중 25퍼센트는 목적지에 도달하지 못할 테고, 1~3퍼센트는 열차 안에서 녹아 없어지리라 계산했다. 그러나 얼음 더미 중에서 그보다 훨씬 많은 양이 처음 의도와는 다른 운명을 맞이했다. 그것은 얼음에 평소보다 많은 공기가 들어가 기대했던 만큼 잘 보관이 되지 않았고, 여타의 다른 이유 때문에 시장에 내놓지도 못했기 때문이었다.

1846년~1847년의 겨울에 채취한 1만 톤가량으로 추정되는 이 얼음 더미는 결국 건초와 판자로 덮이게 되었다. 그해 7월에 지붕을 걷어 내고 일부를 운반해 가기는 했지만, 나머지는 그대로 남아 태양빛에 노출된 채 여름과 그다음 겨울을 지냈고, 1848년 9월이 되어서야 겨우 녹아 사라졌다. 그렇게 해서 호수는 잃었던 대부분의 물을 되찾을 수 있었다.

월든의 얼음은 그 물과 마찬가지로, 가까이서 보면 녹색을 띠지만 멀리서 보면 아름다운 푸른색이다. 따라서 강물의 하얀 얼음이나 400미터 정도 떨어져 있는 다른 호수의 단순한 초록색 얼음과는 쉽게 구분이 된다. 때로 얼음 캐는 인부의 썰매에 실려 있던 얼음 덩어리 하나가 마을 거리로 미끄러져 떨어지기라도 하면, 그것은 거의 한 주 동안이나 마치 커다란 에메랄드처럼 누워서 지나는 모든 행인의 관심거리가 되었다. 나는 월든 호수의 물이 한 지점에서 바라보았을 때, 액체 상태에서는 녹색이지만, 얼면 푸른색으로 보인다는 사실을 알아냈다. 따라서 겨울에는 호수 주변에 생긴 물웅덩이가 호수의 물처럼 녹색을 띠다가, 다음 날에는 얼어 푸르게 변해 있기도 했다. 어쩌면 물과 얼음의 푸른색은 그 안에 담긴 빛과 공기 때문일지도 모르겠다. 가장 투명한 색이 가장 푸르다는 사실을 생각해 보라.

얼음은 참으로 흥미로운 명상의 대상이다. 주변에서 하는 말이, 프

레시 호수[86] 근처의 저장고에는 5년이나 된 얼음이 있는데, 지금까지도 처음 잘라 냈을 때처럼 단단하다고 한다. 어떻게 물 한 통을 떠다 놓으면 맛이 금세 변하는데, 얼려 놓으면 그 달콤함이 영원히 지속될까? 흔히들 말하길, 이것이 바로 애정과 지성의 차이점이라 한다.

나는 100명의 인부가 수레와 말과 그 많은 농기구를 이용해 농부처럼 바쁘게 일하는 모습을 보름이 넘도록 창문으로 지켜보았다. 마치 달력 첫 장에서 볼 수 있는 장면과 흡사했다. 창밖을 내다볼 때마다, 나는 종달새와 추수하는 농부에 관한 우화나 씨 뿌리는 사람의 우화 같은 것을 떠올렸다.

이제 그들은 모두 떠났다. 앞으로 30일 정도만 더 있으면, 나는 같은 창문을 통해 바다처럼 청명한 녹색의 월든 호수가 구름과 숲을 비추고, 호젓이 하늘로 증발하는 모습을 보게 될 것이다. 하지만 그곳에 사람이 서 있었다는 흔적은 전혀 남지 않으리라. 어쩌면 아비 한 마리가 외로이 자맥질하고 깃털을 고르며 웃는 소리를 듣게 될지도 모른다. 혹은 얼마 전까지만 해도 100명의 인부가 안전하게 발을 딛고 일하던 물 위로 낚시꾼 하나가 떠다니는 낙엽처럼 배를 띄우고 잔물결에 비치는 자신의 모습을 응시하는 장면을 보게 될지도 모르겠다.

그리하여 이제 찰스턴과 뉴올리언스, 마드라스와 봄베이와 캘커타[87]에서 무더위에 땀 흘리는 주민들까지도 내 우물에서 길어 낸 물

을 마실 듯하다. 아침이면 나는 《바가바드기타》의 우주 창조설에 바탕을 둔 거대한 철학에 나의 지성을 목욕시킨다. 이 책이 쓰인 후 신들의 시대는 지나가 버렸으며, 그 책과 비교해 보면 우리의 현대 세계와 문학은 참으로 하찮고 보잘것없다. 그 철학은 우리가 이해하기에는 너무나도 숭고하여, 혹시 존재 이전의 상태를 언급하는 것은 아닐까라는 생각이 들기도 한다.

나는 책을 내려놓고 나만의 우물로 물을 길러 간다. 그리고 자, 보라! 그곳에서 나는 브라흐마와 비슈누와 인드라 신을 모시는 승려 브라민의 하인을 만난다. 브라민은 지금도 갠지스 강변에 있는 자신의 사원에 앉아 베다 경전을 읽고 있거나, 딱딱한 빵 껍질과 물만으로 연명하며 나무뿌리에서 살아가고 있다. 나는 주인을 위해 물을 길러 온 그의 하인과 만났으며, 우리의 양동이도 한 우물 안에서 서로 부딪혔다. 정갈한 월든의 물이 이제 갠지스 강의 성스러운 물과 섞여 든다. 그 물은 순풍에 실려 전설의 아틀란티스 섬[88]과 헤스페리데스 섬[89]을 지나 하노[90]의 주항기에 적힌 경로를 따라 돌 테고, 테르나테 섬과 티도레 섬[91], 페르시아 만 입구 주변을 떠다니다가 인도양의 열대풍에 녹고, 알렉산더 대왕도 오직 그 이름밖에 들어 본 적이 없는 항구에 정박하리라.

봄

얼음 채취 인부들이 남겨 놓은 구멍이 클수록 호수가 빨리 녹았다. 물이 추운 날씨에도 바람에 일렁이며 주변의 얼음을 녹이기 때문이다. 그러나 그해 월든 호수에는 그런 현상이 일어나지 않았다. 두툼한 새 얼음이 금세 예전 얼음이 있던 자리에 얼어붙었다. 월든 호수는 수심이 깊을 뿐 아니라, 얼음을 녹이거나 닳아 없어지게 만드는 물살의 흐름도 없는 까닭에 주변의 다른 호수처럼 빨리 녹는 법이 없다. 나는 월든 호수가 얼음을 가르고 그 속살을 내보이는 모습을 겨우내 한 번도 본 적이 없었다. 모든 호수에 험난한 시련을 주었던 1852~1853년의 겨울도 예외가 아니었다.

월든은 보통 4월 1일쯤, 플린트 호수와 페어헤이븐 호수보다 한 주

에서 열흘가량 늦은 시기에, 가장 먼저 얼기 시작했던 북쪽 기슭과 가장 얕은 지점부터 녹기 시작한다. 기온의 일시적인 변화에는 거의 영향받지 않는 까닭에, 근처의 어느 호수나 강보다 계절의 절대적인 진행 상황을 알려 주는 좋은 지표 역할을 한다. 3월에 매서운 추위가 며칠간 이어지면 다른 호수의 해빙은 상당히 지연되지만, 월든의 온도는 거의 아무런 영향도 받지 않고 계속 올라간다.

1847년 3월 6일 월든 호수 한가운데 온도계를 넣어 보니 빙점에 가까운 0도에 달해 있었다. 호반 근처는 0.55도였다. 같은 날 플린트 호수의 한가운데서 잰 온도는 0.27도, 물가에서 중심 쪽으로 60미터 정도 떨어진 지점의 30센티미터 두께의 얼음 밑은 2.2도였다. 이처럼 플린트 호수는 가장 깊은 곳과 얕은 곳의 온도차가 거의 2도나 되고 월든과 비교해 수심도 대체로 얕기 때문에, 월든 호수보다 빨리 녹을 수밖에 없다. 이 무렵 가장 얕은 지점의 얼음은 한가운데보다 몇 센티미터나 더 얇았다. 한겨울에는 호수 중심이 얕은 곳과 비교해 수온이 가장 높기에 그곳의 얼음이 가장 얇았다. 그러나 여름에 호숫가를 걸어 본 사람이라면, 수심이 10센티미터도 채 안 되는 호반 근처의 물이 안쪽의 물보다 훨씬 따뜻하고 수심이 깊은 곳은 바닥 근처의 물보다 표면 쪽의 물이 훨씬 따뜻하다는 사실을 알아차렸을 것이다.

봄이 되면 태양이 공기와 대지의 온도를 높이는 데 그 영향력을 행

사할 뿐 아니라, 그 열기가 두께 30센티미터 이상 되는 얼음을 통과해 들어가 얕은 물의 바닥에서부터 빛을 반사해서 물을 데워 얼음을 아래쪽에서 녹인다. 동시에 위에서는 직사광선이 내리쬐기 때문에 얼음의 표면이 울퉁불퉁해진다. 또한 태양은 얼음에 든 기포를 위아래로 팽창시키기에, 얼음은 완전히 '벌집'처럼 변해서 마침내 봄비 한 번만 내리면 다 녹아 사라진다. 얼음에도 나무처럼 고유의 결이 있다. 따라서 사각형으로 채취해 놓은 얼음 덩어리가 녹기 시작하거나 벌집 모양으로 변하면, 얼음을 뒤집어 놓든 세워 놓든, 기포가 원래 수면이었던 부분과 직각을 이룬다. 바닥에 바위가 있거나 통나무가 수면 가까이로 떠올라 있던 곳에서는 얼음의 두께가 훨씬 얇기에 반사열만 받아도 쉽게 녹아 없어진다.

케임브리지에서 나무로 만든 얕은 통에 얼음을 얼리는 실험을 했는데, 통 아래로 찬 공기가 순환하도록 해서 위아래를 다 찬 온도로 유지시켰지만 바닥에서 반사된 태양열이 찬 공기의 영향을 상쇄하고도 남아 결국 얼음을 얼리지 못했다고 한다. 한겨울에 따뜻한 비가 내리면, 월든 호수의 눈과 얼음이 녹아, 호수 한가운데는 색이 짙거나 투명한 얼음이 단단하게 남는다. 그러나 호숫가에는 두껍기는 해도 잘 부서지는 하얀 얼음이 5미터 정도 폭으로 길게 생겨난다. 이것이 바로 반사열 때문에 나타나는 현상이다. 또한 앞서도 언급했듯이, 기포 자

체도 아래쪽 얼음을 녹이는 볼록렌즈 역할을 한다.

이러한 한 해의 현상들이 호수에서는 매일 작은 규모로 일어난다. 대체로, 매일 아침, 수심이 얕은 곳의 물은 깊은 곳의 물보다 매우 빠른 속도로 온도가 오른다. 하지만 완전히 따뜻해진 것이 아니기에, 밤이면 다음 날 아침이 될 때까지 다시 빠르게 온도가 내려간다. 하루는 1년의 완벽한 전형이다. 밤은 겨울이고, 아침과 저녁은 봄과 가을이며, 정오는 여름이다. 갈라지고 깨지는 얼음은 온도의 변화를 나타난다.

1850년 2월 24일, 추운 밤이 지나고 상쾌한 아침이 찾아왔을 때, 나는 하루를 보내기 위해 플린트 호수를 찾아갔다. 그런데 도끼머리로 얼음을 쳤을 때, 그 소리가 마치 가죽을 팽팽하게 당겨 놓은 북을 쳤을 때처럼 '둥' 하고 멀리까지 울려 퍼져서 깜짝 놀랐다. 해가 뜬 지 1시간쯤 지나자, 언덕 위에서부터 비스듬히 내리비치는 태양 광선의 영향으로 호수가 우르르 울리기 시작했다. 막 잠에서 깬 사람처럼 기지개를 켜고 하품을 하면서 점차 더 크게 몸을 움직여 갔는데, 그런 상태가 서너 시간 지속됐다. 그러다가 정오가 되니 잠시 낮잠에 빠져들었다가, 태양이 영향력을 거둬들이는 밤을 향해 나가는 동안 다시 깨어나 울렸다.

날씨만 좋으면 호수는 매우 규칙적으로 시간을 알리는 저녁 예포를 쏘아 올린다. 그러나 그날 낮에는 얼음이 여기저기 깨져 금이 갔고,

대기도 탄력을 잃어 호수가 전혀 울리지 않았다. 그러니 아무리 세게 얼음을 내리쳐도 물고기와 사향쥐가 놀라서 멍해지는 일은 없을 듯했다. 낚시꾼들에 따르면 '호수의 천둥소리'가 물고기들을 놀래서 전혀 입질을 하지 않도록 만든다고 한다. 호수가 매일 저녁 천둥소리를 내는 것은 아니고, 나도 언제 그 소리가 날지 확실히 예측할 수는 없다. 그러나 날씨에 아무런 변화가 없는데도, 호수가 울리는 일이 있다. 이처럼 크고 차고 두꺼운 존재가, 그처럼 민감하리라고 그 누가 상상이나 했겠는가? 그러나 봄이면 어김없이 새싹이 트듯이 호수에게도 나름의 법칙이 있어서 때가 되면 반드시 천둥소리를 내야 하는 것이다. 대지는 모두 살아 있으며 예민한 돌기로 뒤덮여 있다. 이 세상에서 가장 큰 호수도 온도계 속의 수은 방울만큼이나 대기의 변화에 민감하다.

숲에서 사는 삶의 한 가지 매력은 봄이 오는 것을 지켜볼 여유와 기회를 누릴 수 있다는 점이다. 호수의 얼음이 마침내 벌집 모양이 되기 시작하고, 나는 산책하며 발뒤꿈치로 그 얼음을 밟는다. 안개와 비와 따뜻한 태양 덕분에 눈은 점점 더 빠르게 녹아내린다. 낮이 피부로 느낄 만큼 길어지니, 이제는 큰불을 피우지 않아도 돼서 더는 나무를 해오지 않아도 남은 겨울을 날 수 있을 것 같다. 나는 봄의 첫 징조를 기

민하게 살핀다. 이제 막 돌아온 새의 노랫소리나, 이때쯤이면 저장해 둔 식량도 다 떨어졌을 줄무늬다람쥐의 소리를 기대한다. 우드척도 겨울 보금자리에서 나올 때가 되었다.

3월 13일, 내가 이미 파랑새와 멧종다리와 개똥지빠귀의 울음소리를 들은 후였는데도, 호수의 얼음은 여전히 30센티미터 두께를 유지하고 있었다. 날이 계속 따뜻해졌지만, 얼음은 눈으로 알아볼 수 있을 만큼 녹거나 강에서처럼 갈라져 둥둥 떠다니지도 않았다. 호수 가장자리의 얼음은 2~3미터 정도 폭으로 녹았고, 한가운데의 얼음은 벌집 모양으로만 녹아서 물이 흠뻑 스며 있다. 그래서 얼음 두께가 15센티미터여도 그 위에 발을 디디면 밑으로 쑥 빠졌다. 그러나 따뜻한 비가 내린 후 안개가 끼었다면, 다음 날 저녁쯤에는 얼음이 모두 사라진다. 안개와 함께 종적을 감춰 버리는 것이다. 어느 해던가 나는 얼음이 완전히 사라지기 닷새 전에 호수 한가운데를 걸어서 건넜다. 1845년 월든 호수는 4월 1일에 완전히 녹았다. 1846년에는 3월 25일에, 1847년에는 4월 8일에, 1851년에는 3월 28일, 1852년에는 4월 18일, 1853년에는 3월 23일, 1854년에는 4월 7일에 얼음이 완전히 사라졌다.

강과 호수의 얼음이 녹고 날씨가 안정적으로 변하는 것과 관련이 있는 모든 사건은, 기후가 양극단을 오가는 지역에서 살아가는 우리 같은 사람의 흥미를 특히 끌어당긴다. 날씨가 점점 따뜻해질 때, 강변

에 사는 사람들은 밤이면 강이 대포 소리만큼이나 큰 소리를 내며 얼음을 가르는 소리를 듣는다. 얼음으로 만든 족쇄가 끝에서 끝으로 끊어지는 소리다. 그 후 며칠 지나지 않아 얼음이 빠르게 사라지기 시작한다. 그러면 대지의 진동과 함께 악어가 진흙 속에서 나타난다.

자연을 매우 가까이서 관찰해 왔기에 자연의 섭리에 그 누구보다 정통했던 노인이 있었다. 그는 어린 시절 자연이라는 배가 건조될 때 직접 용골 놓는 것을 돕기라도 한 듯이 자연과 친숙했다. 그가 므두셀라[92]의 나이까지 산다 해도, 더는 자연에 대해서 얻을 것이 없을 만큼 해박했다. 그 노인이 내게 자연의 경이로운 작용에 관해 들려줄 때마다, 나는 그 둘 사이에는 아무런 비밀도 없는 것만 같아 놀라지 않을 수가 없었다. 그가 이런 이야기를 들려주었다.

어느 봄날, 그는 오리 사냥이나 해 볼까 하고 엽총을 챙겨 들고 배를 저어 나갔다. 강가의 목초지에는 아직 얼음이 얼어 있었지만 강의 얼음은 다 녹고 없어서, 그는 아무런 장애물도 만나지 않고 자신이 사는 서드베리에서 페어헤이븐 호수까지 내려갔다. 그런데 놀랍게도 페어헤이븐 호수는 여전히 대부분이 단단한 얼음으로 덮여 있었다. 날이 따뜻했는데도 그토록 거대한 빙판이 남아 있는 것을 목격하고 그는 매우 놀랐다. 오리는 전혀 보이지 않았다. 그래서 그는 배를 호수의 북쪽, 그러니까 호수 안에 있는 섬의 뒤쪽에 감추고 자신은 남쪽 덤불

사이에 몸을 숨긴 채 기다렸다. 호수 기슭의 얼음은 15~20미터 폭으로 녹아 있어서 물이 잔잔하고 따뜻했으며, 오리가 좋아하는 진흙 바닥이었다. 그래서 노인은 머지않아 오리가 나타나리라 믿었다.

한 시간쯤 숨어 있었을까, 멀리서 낮게 울리는 소리가 들려왔다. 마치 거대한 무리의 새 떼가 날아오는 소리 같기도 해서 그는 총을 꼭 부여잡고 신이 나서 바쁘게 자리를 털고 일어났다. 그러나 놀랍게도 노인이 누워 있던 동안 호수의 거대한 빙판이 움직이기 시작해 물가로 떠내려 가는 중이었다. 그가 들은 소리는 빙판 가장자리가 호반 기슭을 긁는 소리였다. 얼음 덩어리는 처음에는 조금씩 떨어지고 부서지다가, 마침내는 섬 위로 상당히 높이까지 밀려 올라와 그 조각들을 섬에 온통 흩뿌리고서야 멈췄다.

마침내 태양이 수직으로 내리쬐고 따뜻한 바람이 안개와 비를 몰아와 눈 덮인 둑을 녹였다. 안개를 흩어 버리는 햇살은 향기와 함께 김을 피어 올리는 적갈색과 흰색이 교차한 풍경을 보며 미소 짓는다. 그리고 그 풍경을 지나는 나그네는 수천의 반짝이는 실개천과 개울이 들려주는 음악 소리에 흥겨워하며 작은 섬에서 섬으로 발길을 옮긴다. 이제 개울과 실개천은 혈관 속에 가득했던 겨울의 피를 흘려보내고 있다.

마을로 가려면 나는 철로 변을 지나야 한다. 봄이 되면 얼었던 모래

와 진흙이 녹으면서 철로 변의 깊숙이 팬 경사면 양쪽으로 흘러내리기 시작하는데, 그 현상을 관찰하는 일보다 내게 더 큰 기쁨을 주는 일은 거의 없다 하겠다. 철도 건설 과정에서 철로 양쪽으로 드러난 둑은 보통 적절한 자재로 마감을 본 후, 비탈을 그대로 노출시킨 경우가 많았다. 하지만 이처럼 대규모의 흘러내림 현상을 목격할 수 있는 곳은 흔치 않았다. 둑을 마감한 재료는 여러 굵기의 다양한 색을 띤 모래에 약간의 진흙을 섞는 것이 일반적이다. 봄에 서리가 내리거나 겨울이라도 얼음이 녹는 날은 모래가 마치 용암처럼 아래로 흘러내려서 때로는 눈을 뚫고 쏟아져 내려, 전에는 모래라고는 찾아볼 수도 없던 곳을 온통 모래 천지로 만들어 버린다.

무수히 많은 작은 흐름이 서로 겹치고 뒤엉켜 일종의 혼성물을 만들어 낸다. 즉, 절반은 물줄기의 법칙을 따르고, 나머지 반은 식물의 법칙을 따른다. 흘러내리는 동안 그것은 싱싱한 나뭇잎이나 덩굴의 형태를 취하고, 깊이가 30센티미터가 넘는 걸쭉한 퇴적물을 형성하기도 한다. 위에서 내려다보면 톱니바퀴 모양의 잎사귀나 어떤 지의 식물의 비늘 달린 엽상체처럼 보이기도 한다. 산호나 표범의 발톱, 새의 발, 뇌나 폐나 내장, 혹은 각종 배설물을 떠오르게 하기도 한다. 그것은 실로 기이하기 짝이 없는 식물이다. 우리 눈에 보이는 그 형태나 색은 동판에 복사되어 아칸서스, 치커리, 담쟁이덩굴, 포도나무 등 그

어떤 식물의 잎보다 더 오래전에 건축을 장식하는 데 이용된 전형적인 무늬처럼 보인다. 따라서 어떤 상황에서는 미래의 지질학자들에게 하나의 수수께끼가 될 운명을 타고났는지도 모르겠다.

전체 비탈의 모습은 마치 종유석을 매단 채 햇빛에 고스란히 노출된 동굴 같은 인상을 주었다. 모래의 다양한 색조는 독특하리만치 풍부하고 보기 좋았으며, 갈색, 회색, 누런색, 불그스름한 색 등 다양한 철의 색을 포함했다. 흘러내리던 모래가 비탈 바닥의 배수로에 도달하면, 좀 더 평평하게 퍼지면서 몇 가닥으로 나뉜다. 그렇게 나뉜 개별적인 가닥은 반원통형이던 본래의 모습을 잃어버리고, 차츰 더 평평하고 넓어지다가 물기가 많아짐에 따라 함께 흘러가기 시작한다. 그러다가 어느 순간에는 거의 평평한 '모래'의 모습을 되찾는다. 그때까지도 여전히 다양하고 아름다운 색깔이기는 하지만, 이제 그 안에서 식물의 원래 형상은 찾아볼 수가 없다. 마침내 모래가 물속으로 들어가면, 강어귀에 형성되는 것과 같은 둑으로 변신하고, 식물의 형태는 물 바닥에 새겨진 물결무늬 속으로 사라져 버린다.

6~12미터 높이의 둑 전체 중에서 한쪽, 또는 양쪽의 400미터 정도 되는 거리가 가끔은 단 하루의 봄날이 만들어 내는 바로 이런 잎사귀 무늬로 뒤덮인다. 이 모래 잎사귀 무늬가 놀라운 것은 갑자기 툭 튀어나오듯 불시에 생기기 때문이다. 간혹 아무런 변화도 없는 한쪽 둑을

바라보고 있다가 무심히 반대편 둑을 돌아보면, 1시간 전만 해도 없던 화려한 잎이 무성하게 자라 있다.(태양은 원래 한쪽으로 먼저 떠오르지 않는가.) 그러면 나는 세상과 나를 창조해 낸 바로 그 위대한 '예술가'의 작업실에 서 있는 듯한 참으로 묘한 기분을 느낀다. 그 예술가가 여전히 힘이 남아돌아 작업을 하며 그의 새로운 구상을 여기저기 둑 위에 흩뿌려 놓는 듯한 기분이 드는 것이다. 그럴 때면 내가 지구의 생명이 분출하는 곳 가까이 있다는 느낌도 든다. 모래의 흘러내림이 동물의 내장과도 모양이 비슷한 잎사귀 형태의 덩어리이기 때문이다. 따라서 우리는 이러한 모래 속에서조차 식물의 잎이 태어나기를 기대하는 것이다.

대지가 식물의 잎을 통해 자신을 외부로 표현하는 건 놀랄 일도 아니다. 이미 내부에서는 그 생각을 품고 진통에 진통을 거듭해 왔기 때문이다. 원자는 이미 이러한 법칙을 배웠고, 그 법칙에 의해 잉태한다. 나무에 걸린 잎사귀는 여기 모래에서 바로 원형을 본다. 지구 속이든 동물의 몸속이든, 잎은 내적으로 있을 때 물기 많고 두꺼운 엽(葉. lobe)[93]이다. 간엽, 폐엽, 지방엽 등에 적용된다. 그것이 외적으로 보일 때 얇고 마른 잎(leaf)이다. 심지어 'f'와 'v'는 'b'가 압축되고 마른 모양 아닌가. 'lobe'의 어근은 'lb'다. 부드러운 유성음 'b(소문자 b는 단엽. 대문자 B는 복엽)'를 뒤에 있는 유음 'l'이 앞으로 밀어낸다.

'globe'는 어근이 'glb'이다. 후두음 'g'가 단어의 의미에 목구멍의 성량을 보탠다.

새의 깃털과 날개는 한층 더 건조하고 얇은 잎이다. 위와 같은 방식으로 땅속의 둔한 유충이 가볍게 날개를 퍼덕이는 나비로 변신하는 과정도 훑어갈 수 있다. 지구도 부단히 자기를 초월하여 변신에 변신을 거듭하고, 그 궤도 속에서 날갯짓을 하며 날고 있다. 심지어는 얼음도 섬세한 수정 같은 잎으로 시작한다. 그것은 마치 수초의 갈라진 잎이 물이라는 거울 위에서 눌리며 만들어 낸 주형틀 속으로 흘러 들어가 굳어진 듯한 모양이다. 나무도 그 전체가 하나의 잎에 불과하다. 강도 여전히 커다란 잎이며, 그 이파리 부분은 강 사이에 펼쳐지는 육지이고, 마을과 도시는 잎자루 끝에 붙은 곤충의 알이다.

해가 기울면 모래도 흐르기를 멈추지만, 아침이 되면 그 흐름은 다시 시작되어 가지를 뻗고 또 뻗으며 수많은 줄기로 나뉜다. 혈관이 형성되는 방식도 이와 비슷할 것이다. 더 자세히 들여다 보면, 녹으면서 부드러워진 모래 덩어리가 손가락 바닥의 볼록한 살점처럼 물방울 모양을 하고 앞으로 밀려 나와 천천히 맹목적으로 길을 더듬으며 아래로 흘러간다. 그러다 마침내 해가 높이 떠오름에 따라, 열기와 습도가 더불어 높아지면, 자연의 법칙에 순응하려는 노력에 따라 가장 유동적인 부분은 가장 움직임이 느린 부분에서 갈라져 나와 홀로 구불구

불힌 수로나 동맥을 형성한다. 그 수로 안에서는 작은 은빛의 흐름이 마치 번개처럼 번쩍이며 싱싱한 잎이나 가지의 단계에서 다음 단계로 이동하고, 머지않아 영원히 모래 속으로 빨려 들어간다.

흘러가는 모래가 수로의 날카로운 테두리를 형성하고자 모래 속에서 찾을 수 있는 최고의 재료를 이용해 빠르고 완벽하게 자신을 조직해 나가는 모습을 지켜보는 일은 경이롭기까지 하다. 이것이 바로 강의 원천이다. 물속에 침전된 규산 질이 뼈의 조직이라면, 더욱 부드러운 토양과 유기물질은 살덩이와 세포조직일 터다. 인간이 해동되는 진흙 덩어리가 아니라면 무엇이겠는가? 손가락의 볼록한 부분은 덩어리진 물방울에 불과하다. 손가락과 발가락은 해동되는 몸뚱이가 사방으로 흘러 나가며 형성된 것이다. 인간의 몸이 더욱 온화한 하늘 아래서는 얼마나 확장되고 흘러내려 무엇으로 변했을지 그 누가 알겠는가? 손이란 엽과 엽맥이 있는 펼쳐진 종려나무 잎이 아닐까?

상상력을 발휘해 보자면, 귀는 머리 양쪽에서 돋아 나온 엽을 물방울처럼 달고 있는 지의식물이다. 입술은 동굴 같은 입의 위아래서 닫히거나 열린다. 코는 명백히 엉겨 있는 물방울이나 종유석이다. 턱은 얼굴에서 흘러내려 합류하는 더 큰 물방울이다. 볼은 눈썹 위에서 얼굴의 계곡으로 흘러내린 산사태가 광대뼈에 부딪히며 퍼져 나간 흔적이다. 식물의 잎에서도 둥그런 열편[94]은 크든 작든 상관없이 이리저

리 서성대는 두툼한 물방울이고, 잎의 손가락이다. 열편이 많을수록 잎은 많은 방향으로 뻗고, 열기나 온화한 기후의 영향을 많이 받을수록 더 멀리 흘러간다.

따라서 이 하나의 비탈진 언덕이 자연의 섭리가 작용하는 원칙을 모두 드러내 보여 주는 것만 같았다. 지구를 창조한 이는 오직 잎사귀 하나에만 특허를 얻었을 뿐이다. 그러니 이제는 어떤 샹폴리옹[95]이 나타나 이 상형문자를 해독해서, 우리가 마침내 새로운 시대를 열어갈 수 있도록 해줄 것인가?

모래 언덕의 현상은 풍성하게 열매 맺은 비옥한 포도밭보다도 나를 더 기운 나게 한다. 솔직히 어떤 면에서 보자면, 그것은 다소 배설물의 특징을 띠기도 하고, 간과 폐[96]와 내장 더미가 끝도 없이 쌓여 가는 듯 보이기도 한다. 마치 지구가 뒤집히기라도 한 것 같지 않은가. 그 모습은 자연에도 내장이 있은즉, 자연이 인류의 어머니가 틀림없다는 사실을 암시한다. 이 모래 현상은 대기의 결빙이 밀려나면서 생긴다. 즉, 봄이 오는 것이다. 신화가 평범한 시가(詩歌)를 앞서 세상에 태어났듯이, 푸른 잎이 돋고 꽃이 피는 봄이 오려면 이 현상이 먼저 일어나야 한다. 이보다 더 말끔히 겨울의 독기와 소화불량을 해소시키는 것이 있을까?

또한 이 현상에서 나는 대지가 아직 강보에 싸인 갓난아이임을, 이

제 막 그 자그마한 손가락을 사방으로 쭉쭉 뻗고 있음을 확신한다. 그 반질반질한 이마에 곱실거리는 머리칼이 새로 자라나고 있다. 모든 것이 유기적이다. 잎사귀 모양의 더미가 마치 용광로의 찌꺼기처럼 비탈 아래 죽 쌓여 있다. 자연이 아직 그 안에서 온 힘을 다해 용광로를 가동시키고 있음을 알려 주는 증거 아니겠는가. 대지는 책 속의 종잇장처럼 층층이 쌓여, 주로 지질학자와 고고학자에 의해 연구되는 죽은 역사의 조각이 아니다. 꽃과 열매보다 앞서는 나뭇잎처럼 살아 있는 시다. 즉 화석이 아닌 살아 있는 대지다.

대지 중심의 위대한 삶과 비교하면 동식물은 그저 기생하는 삶을 살아가는 데 불과하다. 대지는 극심한 진통을 겪으며 우리의 허물을 그 무덤에서 던져 낼 것이다. 우리는 가지고 있는 금속을 녹여 틀에 부은 후 세상에서 가장 아름다운 형상을 만들어 낼 수도 있다. 하지만 녹아내린 대지가 흘러나와 만들어 낸 형상보다 나를 더 가슴 설레게 하는 것은 그 어디에도 없다. 그리고 대지 그 자체뿐 아니라, 그 위에 세워진 제도 역시 옹기장이의 손에 들린 점토처럼 언제라도 그 형태가 바뀔 수 있다.

머지않아 이 비탈뿐 아니라, 모든 언덕과 평원과 계곡에서, 동면하던 네발 동물이 굴에서 빠져나오듯, 냉기가 땅속에서 일어나 노래 부

르며 바다를 찾아 가거나 구름이 되어 다른 기후를 찾아 이동하게 된다. 부드러운 설득의 힘을 보이는 해동은 망치를 손에 든 토르 신보다 훨씬 강력하다. 해동은 녹이고, 토르는 모든 것을 산산조각 내지 않는가.

땅 위의 눈이 부분적으로 녹고 며칠간 계속되는 온화한 날씨가 대지면의 습기를 어느 정도 말리면, 새로운 해가 시작되었음을 알리는 부드러운 첫 징조가 대지를 뚫고 조금씩 올라오기 시작한다. 겨울을 견뎌 내고 이제는 시들어 버린 식물의 당당한 아름다움과 새싹의 싱그러움을 비교하는 일도 즐거웠다. 보릿대국화, 메역취, 핀위드[97], 우아한 야생 들풀 등이 마치 지난여름에는 완숙한 아름다움을 보여 주지 못했다는 듯 그때보다 훨씬 선명하게, 더 자주 눈에 띄며 흥미도 불러일으킨다. 심지어는 황새풀, 부들, 우단현삼, 물레나물, 조팝나무, 피리풀 같은 강한 줄기의 식물도 눈에 띄었는데, 그들은 일찌감치 찾아온 새들에게 아직 다 고갈되지 않은 자연의 곡식 창고가 되어 주었다. 그도 아니면, 적어도 미망인이 된 자연이 입고 있는 점잖은 상복[98]이었다.

특히 나는 위쪽이 둥글게 휘고 다발처럼 생긴 솔방울고랭이에 마음을 빼앗겼다. 그것은 아직 겨울의 추억을 품은 우리에게 여름의 기억을 가져다주었다. 예술이 즐겨 모방하는 형상 중 하나이기도 했다. 또

한 천문학이 인간의 마음속에 자리 잡은 어떤 유형과 밀접한 관계를 맺고 있다면, 솔방울고래이와 식물의 왕국이 맺은 관계도 그와 마찬가지였다. 그것은 그리스나 이집트의 문양보다도 더 역사가 깊다. 겨울에 일어나는 많은 현상은 형언할 수 없을 정도의 부드러움과 섬세함을 암시한다. 우리는 마치 무례하고 난폭한 폭군이라도 되는 듯 겨울을 묘사하는 표현에 익숙해 있다. 그러나 그는 연인 같은 다정함으로 여름의 치렁치렁한 머릿결을 치장해 준다.

봄이 다가오면서 붉은 날다람쥐 두 마리가 한꺼번에 내 집 마루 밑에 거처를 정했다. 앉아서 글을 읽거나 쓰고 있자면, 바로 발밑에서 생전 들어본 적도 없는 기묘하기 그지없는 소리로 킬킬대며 웃고 찍찍거리고, 또 목구멍으로 뱅글뱅글 춤이라도 추는지 꼴깍이는 소리를 냈다. 내가 발로 쿵쿵거리면, 오히려 더 큰 소리로 찍찍거렸다. 못된 장난에 흠뻑 빠져 두려움도 존경심도 다 내던진 모양인지, 자신들을 멈추게 하려는 인간에게 반항을 했다. 아니, 그렇게는 안 되지, 요 다람쥐야, 다람쥐야. 그래도 녀석들은 내 말을 완전히 묵살했다. 혹은 그 말에 담긴 힘을 알아차리지 못했는지, 애교 넘치는 비난을 퍼부었다.

봄의 첫 참새가 왔다! 그 어느 해보다 더 푸른 희망으로 한 해가 시작하고 있다! 파랑새, 멧종다리, 개똥지빠귀의 지저귐이 드문드문 눈이 녹은 축축한 들판 너머로, 겨울의 마지막 눈송이가 날리면서 반짝

이듯이, 은빛으로 반짝이며 희미하게 들려오는 것이 아닌가! 이런 순간에 역사와 연대기와 전통과, 또 문자로 기록된 모든 계시가 무슨 의미가 있다는 말인가? 개울물도 봄을 향해 기쁨의 노래를 합창한다. 초지를 낮게 비행하는 개구리매는 이제 막 잠에서 깨어나 기어 나오는 진흙투성이의 생물을 찾아 돌아다닌다. 녹은 눈이 무너져 내리는 소리가 골짜기 여기저기에서 들려오고, 얼음도 호수 속으로 점점 녹아 들어간다. 산기슭은 '봄불'이라도 난 듯 초록으로 불타오른다.

"그리고 이른 봄비에 불려 나온 풀은 그저 싱싱하게 자라난다."[99]

마치 대지가 다시 돌아온 태양을 환영하기 위해 내부의 열기를 내보내기라도 하는 듯했다. 그 불꽃은 황금색이 아니라, 초록색인 것이다. 영원한 젊음의 상징인 풀잎은 기다란 녹색의 리본처럼 잔디 위를 흘러 여름 속으로 흘러가다가 서리에 제지당하지만, 곧 다시 전진하며 땅속에서 솟아나는 신선한 생명력으로 지난해 베이고 남은 건초의 잎을 들어 올린다.

풀잎은 땅속에서 흘러나오는 실개천만큼이나 꾸준히 자라난다. 풀과 실개천은 거의 같다. 모든 것이 성장하는 6월, 실개천이 마르면, 대신 풀잎이 성장하는 모든 것의 수로가 된다. 해마다 가축은 이 영원한

초록의 물줄기를 마시고, 풀 베는 이는 거기서 일찌감치 겨울의 사료를 퍼 올린다. 인간의 생명도 마찬가지라서, 뿌리까지 죽는다 할지라도, 영원을 향해 여전히 그 푸른 잎을 뻗어 나간다.

월든이 빠르게 녹기 시작한다. 호수 북쪽과 서쪽 물가는 폭이 10미터 정도인 얼음이 녹아 운하가 생기고, 동쪽 물가는 녹은 폭이 더욱 넓었다. 얼음의 거대한 들판 하나가 한가운데 몸체에서 떨어져 나갔다. 물가 수풀 속에서 멧종다리의 노랫소리가 들린다. "올릿, 올릿, 올릿, 칩, 칩, 칩, 치, 차, 치 위스, 위스, 위스." 녀석도 얼음 가르는 일을 돕는 중이다.

얼음 가장자리의 완만히 휩쓸어 가는 모양새의 곡선은 참으로 근사하다. 호반의 곡선을 비슷하게는 따르고 있지만, 훨씬 더 규칙적이지 않는가! 얼음은 최근의 일시적인 강추위가 몰아닥친 탓에 일반적인 경우와는 달리 단단하고, 궁전의 바닥처럼 온통 물결무늬로 뒤덮여 있다. 그러나 바람은 그 불투명한 표면을 지나 헛되이 동쪽으로 미끄러져 갈 뿐이다. 그리고 저편의 살아 일렁이는 수면에 도달한다.

띠처럼 녹은, 기쁨과 젊음을 발산하는 호수의 맨 얼굴이 태양 아래 반짝이는 모습을 바라보고 있노라면 한없이 영광스러운 기분이 느껴진다. 호수가 마치 그 안에 사는 물고기나 호반을 덮고 있는 모래의 기쁨에 대해 말하고 있는 듯하다. 황어의 비늘처럼 은빛을 발하는 그

모습은 살아 있는 한 마리의 물고기나 다름없다. 그것이 바로 겨울과 봄의 차이점이다. 죽어 있던 월든 호수가 이제 다시 살아나고 있다. 그러나 이번 봄에는 앞서 이미 언급했듯이 훨씬 느리게 얼음을 가르는 중이다.

눈보라치던 겨울이 고요하고 온화한 날씨로, 어둡고 굼뜨게 움직이던 시간이 밝고 탄력 있는 시간으로 바뀌는 과정은 만물이 성명을 발표하는 매우 중대한 순간이다. 변화는 불시에 일어난다. 겨울 구름이 여전히 하늘에 걸려 있고, 처마에서는 진눈깨비를 동반한 빗물이 떨어지며, 이미 해가 기울기 시작한 어느 날 저녁이었다. 갑자기 햇살이 온 집 안을 가득 채웠다. 나는 창밖을 내다보았다. 세상에! 어제까지만 해도 차가운 잿빛 얼음이 놓여 있던 곳에, 투명한 호수가 자리해 있는 것이 아닌가. 여름 저녁처럼 잔잔하고 희망으로 가득 찬 모습이었다. 하늘에는 여름의 흔적이라고는 보이지도 않았지만, 멀리 떨어진 지평선과 교신이라도 하는지, 호수는 투명한 가슴에 여름의 저녁 하늘을 그득 담고 있었다.

멀리서 개똥지빠귀의 지저귐이 들려왔다. 예년과 마찬가지로 달콤하고 힘이 넘치는 그 노랫소리는, 마치 수천 년 만에 처음으로 듣는 듯한 기분이 들게 했다. 나는 앞으로 천년이 지난다고 해도 결코 그 소리를 잊을 수 없을 것만 같았다. 아, 뉴잉글랜드의 여름 하루가 끝나

간 무렵의 개똥지빠귀여! 그가 앉아 있는 작은 가지를 내가 찾아낼 수 있으려나! 내 말은 '그'와 '그가 앉아 있는 작은 가지'를 의미한다. 적어도 내게 그는 여타의 투르두스 미그라토리우스[100]가 아니다.

겨우내 가지가 축 늘어져 있던 오두막 주변의 소나무와 떡갈나무 관목도 불쑥 본래의 특성을 되찾아 더 밝아지고 푸르러지고 곧아졌으며 생생해졌다. 마치 실제로 빗물에 씻겨 깨끗해지고 원기도 회복한 듯했다. 나는 이제 더는 비가 내리지 않으리라는 사실을 알았다. 이런 시기에는 숲의 작은 나뭇가지 하나만 보아도, 아니 쌓아 놓은 장작더미만 보아도, 겨울이 지나갔는지 아닌지 알 수 있기 때문이다.

주위가 차츰 어두워져 가는 동안, 나는 숲 위를 낮게 날아가는 기러기의 끼룩거리는 소리에 놀라고 말았다. 그것은 남쪽 호수로부터 날아오느라 늦게야 도착해 피곤한 나그네들이 서로 불평불만을 늘어놓으며 한탄도 하고 위로도 하는 소리 같았다. 문간에 서자, 세차게 날갯짓하는 소리가 들렸다. 그들은 내 오두막 쪽으로 날아오다가 문득 집 안에서 새어 나오는 불빛을 보았는지, 아우성을 잠재우고 방향을 돌려 호수에 내려앉았다. 그래서 나는 안으로 들어가 문을 닫고 숲에서의 첫 봄밤을 보냈다.

아침에 나는 문간에 서서 안개 너머로 250미터쯤 떨어진 호수 한가운데를 헤엄쳐 다니는 기러기의 모습을 바라봤다. 수도 많고 떠들

썩해서 월든 호수가 마치 녀석들을 즐겁게 해 주려고 일부러 만들어 놓은 놀이터라도 된 것 같았다. 그러나 내가 물가로 다가서자, 녀석들은 대장 기러기의 신호에 따라 즉시 날개를 퍼덕이며 하늘로 날아올랐다. 그리고는 전체 스물아홉 마리가 대열을 정비한 후 내 머리 위를 선회하다가, 마침내 대장이 일정한 간격을 두고 끼룩거리는 신호를 따라 캐나다를 향해 곧장 날아가 버렸다. 아침 식사는 월든보다 훨씬 탁한 호수에서 하려는 모양이었다. 동시에 오리 떼도 날아오르더니, 자기들보다 더 시끄럽던 사촌의 흔적을 따라 북쪽으로 방향을 잡았다.

그 후로 일주일 동안 안개 낀 아침이면, 외로운 기러기 한 마리가 짝을 찾아 빙글빙글 돌면서 금속성의 울음을 울었다. 그 소리는 숲이 감당하기에는 매우 큰 생명의 소리가 되어 온 숲을 채웠다. 4월에는 비둘기가 작은 무리를 지어 빠르게 날아다니는 모습이 보였고, 머지않아 흰털발제비도 내 개간지 위에서 지저귀기 시작했다. 마을에도 내 몫으로 나누어 줄 흰털발제비가 부족했을 텐데, 그렇다면 녀석들은 백인이 정착하기 전부터 나무 구멍에서 살아가던 독특한 고대의 종이 아닐까 상상해 봤다.

세상의 모든 기후대에서 거북이와 개구리는 봄을 알리는 전조이자 전령이다. 그리고 새들은 노래를 부르고 깃털을 반짝이며 날아다닌

다. 식물은 싹을 틔우고 꽃을 피우며, 바람도 불어온다. 이 모두가 지구 양극의 미세한 진동을 바로잡아 자연의 균형을 유지하려는 노력의 일환이 아니겠는가.

나는 사계절이 그 나름대로 다 최고의 계절이라 생각한다. 따라서 봄이 오는 것은 혼돈에서 우주를 창조하는 것이자, 황금시대의 도래를 알리는 것과도 같다.

"동풍은 여명의 신이 사는 나라와 나바타이아의 왕국으로,
페르시아와 아침의 해가 비치는 산등성로 물러난다.
……
인간이 태어났다. 더 나은 세상의 근원인
만물의 창조자가 성스러운 씨앗으로 만든 것인가,
아니면 천상의 대기에서 이제 갓 갈라져 나온 대지가
아직은 동족인 하늘의 씨앗을 간직한 것인가."[101]

한 번의 보슬비만 내려도 그늘에서 자라는 풀까지 더욱 푸르게 물든다. 마찬가지로 우리도 더 나은 생각을 받아들이면 앞으로의 전망을 밝힐 수 있다. 만약 우리가 늘 현재에 살아간다면, 그리하여 풀잎이 자신 위로 떨어지는 작은 이슬방울의 영향력까지도 모두 드러내 보여

주듯이, 우리도 눈앞에서 벌어지는 모든 상황의 이점을 이용한다면, 또한 과거에 주어진 기회를 소홀히 한 것을 속죄하느라 하릴없이 시간을 낭비하면서, 그것이 마치 의무를 다하는 행위인 양 여기지만 않는다면, 우리도 얼마든지 행복을 누릴 수 있을 터다.

이미 봄이 왔음에도, 우리는 여전히 겨울 속을 헤맨다. 따스한 봄날 아침에는 모든 인간의 죄가 용서받는다. 그런 날은 악덕과도 휴전한다. 그런 봄날의 태양이 활활 타오르는 동안에는, 가장 극악한 죄인도 돌아올지 모른다.[102] 나 자신의 순수함을 되찾게 되면, 우리는 이웃의 순수함도 알아볼 수 있다. 어제만 해도 당신은 이웃 사람 하나를 도둑이나 주정꾼, 혹은 호색한이라 오해하고는 단지 동정하거나 경멸하면서 세상을 개탄했을지도 모른다. 그러나 태양이 밝고 따뜻하게 비추어 세상을 새롭게 창조하는 가운데 맞이한 이 첫 봄날 아침, 당신은 차분하게 일에 몰두하는 그를 만난다. 방탕으로 지친 그의 혈관이 지금은 기쁨으로 얼마나 크게 부풀어 올랐는지, 또 그가 어린아이의 순수함으로 봄의 영향력을 느끼며 어떻게 새로운 날을 축복하고 있는지 보게 된다. 그 순간 당신은 그의 모든 허물을 잊는다.

그의 주변에는 선의의 분위만 감도는 것이 아니라, 갓 태어난 어린아이처럼 맹목적이고 다소 비효율적인 방식일지라도 성스러움의 기미를 드러내려는 노력도 엿보인다. 그리하여 잠시 동안은 남쪽 산기

슭도 저속한 농담에는 메아리로 응답하지 않는다. 이제 당신은 그의 옹이 진 외피에서 순수하고 아름다운 새싹이 돋아 나와, 어린 나무처럼 여리고 싱싱한 모습으로 새로운 한 해의 삶을 시도하려 함을 볼 수 있다. 심지어 그와 같은 사람도 신의 기쁨에 동참하게 된 것이다.

어찌하여 간수는 감옥 문을 활짝 열어 놓지 않으며, 왜 판사는 그의 사건을 기각하지 않고, 무엇하자고 설교자는 회중을 해산하지 않는 것인가! 그것은 그들이 신의 가르침에 순종하지 않고, 신이 모든 이에게 베푸는 용서를 받아들이지 않기 때문이다.

“매일 아침의 고요하고 은혜로운 기운을 맞이하면, 인간의 마음속에는 덕을 사랑하고 악을 미워하는 그 본연의 심성에 근접하는 기운이 적잖이 일기 마련이다. 그것은 잘라 낸 숲에서 어린 싹이 터 오는 것과도 마찬가지 이치다. 그럼에도 사람이 낮 동안 저지르는 악행은 그러한 덕의 씨앗이 다시 싹트는 것을 막고 청명한 기운이 다시 사라지게 만든다.

이렇듯 덕의 씨앗이 싹트는 것을 막아 버리는 행위를 반복하게 되면, 저녁의 자비로운 기운도 그 씨앗을 보존하지 못한다. 저녁의 기운이 존속하지 못하면, 그 인간은 금수와 다를 바가 없다. 금수와 다를 바 없는 인간을 보고 사람들은 그에게 인간 본유의 선한 자질이 없다고 생각한다. 하지만 그것은 사실이 아니다. 어찌 그의 본래적 정황이

그러할 수 있겠는가?"[103]

"처음으로 황금시대가 열렸으니, 이때는 벌주는 이도 없고,
법 없이도 모두 자진하여 신의와 정직을 소중히 여겼다.
징벌도 두려움도 없었으며, 걸어 놓은 동판에도
위협의 말은 적히지 않았고, 탄원하는 군중은
판관의 말을 두려워하지 않았다. 벌주는 이 없이도 안전했고,
아직은 소나무가 산에서 베어져 바닷물 속에 들어가
낯선 세상을 보게 되는 일도 없었다.
그리고 인간은 자신의 해안밖에는 알지 못했다.
……
때는 늘 봄이었고, 따뜻한 바람을 몰고 오는 평온한 서풍은
씨앗도 없이 피어나는 꽃들을 부드럽게 어루만졌다."[104]

4월 29일, 나는 나인에이커코너 다리 근처 강둑에서 낚시를 하고 있었다. 발밑에는 방울새풀과 버드나무 뿌리가 뻗어 있었고, 사향쥐도 숨어 있었다. 그때 달그락거리는 듯한 묘한 소리가 들렸다. 아이들이 손가락으로 가지고 노는 막대 장난감 소리 같기도 했는데, 고개를 들어보니 쏙독새처럼 늘씬하고 우아하게 생긴 매 한 마리가 파도처럼

히늘로 솟았다가 5미터 내지 10미터 정도 내리 꽂히는 동작을 반복하고 있었다. 내려오는 동안 훤히 드러난 날개 아래쪽은 햇살 속에서 마치 공단 리본이나 자개의 진주 빛깔처럼 반짝였다. 그 모습을 보고 있자니 매사냥이 떠오르면서, 매사냥이야말로 참으로 고상하고 시적인 활동이라는 생각이 들었다.

가만 보니 그 매는 쇠황조롱이라는 종인 듯했지만, 사실 이름이야 어찌 불리든 무슨 상관인가. 지금껏 내가 본 중에 가장 우아한 천상의 날갯짓을 하고 있으니 말이다. 나비처럼 그저 날개를 퍼덕이는 것도 아니고, 커다란 매처럼 웅장히 치솟는 것도 아니었으나, 자신감 넘치는 모습으로 공기의 들판을 가르고 있었다. 마치 지상에 발이라고는 붙여 본 적도 없다는 듯이, 묘한 웃음소리와 함께 한없이 위로 오르다가, 하늘에 떠 있는 연처럼 뒤집고 뒤집으며 자유롭고 아름답게 하강했다.

하늘에서 홀로 노는 모습을 보니, 우주에 친구라고는 없는 듯했고, 마음껏 날 수 있는 아침과 하늘 외에는 친구가 필요치도 않은 듯했다. 외로운 것 같지도 않았다. 오히려 아래쪽 대지를 외롭게 만들었다. 그런데 그를 부화시킨 어미와 가족과 아버지는 하늘 어디에 있는 것일까? 하늘의 거주자인 그는 언젠가 험준한 바위틈에서 부화한 알의 존재였을 때만 오직 대지와 인연을 맺은 듯했다. 혹은, 그가 태어난 둥지

마저도 무지개 조각과 석양이 물든 하늘로 구름의 한쪽 구석에 짜 넣은 것이 아니었을까? 아마도 그 속은 대지에서 잡아 챈 한여름의 부드러운 아지랑이로 폭신히 다져 놓았으리라. 이제 그의 둥지는 벼랑 끝에 걸린 구름이다.

매의 비행을 지켜본 것 외에도, 나는 마치 꿰어 놓은 보석처럼 보이는 황금색이나 은색, 또는 밝은 구릿빛의 귀한 물고기들을 잡았다. 아! 수많은 첫 봄날의 아침마다 나는 초지로 나가 작은 둔덕에서 둔덕으로, 버드나무 뿌리에서 뿌리로 건너뛰며 돌아다녔다. 그런 날 세차게 흘러내리는 강물과 숲은 망자도 깨울 수 있을 만큼 순수하고 찬란한 빛을 받아 반짝였다. 물론 누군가 생각하듯이 만약 그들이 정말 죽은 것이 아니라, 무덤 속에서 잠들어 있는 것이라면 말이다. 인간의 불멸성을 증명하기에 그보다 더 강한 증거는 없으리라. 천지의 모든 것이 바로 그런 빛 속에 살아감이 분명하다. 오, 죽음이여, 그대의 독침은 어디 두었느냐! 오, 무덤이여, 그렇다면 그대의 승리는 어디 있느냐?

마을을 에워싸고 있는 아직 개간되지 않은 숲이나 목초지가 없다면 우리의 삶은 고인 물처럼 정체돼 있으리라. 우리는 야생이라는 강장제가 필요하다. 때로는 알락해오라기나 뜸부기가 숨어 사는 늪지를 걸어 다니고, 도요새의 요란한 울음소리도 들어야 한다. 좀 더 야성적이고 외로운 새만이 둥지를 짓고, 밍크가 바닥에 납작 엎드려 배

를 대고 기어 다니는 곳, 그런 곳에 가서 바람에 일렁이며 소곤대는 사초의 향도 맡아야 한다. 우리는 모든 것을 탐구해 배우고자 하는 열망만큼이나, 모든 것이 신비롭고 탐험되지 않은 채 남아 있기를 간절히 바라기도 한다. 더불어 대지와 바다가 야성의 상태로 무한히 남아 있기를, 측량할 수 없기에 탐사되지 않고 헤아리지 못한 채 남아 있기를 바란다.

인간은 절대로 자연에 질리지 않는다. 그 지치지 않는 활력, 광활함, 거대한 모습, 난파선이 떠밀려 온 해안가, 살아 있는 나무와 썩어 가는 나무가 공존하는 황무지, 천둥을 몰고 오는 구름, 3주나 쏟아지며 홍수를 일으키는 비, 이 모든 것을 바라보는 것만으로도 우리는 새롭게 활기를 찾는다. 인간은 자신의 한계가 무너지는 모습을 목격해야 한다. 인간의 발길이 전혀 닿지 않는 곳에서 자유롭게 풀을 뜯는 생명체의 모습을 볼 수 있어야 한다. 동물의 시체는 우리를 역겹게 하고 낙담하게 하지만, 독수리가 그것을 뜯어 먹고 건강과 힘을 얻을 때 우리도 기운을 얻는다. 언젠가 내 오두막에 이르는 길가 구덩이 속에 말 한 마리가 죽어 쓰러져 있었다. 그것 때문에 나는 가끔씩 일부러 길을 돌아다녔는데, 특히 밤이 되어 대기가 무거워지면 지나다니기가 더욱 힘들었다. 하지만 그것은 내게 자연의 왕성한 식욕과 침해할 수 없는 건강에 대한 확신을 심어 주었고, 그것만으로도 내게는 충분한 보상

이 되었다.

나는 일부 생명체가 다른 존재에게 희생되기도 하고, 서로 먹고 먹히며 살아가도 좋을 만큼 자연이 수많은 생명체로 가득 찬 모습을 보고 싶다. 그러면 연약한 유기체가 과육처럼 조용히 짓눌려 죽어 가도 괜찮지 않겠는가. 왜가리가 올챙이를 꿀꺽 삼키고, 거북이와 두꺼비가 길에서 치어 죽더라도, 그리고 가끔은 살과 피가 비처럼 내리더라도! 사고야 언제든 날 수 있지만, 그에 대한 해명은 늘 충분치 않음을 우리는 깨달아야 한다. 현명한 사람이라면 이런 때 만물의 보편적인 결백을 깨닫는다. 독이란 것도 결국은 전혀 위험하지 않고, 어떠한 상처도 치명적이지 않다. 연민이 설 자리란 없다. 그것은 임시변통에 지나지 않는다. 연민에 따른 변론이 당연한 것이 되어서는 안 된다.

5월 초순이 되자 떡갈나무, 호두나무, 단풍나무, 그 밖에도 여러 종의 나무가 호수 주변의 소나무 숲 여기저기서 새싹을 틔웠는데, 그 모습은 특히 구름이 낀 날이면 주변 풍경에 태양빛과도 같은 밝음을 나누어 주었다. 마치 태양이 안개를 뚫고 나와 산기슭 이곳저곳에 희미한 빛을 던지는 듯한 느낌이었다. 5월 3, 4일경, 나는 호수에서 아비 한 마리를 보았고, 그 달 첫 번째 주에는 쏙독새, 명금, 북아메리카 개똥지빠귀, 딱새, 되새, 그 외에도 여러 다른 새의 울음소리를 들었다. 숲개똥지빠귀의 울음소리는 이미 한참 전에 들었었다. 피비새도 이미

돌아와 문과 창문으로 내 집 안을 들여다보았다. 자신이 들어가 살아도 좋을 만큼 집이 동굴 같은지 확인하는 듯했다. 녀석은 마치 공기를 움켜잡기라도 하듯 발톱을 꽉 쥐고 날개를 퍼덕여 몸을 공중에 띄우고는 내 집 주변을 살피고 다녔다.

머지않아 리기다소나무의 유황 같은 꽃가루가 호수와 호반에 깔린 돌과 그 위에 죽 늘어선 썩은 나무를 누렇게 뒤덮었다. 마음만 먹으면 통으로 하나 가득 쓸어 담을 수도 있을 듯했다. 이것이 바로 흔히들 말하는 '유황 소나기'였다. 심지어는 칼리다사의 희곡《샤쿤탈라》에도 '연꽃의 황금색 꽃가루로 노랗게 물든 실개천'이라는 구절이 나온다. 내가 점점 더 커져만 가는 수풀 속을 헤매 다니는 동안, 계절은 여름을 향해 구르듯이 흘러갔다.

내가 숲에서 보낸 첫 해의 삶은 이렇게 끝을 맺었다. 그리고 두 번째 해도 이와 많이 다르지 않았다. 나는 1847년 9월 6일 마침내 월든을 떠났다.

맺는말

의사는 환자에게 현명하게도 공기와 풍경을 바꿔 보라고 조언한다. 다행스럽게도, 여기 이곳만이 세상의 전부는 아니지 않은가. 뉴잉글랜드에서는 칠엽수가 자라지 않고, 흉내지빠귀의 울음소리도 거의 듣지 못한다. 우리보다 기러기가 더 활발히 세상을 돌아다닌다. 캐나다에서 아침을 먹고, 오하이오에서 점심 식사를 하며, 남부의 강가 후미진 곳에서 밤을 지내기 위해 깃털을 고른다. 들소마저도 어느 정도는 계절과 보조를 맞춰서, 콜로라도 강변의 초원에서 풀을 뜯다가 옐로스톤 강변의 풀이 더 푸르고 달콤해지면 어느새 그곳으로 옮겨간다. 그러나 인간은 농장의 나무 울타리를 허물고 튼튼한 돌담이라도 쌓으면, 그때부터 삶에 확실한 경계가 그어졌고 운명이 결정됐다고 생각

한다. 읍사무소 서기로라도 뽑혔다가, 올 여름에 티에라델푸에고('불의 섬'이라는 뜻) 여행은 못 가겠고 '지옥 불의 나라'에는 가게 될 것이다. 우주는 우리 눈이 바라보는 것보다 훨씬 광대하다.

그러나 우리는 호기심 많은 선객처럼 배의 난간 너머를 더 자주 바라보아야지, 뱃밥이나 만드는 어리석은 선원처럼 항해해서는 안 된다. 지구 반대편은 서신을 주고받는 지인의 고향일 뿐이다. 우리의 여행은 대권항해[105]로만 오갈 뿐이고, 의사는 피부병 약만 처방해 준다. 누군가는 기린을 잡겠다고 남아프리카로 서둘러 떠나지만, 쫓아야 할 사냥감은 그게 아님은 분명하다. 세상에, 쫓는다 한들 얼마나 오래 따라다닐 수 있겠는가? 도요새와 누른도요도 귀한 사냥감이기는 하지만, 내가 보기에는 자기 자신을 조준하는 것이 좀 더 고상한 사냥이지 않을까 싶다.

"너의 시선을 내면으로 돌려보라, 그리하면 찾으리라.
마음속에 남아 있는, 아직 발견되지 않은
수천의 지역을. 그곳을 여행하라, 그리하면
마음속 우주학의 대가가 되리니."[106]

아프리카는 무엇을 상징할까? 서부는 또 무엇을 상징할까? 우리 내

면의 해도에 하얀 공백[107]이지 않은가? 물론 발견된 후에는 해안선처럼 검은색으로 그 존재가 증명되겠지만, 그래도 우리가 발견해야 하는 곳이 정말 나일 강이나 니제르 강, 미시시피 강의 수원, 혹은 아메리카 대륙의 북서항로인가? 이런 것이 인류가 관심을 기울여야 할 가장 중요한 문제인가? 행방불명되어 아내가 애타게 찾고 있는 사람이 프랭클린[108] 한 사람뿐일까? 그리넬 씨는 과연 현재 자신이 있는 곳을 아는 걸까?

차라리 우리 각자의 마음속에서 강과 바다를 찾는 멍고 파크, 루이스와 클라크, 프로비셔[109]가 되는 것이 나으리라. 그리하여 내면의 더 높은 위도 탐험에 나서자. 필요하다면 식량으로 먹을 고기 통조림을 배에 한가득 싣고 가고, 빈 깡통을 높이 쌓아 올려 표식을 만들자. 고기 통조림이 고기를 저장하는 용도로만 발명되었겠는가? 부디, 내면의 신대륙과 신세계를 발견하는 콜럼버스가 되어, 무역이 아닌 사상을 실어 나를 수 있는 새로운 항로를 개척하자.

인간은 누구나 한 왕국의 군주다. 그의 영토에 비하면 러시아 황제의 지상 제국은 지극히 작은, 얼음 옆에 남겨진 협소한 둔덕에 불과하다. 그러나 자존감이 없이 애국심에 불타서, 사소한 것을 위해 대의를 희생하는 사람도 있다. 그들은 제 무덤이 되어 줄 땅은 사랑하면서, 진흙으로 빚어진 제 육신에 생기를 불어넣는 정신에는 전혀 교감하지

못한다. 그런 애국심은 머리를 파먹는 구더기에 다름 아니다.

거창한 행진과 함께 막대한 비용을 쏟아부으며 떠난 저 남태평양 탐험대[110]가 시사하는 바는 무엇일까? 바로 우리의 정신세계에도 대륙과 바다가 있으며, 모든 인간은 그곳에 딸린 지협이자 작은 만인데, 아직 우리 스스로도 그곳을 탐험한 일이 없다는 사실을 인정하는 것이다. 또한 홀로 내면의 대서양과 태평양을 탐험하는 것보다 국가에서 제공하는 배를 타고 500명의 선원을 거느린 채 추위와 폭풍우와 식인종에 대항해 싸우며 수천 킬로미터를 항해해 돌아다니는 편이 훨씬 쉽다는 뜻이기도 하다.

"그들을 방랑하게 하고, 이국풍의 호주 사람을 관찰하게 하라.
나는 신에 대해 많이 알지만, 그들은 길에 대해 더 많이 알지니."[111]

아프리카의 잔지바르 섬에 고양이가 몇 마리나 사는지 세기 위해 세계 일주를 떠날 필요는 없다. 그러나 더 나은 할 일을 찾을 때까지는 그리해도 좋을 것이다. 그러다 보면 결국에는 지구 내부로 통한다는 '시머스의 구멍'[112]을 찾게 될지 누가 알겠는가. 영국과 프랑스, 스페인과 포르투갈, 황금해안과 노예해안은 모두 이 개인의 바닷가에 면해 있다. 그러나 지금껏 어떤 선박도 육지가 보이지 않는 곳까지 나

가 본 적이 없었다. 그것이 인도로 가는 직항로가 분명한데도 말이다.

만약 그대가 세계의 언어를 모두 배우고 모든 국가의 관습을 따르겠다면, 그래서 그 어느 여행가보다 더 멀리 가서 모든 기후에 익숙해지고, 스핑크스[113]가 제 머리를 돌에 찧게 만들려면, 옛 현인의 교훈[114]에 고개를 조아리며 당신 자신을 탐구하라. 그러려면 멀리 보는 눈과 용기가 필요하다. 바로 이 자신과의 싸움에서 패배하고 탈영한 겁쟁이들이 전쟁에 참여하기 위해 도망쳐서 군대에 들어가는 것이다. 지금 당장 가장 먼 서쪽 항로를 따라 출발하자. 그 길은 미시시피 강이나 태평양에서 멈추지도 않고, 지친 중국이나 일본을 향하지도 않는다. 그것은 여름과 겨울로, 낮과 밤으로, 해가 지고 달이 지며 마침내는 지구도 저무는 곳까지 접선을 그리며 곧장 나아가는 직항로다.

미라보[115]는 "사회의 가장 신성한 법칙에 공공연히 저항하려면 어느 정도의 굳은 결심이 필요한지 알아보기 위해" 노상강도짓을 벌였다는 이야기가 전해진다. 그는 "자기 진영에서 싸우는 병사에게는 노상강도의 반만큼의 용기도 필요치 않다."라고 단언했다. 또한 "충분히 숙고해서 내린 굳은 결의 속에는 명예나 종교가 끼어들 자리가 없다."라고도 말했다.

흔히 말하듯이, 그의 행동이 용감하기는 했고 자포자기의 심정에서 벌인 일도 아니었지만, 그럼에도 쓸데없는 짓이었다는 사실은 변하지

않는다. 제정신이 박힌 인간이라면, 소위 '사회의 가장 신성한 법칙'이라 간주되는 것에 '공공연히 저항'하는 방법은 그보다 더 신성한 법칙을 따르는 것이고, 그것만으로도 충분하다는 사실을 알고 있어야 하기 때문이다. 그러니 탈선하지 않고도 자신의 결의쯤은 시험해 볼 수 있는 것이다. 사회에 대해 반항적 태도를 취하도록 자신을 몰아가는 것이 인간의 할 도리는 아니니다. 자기 존재의 법칙에 순응하는 과정에서 스스로 취하는 태도, 그것을 유지해 가는 것이 바로 인간이 할 일이다. 그런 태도를 견지하면, 설혹 저항의 기회를 맞는다 할지라도, 그것이 공정한 정부에 대한 반항은 아닐 것이다.

나는 숲에 들어갔을 때만큼이나 중요한 이유를 안고 숲을 떠났다. 마치 내게는 살아가야 할 삶이 몇 개쯤 더 있어서, 숲에서의 삶을 위해 더는 시간을 바칠 수가 없을 듯한 느낌이었다. 놀랍게도 우리는 너무도 쉽게 스스로 알아차리지도 못하는 사이, 어떤 특정한 길을 밟아 그것을 자신만의 길로 만들어 버린다. 숲에서 살기 시작한 지 채 일주일도 되지 않았을 때, 나 역시도 오두막 문간에서 호수까지 내 발자국으로 길을 내었다. 그리고 지금은 그 길을 이용하지 않은 지 5~6년이 지났음에도, 여전히 그 흔적이 뚜렷하게 남아 있다. 보나마나 다른 이들도 그 길을 밟아 계속 열려 있도록 돕는 데 한몫을 했으리라.

지표면은 부드럽기 그지없어서 사람의 발길이 닿으면 자국이 남는

다. 마음이 지나다니는 길도 마찬가지다. 그렇다면 세상의 고속도로는 얼마나 닳고 먼지가 끼어 있겠는가! 전통과 순응이 남긴 바퀴 자국은 또 얼마나 깊겠는가! 나는 선실 복도를 걷는 것이 아니라, 세상의 돛대 앞과 갑판 위에 서 있기를 바랐다. 그곳에 있어야만 산중에 떠오른 달빛을 가장 잘 볼 수 있을 테니 말이다. 이제 더는 아래로 내려가고 싶지 않다.

나는 실험을 통해 적어도 다음과 같은 사실을 배웠다. 인간이 자신의 꿈을 좇아 자신 있게 앞으로 나아가며, 상상 속에 그려 온 삶을 살아가고자 열심히 애쓴다면, 평소 예기치도 못했던 성공을 이룰 수 있다. 그는 과거를 뒤로하고, 눈에 보이지 않는 경계를 넘어설 것이다. 그리하면 새롭고 보편적이고 보다 자유로운 법칙이 그의 주변과 내면에 확립되기 시작할 터다. 혹은 낡은 법칙이 확장되어 좀 더 자유로운 의미에서 그에게 유리한 방향으로 해석될지도 모르는데, 그러면 더욱 높은 질서를 따르는 삶을 허가받을 것이다.

그가 소박한 삶을 살아갈수록 복잡한 우주의 법칙도 간결해질 테니, 이제 고독은 더는 고독이 아니고, 가난도 더는 가난이 아니며, 약점도 더는 약점이 아닌 것이 된다. 만약 공중에 누각을 지었더라도, 그것이 반드시 무너져야 할 필요는 없다. 그 아래로 기초를 쌓자. 그러면 누각은 지금 있는 곳에 그대로 있을 것이다.

영국인과 미국인은 제발 알아들을 수 있게 말을 해 달라는, 참으로 어리석은 요구를 한다. 그런 식으로 대해서는 사람이나 독버섯이나 성장이란 것을 할 수가 없다. 그들은 마치 자신들이 상대방을 이해하는 것이 무척 중요한 일이며, 그들만큼 당신을 이해하는 사람은 세상에 존재하지도 않는다는 듯 군다. 또한 자연에게는 오직 한 가지 이해 방식만 있을 뿐이라서, 네발짐승과 새를, 또는 날짐승과 기어 다니는 동물을 동시에 거둘 수 없다는 듯이 간주하려 든다. 게다가 황소도 알아듣는 '이랴(hush)'나 '워워(who)'가 마치 영어의 가장 훌륭한 단어라고 믿는 듯하다. 어리석음 속에 안전함이 깃든다고 생각하는 모양이다.

하지만 나는 내 표현이 충분히 과감하지 않을까 봐, 일상의 경험이라는 좁은 한계를 넘어 멀리로 헤매 다니지 못할까 봐 걱정한다. 그래야만 내가 확신하는 진리를 적절히 표현할 수 있을 텐데 말이다. 과감함이라! 그것은 우리가 어느 만큼이나 갇혀 있는가에 따라 그 정도가 달라진다. 새로운 초원을 찾아 다른 위도로 옮겨 가는 들소는, 젖 짜는 시간에 통을 걷어차 버리고 우리를 뛰어넘어 제 송아지가 있는 곳으로 달려가 버리는 암소보다 '과감'하지는 않다.

나는 아무런 제약 없이 이야기하고 싶다. 깨어나는 이에게 말을 거는 깨어 있는 사람처럼. 왜냐하면 진실한 표현의 기초를 쌓으려면 아무리 과장해도 충분치 않기 때문이다. 음악의 선율을 접해 본 사람이

라면, 어느 누가 과장의 말을 두려워하겠는가? 미래나 가능성의 관점에서 보자면, 우리는 느슨한 태도로 한계를 정하지 않고 앞을 향해 나아가는 삶을 살아가야 한다. 우리의 그림자가 감지할 수 없을 만큼 미세한 땀을 태양 쪽으로 발산하듯이, 아주 희미하고 막연한 윤곽만을 바라보며 나아가야 한다. 날아가 버리기 쉬운 우리 말속의 휘발성 진리는 남아 있는 진술의 부적절함을 끊임없이 폭로해 낸다. 진리는 즉시 전달되고, 그 문자의 기념비만 그 자리에 남는다. 우리의 믿음과 경건함을 표현하는 단어들은 명확하지가 않다. 그러나 본성이 뛰어난 사람들에게는 유향처럼 의미심장하고 향기롭게 들린다.

왜 우리는 스스로의 지각력을 가장 무딘 수준으로 떨어뜨리고 그것을 상식이라 찬양하는 것일까? 상식이란 잠들어 있는 인간의 의식이니, 코 고는 소리로밖에는 표현이 안 된다. 때로 우리는 남보다 지능이 1.5배쯤 높은 사람을 지능이 그 절반 정도인 사람과 동등하게 취급하는 경향이 있는데, 그것은 우리가 그의 지적 능력을 3분의 1밖에 이해하지 못했다는 뜻이다. 사실 누군가는 아침 해가 붉게 떠오른다는 사실까지도 헐뜯으려 한다. 물론 그들이 일찍 일어날 수만 있다면 말이다. 나는 "인도의 신비주의자 카비르의 시에는 환상, 영혼, 지성, 그리고 베다 경전의 심원한 교리라는 네 가지 다른 의미가 담겨 있다고 주장하는 사람들이 있다."라는 얘기를 들은 일이 있다. 세상의 이쪽

편에서는 누군가의 글이 한 가지 이상으로 해석될 경우 그것은 비판의 구실이 될 수도 있다. 지금 영국에서는 감자 썩는 병[116]의 치료법을 알아내려고 노력 중이라는데, 그보다 훨씬 널리 퍼져 있고 더욱 치명적이기까지 한, 머리 썩는 병의 치료법을 알아낼 사람은 정말 없는 것일까?

내 글이 지독하게 모호하지는 않았으면 한다. 다만 월든 호수의 얼음에서 발견되는 치명적인 결함보다 결함이 작기만 하다면, 나는 충분히 자랑스러울 것이다. 남부의 고객들은 월든 호수의 푸른얼음을 별로 좋아하지 않는다. 그것이 물이 맑다는 증거임에도, 마치 진흙이라도 낀 듯이 생각하고는, 색은 희지만 수초의 맛이 나는 케임브리지의 얼음을 더 좋아한다. 사람들이 좋아하는 깨끗함이란 지구를 에워싸고 있는 안개와 같을 뿐 그 너머에 있는 푸른 하늘 같은 것은 아니다.

어떤 사람은 고대인이나 엘리자베스 여왕 시대의 사람과 비교했을 때, 우리 미국인과 일반적인 현대인은 지적인 난쟁이에 불과하다고 큰 소리로 떠든다. 하지만 대체 왜 그러는 것일까? 살아 있는 개가 죽은 사자보다 나은 법이다. 소인으로 태어났으면, 그중에서 가장 큰 소인이 되려 노력하면 될 것을, 그런 이유로 가서 목이라도 매라는 말인가? 부디 모두가 제 할 일에나 신경 쓰고, 타고난 천성을 갈고 닦으려 애쓰도록 하자.

왜 인간은 성공하기 위해 필사적일 만큼 서두르고, 위험한 사업에까지 뛰어드는 걸까? 만약 누군가가 동료 인간과 보조를 맞추지 않는다면, 그것은 그가 다른 북소리를 듣고 있기 때문일지 모른다. 그가 들리는 음악 소리에 맞추어 걷게 두자. 그 소리가 어떻게 들리든 얼마나 멀리서 들리든 상관하지 말자. 사과나무나 떡갈나무처럼 빨리 성숙하는 것은 그에게 전혀 중요치 않다. 아직 봄이 채 가지도 않았는데, 여름으로 바꾸라는 말인가? 그를 위한 때가 아직 도래하지 않았는데, 대신 어떤 현실로 그것을 대체할 수 있다는 말인가? 헛된 현실이라는 암초에 배를 난파시켜서는 안 된다. 푸른 유리를 힘들게 머리 위로 들어 올리고는 그것을 하늘이라 해서야 쓰겠는가? 설령, 들어 올린다고 하더라도, 우리는 유리 같은 것은 거기에 없다는 듯이 그 너머 멀리에 있는 진짜 하늘을 바라보고 있지 않을까?

옛날 옛적에 쿠루[117]라는 도시에 완벽을 갈구하던 한 늙은 장인이 있었다. 어느 날 그는 지팡이를 하나 만들어야겠다고 생각했다. 대충 일한다면 시간도 하나의 작업 요소가 되겠지만, 완벽함을 추구할 때는 시간이 아무런 장애가 되지 않는다고 판단한 그는, 앞으로 평생 다른 일을 못 하더라도 모든 면에서 완벽한 지팡이를 만들겠노라고 다짐했다. 그러고는 부적절한 재료를 써서 만들 수는 없다고 생각하고, 즉시 나무를 구하러 숲으로 갔다.

그가 이 나무 저 나무 살펴보며 계속 퇴짜를 놓는 사이, 친구들은 모두 그의 곁을 떠났고, 각자의 일을 하다 늙어 갔다. 하지만 그는 조금도 늙지 않았다. 한 가지 목표를 향한 그의 결심과 고양된 경건함이 자신도 모르는 사이에 그에게 영원한 젊음을 주었기 때문이다. 시간과 전혀 타협하지 않았던 까닭에, 시간이 오히려 그에게 길을 내주고는, 멀리서 한숨을 쉬며 그의 고집을 꺾지 못한 것을 한탄하기까지 했다. 그가 모든 면에서 적당한 나무를 찾아냈을 때는, 쿠루도 이미 폐허가 되어 있었다. 그는 폐허 더미 중 한 곳에 자리 잡고 앉아 지팡이를 깎기 시작했다.

지팡이의 모양이 제대로 갖추어지기도 전에 칸다하르 왕조가 종말을 맞이했다. 그는 지팡이 끝으로 마지막 왕의 이름을 모래 위에 쓰고는 다시 일을 시작했다. 마침내 그가 지팡이를 매끄럽게 깎아 광택까지 냈을 때는, 칼파[118]도 더는 시간의 지표가 아니었다. 그가 지팡이 끝에 쇠를 박고 손잡이에 보석을 장식했을 때는 브라흐마 신마저도 수없이 잠들었다 깨어난 후였다. 그런데 내가 왜 이런 이야기를 하고 있는 것일까?

그가 자신의 작품에 마지막 손질을 가하고 나자, 놀랍게도 지팡이는 브라흐마 신의 창조물 가운데 가장 아름다운 존재로 변모했다. 그가 지팡이를 만드는 새로운 체계를 만들어 낸 것이었다. 그 체계는 충

만하고 균형 잡힌 하나의 세상이었다. 그동안 비록 고대의 도시와 왕조가 사라져 갔으나, 그보다 더 이름답고 영광스러운 도시와 왕조들이 그가 만든 세상 안에 자리 잡았다. 그제야 그는 발치에 수북이 쌓인, 깎은 지 얼마 되지 않은 나무 지저깨비를 보고, 자신과 자기 작품에게 있어서, 그때까지의 시간 경과는 단지 하나의 환상에 지나지 않음을 깨달았다. 브라흐마의 두뇌에서 번득인 한 줄기의 섬광이 인간 두뇌의 부싯깃에 떨어져 불붙는 데 필요한 시간밖에 지나지 않았던 것이다. 그의 재료는 순수했고, 솜씨도 순수했다. 그러니 어찌 그 결과가 경이롭지 않을 수 있겠는가!

우리가 사물에 부여하는 얼굴 중에 진실만큼 도움이 되는 것도 없다. 진실만이 그 무엇보다도 오래간다. 대체로 우리는 있어야 할 곳이 아닌, 거짓된 입장에 서 있다. 타고난 천성의 허약함 때문인지, 멋대로 상황을 가정하고, 스스로를 그 안에 가두어 버린다. 그러니 늘 두 가지 상황에 동시에 처해, 빠져나오기도 두 배로 힘이 들다. 맑은 정신일 때, 우리는 있는 그대로의 상황을 고려해 본다. 남들이 듣고 싶어 할 말이 아니라, 내가 해야 할 말만 하자. 아무리 사소하더라도 진실이 거짓보다 낫다.

교수대에 서 있는 땜장이 톰 하이드[119]에게 할 말이 있느냐고 묻자, 그는 이렇게 말했다고 한다. "재봉사들에게 말해 주시오. 첫 땀을 뜨

기 전에, 먼지 실 끝에 매듭부터 지어야 한다는 걸 잊지 말라고요." 그의 친구가 했던 기도는 잊혀졌다.

아무리 삶이 고달프더라도, 당당히 맞서 살아야 한다. 삶에서 등을 돌리고 욕이나 퍼부어서야 쓰겠는가. 아무리 고달프다 한들, 삶이 당신 자신만큼 나쁘지는 않을 터다. 삶이란 내가 가장 부유할 때, 가장 빈곤해 보인다. 남의 흉만 찾아내는 사람은 천국에서도 흠잡을 일만 찾아내리라. 빈곤한 만큼, 삶을 더 사랑하자. 심지어 구빈원에 살지라도, 흥겹고 설레고 영광스러운 시간을 보낼 수 있다. 저녁노을은 부자의 저택뿐 아니라, 양로원의 창도 밝게 물들인다. 초봄이 되면 양로원 문 앞의 눈도 녹아내린다. 햇살도 모든 문간의 눈을 녹인다. 마음이 고요한 사람은 그런 곳에 살아도 궁전에 사는 만큼 만족스럽고 유쾌한 생각을 품을 수 있다.

종종 나는 마을의 가난한 사람들이 가장 독립적인 삶을 살아가고 있을지도 모른다고 생각한다. 어쩌면 그들은 아무런 의혹 없이 도움을 받아들일 만큼 마음이 너그러워 그럴지도 모르겠다. 대부분의 주민은 자신의 처지가 마을의 지원을 받을 만큼 형편없는 정도는 아니라고 생각한다. 하지만 그중 많은 사람이 부정한 방법으로 삶을 지탱해 가고 있음이 종종 드러나곤 하는데, 내가 보기에는 그것이 훨씬 형편없고 수치스러운 일이다.

세이지 같은 텃밭의 약초를 가꾸듯이 가난을 가꿔보자. 옷이든 친구든 간에 새것을 얻으려고 너무 애쓰지도 말자. 헌 옷은 뒤집어 입고, 옛 친구에게 돌아가자. 우리 자신 외에 변하는 것이라곤 하나도 없다. 옷은 팔아 버리고 생각은 그대로 간직하자. 굳이 교제가 필요치 않도록 신이 돌보아 줄 것이다. 날마다 온종일 거미처럼 다락방 구석에 갇혀 있을지라도, 생각만 잃지 않는다면 내 앞의 세상은 여전히 넓을 테니 말이다. 한 철학자가 말하길[120] "삼군에게서 장수를 빼앗아 무너뜨릴 수는 있으나, 아무리 비천하다 한들 필부에게서 그 뜻을 빼앗을 수는 없다."고 하였다. 자신을 개발하고자 조바심을 낸 나머지, 너무 많은 영향력에 스스로를 내맡겨서도 안 된다. 그것 역시 방종에 지나지 않는다. 겸손은 어둠과 마찬가지로 하늘의 빛을 드러낸다. 가난과 비천함의 그림자가 우리 주변으로 모여들 때, "보라! 우주 만물이 우리 눈앞에서 펼쳐진다".

크로이소스 왕의 막대한 부가 우리에게 주어진다 할지라도, 우리의 목적에는 변함이 없을 것이며, 수단도 본질적으로 그대로일 것이다. 만약 가난 때문에 운신의 폭이 제한된다면, 예를 들어 책이나 신문조차 살 수가 없다면, 당신은 가장 의미 있고 중요한 경험만 누리도록 제한되는 것에 지나지 않는다. 가장 많은 당분과 전분을 뽑아낼 수 있는 재료만을 다루도록 강요받은 것이다. 뼈에 붙은 살코기가 가장 맛

있듯이, 가난한 삶이 더 달콤한 법이다. 그만큼 당신은 빈둥거리지는 삶을 살지 않도록 보호받을 것이다. 높은 차원에서 너그러운 삶을 사는 사람이라면 낮은 차원에서 손해 볼 일이란 없다. 남아도는 부는 쓸데없는 사치품을 사는 데만 필요할 뿐이다. 돈으로는 영혼에게 필요한 것을 단 한 가지도 살 수 없다.

나는 한쪽 벽이 납 빛깔로 되어 있는 집에 사는데, 그 벽의 성분에는 종을 만드는 금속인 합금이 약간 섞여 있다. 내가 한낮에 휴식을 취할 때면, 종종 바깥에서부터 땡땡거리는 소리가 내 귀에까지 들려온다. 그것은 나와 같은 시대를 살아가는 사람들의 소음이다. 내 이웃들은 유명한 신사 숙녀와 겪었던 모험담을, 또 그들과 함께한 저녁 식사 자리에는 어떤 명사들이 참석했는지 등을 내게 자랑스럽게 떠들어댄다. 하지만 나는 신문에 난 기사 내용만큼이나 그런 이야기에는 관심이 가지 않는다. 그들의 관심과 대화는 주로 의복이나 태도 등에 관한 것이다. 그러나 거위를 아무리 멋들어지게 치장해 봐야 여전히 거위일 뿐이다.

그들은 내게 캘리포니아나 텍사스, 영국과 서인도 제도 등에 관해 이야기하고, 조지아 주나 매사추세츠 주에서 왔다는 어떤 귀한 분에 관해 이야기하지만, 모두 덧없고 부질없는 내용이라서, 나는 곧 마멜루크[121]의 병사처럼 슬슬 이웃의 뜰에서 도망칠 궁리를 하기 시작한

다. 본연의 삶으로 돌아오면 나는 그제야 기운이 난다. 부산하고 긴장되고 어수선하며 시시한 19세기에서 복작거리며 사느니, 차라리 이 시대가 지나가는 동안 서거나 앉아서 사색에 잠겨 있고 싶다. 대체 인간은 무엇을 축하하는가? 모두가 준비위원회에서 한 자리씩을 차지하고, 매 시간마다 누군가의 연설을 기다린다. 하나님도 그저 사회자에 불과하고, 웹스터[122]가 연사로 나선다.

나는 곰곰이 따져 보고 결단을 내린 후, 가장 강하고 정당하게 나를 끌어당기는 쪽으로 중력에 끌리듯 자연스럽게 가고 싶다. 저울대에 매달려 무게가 적게 나가려 애쓰고 싶지도 않다. 어떤 사정을 가정하지 않고, 있는 그대로의 상황을 받아들이고 싶다. 내가 갈 수 있는 유일한 길, 어떠한 권력도 나를 막아설 수 없는 길을 가고 싶다. 토대를 단단히 다지기도 전에 불쑥 아치부터 세우는 일은 내게 아무런 만족도 주지 않는다. 이제 키틀리밴더[123] 놀이는 그만두자. 단단한 바닥은 어디에든 있다.

다들 어느 나그네가 한 소년에게 늪 바닥이 단단한지 아닌지 물어보는 우화를 읽어 본 일이 있을 것이다. 소년은 단단하다고 대답했다. 하지만 곧 나그네의 말이 뱃대끈 부근까지 늪에 잠겨 버렸다. 그러자 그가 소년에게 말했다.

"이 늪 바닥이 단단하다고 하지 않았느냐!"

"예, 맞아요. 아저씨는 아직 절반도 가라앉지 않았잖아요."

사회도 이러한 늪이나 유사(流沙)와 마찬가지다. 그 사실을 알게 되기까지 오랜 시간이 걸릴 뿐이다. 생각과 말과 행동은 드문 경우이기는 해도, 우연히 앞뒤 상황과 일치하는 경우에만 그 가치를 얻는다. 나는 욋가지만 엮어 넣고 회반죽을 바른 벽에 못질을 해 대는 어리석은 사람이 되고 싶지는 않다. 그런 짓을 한다면 몇 날 며칠이고 밤잠을 설칠 테니 말이다. 망치를 쥐어 준다면, 나는 벽의 패인 곳을 손으로 더듬어 볼 것이다. 접합제에 의존하지 말아야 한다. 밤에 잠이 깨어 생각하더라도 내가 한 일을 만족스러운 마음으로 돌아볼 수 있도록, 못을 끝까지 박아 넣고, 그 끝은 정성스럽게 구부려 두리라. 그러면 뮤즈 신의 가호를 빌어도 부끄럽지 않을 테고, 오직 그런 경우에만 하나님도 나를 도울 것이다. 우리가 박아 넣는 못은 그 하나하나가 우주라는 기계의 대갈못이 되어야 하고, 우리는 그 일을 계속 해 나가야 한다.

사랑도 돈도 명예도 필요 없으니, 내게 진실을 달라. 나는 산해진미와 포도주로 넘쳐 나는 식탁에 앉아 아첨 어린 시중을 받았으나 신의와 진실은 그곳에 없었다. 따라서 나는 굶주린 채 그 불친절한 식탁을 떠났다. 그들의 호의란 고드름처럼 차가울 뿐이었다. 그러니 음식을 차갑게 식힐 얼음조차도 필요 없으리라는 생각이 들 정도였다. 그들은 포도주가 몇 년이나 묵었으며, 그 빈티지(생산 연도)가 얼마나 유명

한지에 대해 이야기했다. 그러나 나는 그들이 가지고 있지 않으며 구할 수도 없는, 더 오래되고 새로우며 더 순수하고 더 영예로운 빈티지에 생산된 포도주를 생각했다. 그들의 방식, 집과 대지, 그리고 '여흥'은 내게 아무런 감흥을 주지 않았다. 나는 왕을 방문했으나, 그는 나를 자신의 연회 홀에서 기다리게 하며, 마치 자신이 접대에는 무능한 사람인 듯이 처신했다. 예전에 내 이웃에 속이 빈 나무속에서 살아가는 사람이 있었다. 그의 태도는 참으로 왕다웠다. 차라리 그를 방문하는 게 더 나을 뻔했다.

우리는 대체 언제까지 집 앞 문간에 걸터앉아 게으르게 빈둥대며, 곰팡내가 풀풀 풍기는 미덕을 실천하고 있어야 할까? 어떤 일이라도 해 보면 그것이 얼마나 부적절한 짓인지 금방 알게 될 텐데 말이다. 마치 누군가 참을성 있게 하루를 시작해서, 감자밭에 괭이질을 할 일꾼 하나를 고용한 다음, 오후에는 밖에 나가 일부러 보란 듯이 기독교적인 온정과 자선을 베푸는 것과 무엇이 다른가. 인류가 보여 주는 중국과도 같은 오만함과 정체된 자기도취감을 생각해 보자. 우리 세대는 스스로를 뛰어난 혈통의 마지막 자손이라 생각하며 자화자찬하는 경향이 있다. 그리고 보스턴과 런던, 파리와 로마 같은 도시에서는 자신들의 오랜 전통을 떠올리며, 예술과 과학과 문학에서의 발전을 만족스럽게 이야기한다.

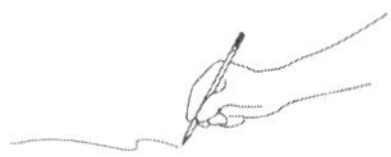

철학학회의 기록과 '위대한 인물(Great Men)'에 관한 찬사도 적잖이 찾아볼 수 있다. 이는 선한 아담이 자신의 미덕을 감상하는 것이나 다를 바 없다. "그래, 우리는 대단한 업적을 쌓았고, 성스러운 노래를 불러왔지. 그 사실은 결코 사라지지 않을 거야." 다시 말해, 우리가 그것을 기억하는 한, 그것 역시 우리를 잊지 않으리라는 것이다. 고대 아시리아의 학술학회와 위대한 인물은 다 어디로 갔는가? 우리는 철학자와 실험가라고 하기에는 너무 젊지 않은가! 내 독자 가운데는 인간의 한평생을 온전히 살아 낸 사람이 한 명도 없다. 아직은 인류의 역사에서 봄에 불과한 시기라 그럴 것이다. 콩코드에는 몸에 옴이 붙어 7년씩 고생하는 사람은 있어도, 17년이나 사는 매미를 본 사람은 없다.

우리는 발붙이고 사는 지구의 얇은 표층만 알고 있다. 지면에서 2미터 아래까지 파 보거나 공중으로 2미터 높이까지 뛰어올라 본 사람도 거의 없다. 대부분은 지금 자신이 어디에 서 있는지조차 모른다. 게다가 삶의 절반이나 되는 기간을 잠만 자며 보낸다. 그럼에도 스스로를 현명하다고 여기며 자부심이 대단하고, 지구 표면에 하나의 질서를 확립하기도 했다. 이 얼마나 심오한 사상가이고, 야심 찬 존재들인가!

나는 지금 숲속에 서 있다. 바닥에는 솔잎이 깔려 있고, 그 사이로 벌레 한 마리가 꿈틀대며 내 시야에서 숨으려 애를 쓴다. 나는 왜 이 벌레가 그처럼 겁을 집어먹고, 어쩌면 그의 은인이 될지도 모르고 벌

례의 종족에게 희소식을 가져다줄지도 모를 내게서 도망가려 안간힘을 쓰는지 궁금해진다. 그러면서 동시에, 내 위쪽에서 나를 굽어보는 위대한 은인이자, 지성의 존재에 대해 떠올려 본다.

세상에는 새로운 일이 끊임없이 일어나고 있음에도, 우리는 놀라울 정도로 따분함을 견뎌 내며 살아간다. 가장 문명화된 나라라는 곳에서 사람들이 어떤 설교를 듣고 사는지만 생각해 봐도 그 따분함의 정도는 충분히 짐작할 수 있다. 세상에는 기쁨과 슬픔이라는 단어가 있지만, 그것은 콧소리로 부르는 찬송가의 후렴구에만 존재할 뿐, 우리는 평범하고 천박한 것에만 믿음을 둔다. 그러면서 인간이 바꿀 수 있는 것은 의복밖에는 없다고 생각한다. 흔히들 대영 제국은 매우 위대하고 존중할 만하며, 미국은 일류 강국이라고 말한다. 그러나 모든 인간의 뒤에는 조수가 밀려들고 빠져나가기 때문에, 마음만 먹으면 대영 제국쯤이야 얼마든지 나뭇조각처럼 띄워 보낼 수 있다는 사실은 아무도 믿으려 하지 않는다. 다음번에는 어떤 종류의 17년 사는 매미가 땅속에서 나올지 그 누가 알겠는가? 내가 사는 세상의 정부는 영국 정부처럼 저녁 만찬 후 와인을 사이에 두고 담소를 나누는 사이에 구성된 그런 것이 아니다.

우리 안의 생명은 강물과도 같다. 올해는 그 강물이 지금껏 인간이 보았던 그 어느 수위보다도 더 높아져 고지대의 메마른 땅까지도 흠

뻑 적실지 모른다. 그렇게 되면 우리의 사향쥐가 모두 익사해 버릴지도 모르니, 참으로 다사다난한 한 해가 되겠다. 우리가 사는 곳이 늘 메말라 있지는 않았다. 나는 과학이 홍수를 기록하기도 전, 고대의 물살이 휩쓸어 멀리 내륙으로 밀어낸 강둑을 바라본다.

뉴잉글랜드 주민이라면 누구라도 이 이야기를 들어봤을 것이다. 옛날에 사과나무로 만든 오래된 탁자의 마른 판자에서 강인하고 아름다운 벌레 한 마리가 나왔다. 그 탁자는 처음 코네티컷 주에 살다가 후에 매사추세츠 주로 이사를 간 어느 농가의 부엌에 60년 동안이나 놓여 있던 것이다. 그리고 벌레가 나온 자리에서부터 나이테를 세어 보면 알 수 있듯이, 벌레의 알은 그보다도 여러 해 전, 나무가 살아 있던 시절에 슬어 놓은 것이었다. 찻주전자의 열기 덕에 부화가 되었는지, 벌레가 나오기 여러 주일 전부터 판자 갉아먹는 소리가 들렸다고 한다.

이 이야기를 듣고 부활과 불멸에 대한 믿음이 강화되는 듯한 기분이 들지 않는 사람이 어디 있겠는가? 날개 달린 아름다운 생명체 하나가 푸르게 살아 있는 나무속에서 처음 알의 형태로 슬어 있다가, 참으로 오랜 세월이 지나는 동안 죽어 말라비틀어진 듯한 삶 속에 던져진, 무수한 동심원을 그린 목재의 나이테 아래서 묻혀 지낸 것이다. 그 동안 나무는 점차 잘 마른 무덤을 닮아 가고 있었으리라. 또한 지난 수년 동안, 즐거이 식탁에 둘러 앉아 있던 가족들은 나무 갉는 소리에

여러 번 깜짝 놀라기도 했을 것이다. 그런데 이런 생명체가 세상에서 가장 변변치 않고 허름한 가구 속에서 어느 날 갑자기 세상 밖으로 나와 마침내 찬란한 여름 생을 즐기게 되리라고 그 누가 생각이나 했겠는가!

나는 영국인이나 미국인이 이 모든 섭리를 다 이해하리라 생각지는 않는다. 하지만 그것이 바로 내일의 특징이다. 시간의 경과만으로는 결코 새벽을 불러올 수 없다. 어떤 빛이 인간의 눈을 감긴다면 그것은 어둠이나 마찬가지다. 깨어나는 순간이 바로 새벽이 밝아 오는 시간이다. 우리 앞에는 수많은 새벽이 기다리고 있다. 태양은 아침에 뜨는 별에 지나지 않는다.

1. 북아메리카 대초원(프레리)에 사는 다람쥣과 동물.

2. 지중해 동부의 건조한 북서풍.

3. 미국의 민요 〈로버트 키드 선장의 발라드(The Ballad of Captain Robert)〉의 후렴구.

4. 소로는 미국 정부가 노예제와 멕시코 전쟁을 찬성한 것에 반대해서 인두세 납부를 거부했다.

5. 알렉산더 포프(Alexander Pope). 영국 시인. 《티불루스의 비가(Elegies of Tibullus)》에서 인용했다.

6. 《논어》 12편 9절에서.

7. 존 밀턴의 시 〈리시다스(Lycidas)〉에서.

8. 보스턴이라는 도시는 콥스, 포트, 비컨, 이 세 언덕 위에 세워졌다.

9. 'Coenobites'와 'see no bites(보게, 입질이 없네)'의 발음이 같아서 만든 말장난.

10. 제임스 포브스(James D. Forbes)의 《사보이 알프스 여행기(Travels Through the Alps of Savoy)》에서.

11. Walled-in. '벽으로 에워싸인'의 뜻이다.

12. 항만, 해협, 강 등의 뱃길에 설치하는 방해물이나 나무 막대.

13. 월든 호수 북서쪽의 마을로, 철로를 놓기 위해 땅을 깎아냈다.

14. 영국 민요에 등장하는 용을 죽인 영웅.

15. harpy. 신화 속 괴물. 여자의 몸과 머리에 새의 날개와 발톱을 가졌다.

16. 윌리엄 드러먼드(William Drummond of Hawthornden)의 시 〈이카로스(Icarus)〉에서. 이카로스는 태양에 너무 가까이 다가가는 바람에 밀랍 날개가 녹아 바다에 떨어져

죽었나. 그 바다의 이름이 이카로스 해다.

17. Virid. '연초록'의 뜻이다.

18. Yellow-Pine. '노란 소나무'의 뜻이다.

19. 인도에서 채굴한 거대 다이아몬드. 1850년 동인도회사가 빅토리아 여왕에게 선물했다. 가공되어 왕관에 박혔다가 지금은 런던탑에 보관되어 있다.

20. 어쩌면 소로가 자신의 일을 '너무 잘' 해낸 것이 아닌가 싶다. 오늘날 많은 사람이 '마을에서 멀리 떨어져' 변두리에서 한가로이 살아간다. 보통 이러한 지역, 즉 폭스 할로우(Fox Hollow, 여우 굴)나 파트리지 런(Partridge Run, 꿩 서식지) 들은 인간이 살아갈 공간을 만들고자 없애 버린 자연의 이름을 따서 그 지역을 명명한다.

21. Druid. 고대 켈트인의 종교 성직자. 떡갈나무를 신성시했다.

22. 고대 북유럽 바이킹들의 신화에서, 최고신 오딘이 사는 궁전. 또한 바이킹 전사들이 전사하면 가는, 기독교의 천국 같은 곳이기도 하다.

23. 이끼처럼 나무를 뒤덮은 균류와 조류의 공생체.

24. Benvenuto Cellini. 16세기 이탈리아의 조각가이자 금속공예가.

25. Pleasant Meadow. 사전적 의미로는 '유쾌한 초원'이라는 뜻이다.

26. 윌리엄 엘러리 채닝(William Ellery Channing). 이 장에서 인용하는 시는 모두 〈베이커 농장(Baker Farm)〉의 구절이다.

27. 간소한 삶의 방식을 추구하는 새로운 세대는 산술에 대해 소로와 같은 관점을 보인다. 즉, 살아가는 데 필요한 비용을 확실히 파악할 때까지 생활비를 세심하게 따지고 기록하고, 그런 다음 시간을 어떻게 활용해야 할지 결정하라고 말한다. 그들은 스스로의 재정에 관한 무지가 자립에 가장 큰 위협이라고 주장한다.

28. 사냥은 이제 더는 다음 세대로 물려주는 스포츠에 해당되지 않는다. 스포츠의 윤리가 무엇이라 생각하든, 사냥이 이런 식으로 제외되는 상황에는 다소 비극적인 측면

이 있다. 시골 지역에서는 사냥이, 인간이 숲으로 들어가는 상황을 사회적으로 용인하는 몇 안 되는 사례다.

29. "그는 사냥꾼은 성자가 아니라고 말하는 구절에는 깃털 뽑힌 암탉에게 줄 만큼의 관심도 보이지 않았다." 제프리 초서(Geoffrey Chaucer)의 《캔터베리 이야기(Canterbury Tales)》의 서문에서.

30. 윌리엄 커비(William Kirby)와 윌리엄 스펜스(William Spence)의 《곤충학 입문(An Introduction to Entomology)》에서.

31. 라자 람모훈 로이(Rajah Rammohun Roy)의 《베다와 브라만 신학의 경전》에서.

32. 《대학》, 〈철학자 창의 해설(Commentary of the Philosoper Tsang)〉에서.

33. 맹자, 《언행록(言行錄)》 4편 〈이루장구〉에서.

34. 라자 람모훈 로이의 《베다와 브라만 신학의 경전》에서.

35. 영국 시인 존 던(John Donne)의 〈에드워드 허버트 경에게(To Sir Edward Herbert at Iuleyr)〉에서.

36. 엘러리 채닝

37. Pilpai. 산스크리트 우화집을 쓴 작가로 추정된다.

38. 꿩과의 새. 꿩보다 작고 메추라기보다 크다.

39. 라틴어로 두엘룸(duellum)은 결투, 벨룸(bellum)은 전투라는 뜻이다.

40. 아킬레우스를 따라 트로이 전쟁에 참가했던 용사들로. 보통 '명령에 무조건 복종하는 충실한 부하'라는 의미로 쓰인다.

41. 나폴레옹 1세가 승리한 전투들이긴 하지만, 사망한 병사 수가 총 8만에 달했다.

42. 1773년 보스턴 차 사건으로 영국이 군대를 파견하자 미국인들이 민병대를 조직했고,

1775년 4월 19일 콩코드 전투로 충돌했다. 말하자면, 콩코드 전투는 미국 전쟁 최초의 전투다. 사격을 주저하는 민병대에게 버트릭 장군이 "발포하라! 이런 젠장, 발포하라!"라고 외쳤다고 한다. 루서 블랜처드는 독립전쟁 최초의 부상자, 데이비스와 호머즈는 콩코드 전투의 전사자.

43. 1775년 6월의 민병대 전투.

44. 윌리엄 커비(William Kirby)와 윌리엄 스펜스(William Spence), 《곤충학 입문(An Introduction to Entomology)》을 썼다.

45. Aeneas Sylvius. 15세기 시인이자 지리학자, 역사학자. 교황 피우스 2세의 필명.

46. loon. 북아메리카에 사는 큰 물새 종류. 물고기를 잡아먹고 사람 웃음소리 같은 소리를 낸다.

47. 엘러리 채닝

48. Keeping-room. 오늘날의 '거실'을 의미하는 뉴잉글랜드 방언. 근래에는 호텔 등에서 이미 예약이 완료된 객실을 의미하는 표현으로 주로 사용된다.

49. 지붕을 수직으로 떠받치는 기둥들인데, 영어로 king post, queen post라고 한다.

50. Isle of Man. 잉글랜드와 북아일랜드 사이, 아이리시 해에 있는 섬이다.

51. 길핀(William Gilpin)의 《숲의 풍경에 관하여(Remarks on Forest Scenery)》에서.

52. 'warden'은 어떤 장소를 지키는 사람, 관리자를 의미한다.

53. 카토의 《농업론》에 따르면, '로마인들은 숲을 벌목할 때 돼지 한 마리를 제물로 바치고 …… 소리 내어 기도를 올렸다.'

54. 프랑수아 앙드레 미쇼(Francçis André Michaux). 프랑스 식물학자이자 기행작가. 《앨러게니 산맥 서쪽으로의 여행(Voyage à l'ouest des monts Alleghanys)》를 썼다.

55. 북아메리카에서 장작의 부피에 쓰던 단위.

56. 19세기 영국 시인 윌리엄 워즈워스가 동명의 시를 썼다. 가난한 노파 구디가 젊은 부자 해리의 산울타리에서 나뭇가지를 땔감으로 훔치다가 들켜서 다툰다.

57. '혹한의 금요일'은 1810년 1월 19일 뉴잉글랜드 지역의 기온이 밤새 50도가 급강하했던 사건이다. '대폭설'은 1717년 2월 27일부터 3월 7일까지 1.5미터가 넘는 폭설이 미국 북동부를 강타한 사건이다.

58. 초월주의 잡지 《다이얼》에 실렸던 앨런 후퍼(Ellen Hooper)의 시 〈모닥불〉이다.

59. 북아프리카의 카르타고를 정복했던 로마 장군 '스키피오 아프리카누스'를 염두에 두고, '아프리카 출신의 시피오'라는 의미로 적은 표현이다.

60. 윌리엄 대버넌트(William Davenant)의 《곤디버트: 영웅시(Gondibert: An Heroick Poem)》.

61. 알렉산더 차머스(Alexander Chalmers)의 《초서에서 쿠퍼까지 영국 시인의 작품 모음(The Works of the English Poets from Chaucer to Cowper)》에서. 소로는 하버드대학교에 다니는 동안 총 21권을 다 읽었다고 한다.

62. 확성기와 비슷한 모양. 목소리를 멀리까지 도달하게 하는 용도의 장치였다.

63. 원래 이름은 'Coyle'인데, 소로가 'coil(돌돌 말다)'의 고어 형태인 'quoil'로 적고 있다. 이름을 들었을 때 연상되는 철자가 'coil'임을 강조하려는 의도 같다.

64. 전도서 12장 6절

65. 코일이 브리스터 언덕에서 객사한 사실을 염두에 두고 적은 말이다.

66. 우화 속에 자주 등장하는 약삭빠른 여우.

67. 존 밀턴(John Milton)의 《실락원(Paradise Lost)》에서.

68. 윌리엄 엘러리 채닝(William Ellery Channing)

69. 브론슨 올컷(Bronson Alcott). 루이자 메이 올컷의 아버지. 약간 별났지만 자칭 선봉

적인 개혁가였다.

70. 토마스 스토러(Thomas Storer)의 《토마스 울시 추시경의 생애와 죽음(The Life and Death of Thomas Wolsey, Cardinall)》, 〈울시우스의 승리(Wolseius Triumphans)〉에서.

71. 월터 스콧(Walter Scott)의 소설 《묘지기 노인(Old Mortality)》의 등장 인물.

72. 라틴어로 자유인, 고귀한 정신, 솔직한 사람 등의 의미이다.

73. 배의 누수되는 부분을 막기 위해 낡은 밧줄을 풀어 놓은 것.

74. 랠프 월도 에머슨(Ralph Waldo Emerson)

75. 아르테미스 여신의 목욕 장면을 훔쳐본 죄로 수사슴으로 변하는 사냥꾼이다.

76. "루키우스 아엘리우스는 산토끼가 '레푸스'라는 이름을 '레비페스(민첩한 발)' 때문에 얻었다고 생각했다." 마르쿠스 티렌티우스 바로(Marcus Terentius Varro)의 《농사론》에서 인용했다.

77. 랑글루아(M. A. Langlois)가 번역한 《하리반사, 또는 하리의 가족사(Harivansa, ou Histoire de la Famille de Hari)》에서.

78. marmot. 유럽과 아메리카 대륙에 주로 서식하는 다람쥐과 설치 동물.

79. 윌리엄 길핀(William Gilpin)의 《스코틀랜드 고지 관측(Observations On the High-Lands of Scotland)》에서.

80. 존 밀턴의 《실락원》에서.

81. 테살리아. 산악지대인 그리스 반도 중북부 산악지대를 부르는 지역명이다.

82. 항구에서 물을 빼고 배를 건조하거나 수리할 수 있게 해 놓은 곳.

83. 사람이 들어갈 정도의 큰 구덩이를 파고 그 위에 통나무 등을 걸친 후, 두 사람이 위아래서 함께

톱질을 하는 방식.

84. 그리스 신화에서 북풍 너머에 사는 종족. 소로는 뉴잉글랜드보다 북쪽에 있는 추운 지역에 사는 사람들을 이렇게 표현했다.

85. 도로나 얼음 등이 함몰되며 생기는 구멍.

86. 미국 매사추세츠 주 케임브리지에 있는 호수.

87. 당시 뉴잉글랜드의 얼음이 인도까지 수출되었다.

88. 바닷속으로 가라앉아 버렸다고 전해지는 풍요로운 전설 속의 섬.

89. 신화에 등장하는 낙원의 섬.

90. 카르타고의 탐험가였던 하노는 〈하노의 주 항로〉라는 보고서를 썼다.

91. “트르나테와 티도레 섬에서 상인들이 가져 온다네/ 그들의 향료를.” 밀턴의 《실락원》에 나오는 섬으로, 네덜란드령 동인도 제도의 향료 섬에 속해 있다.

92. 969세까지 살았다는 창세기 속 인물.

93. 그리스어 λειβω에서 ‘lobe(잎)’, ‘globe(지구)’, ‘lap(겹치다)’, ‘flap(흔들리다)’ 등 많은 단어가 파생되었다.

94. 잎의 갈라진 부분. 포플러 잎이나 야자수 잎은 열편이 여러 개인 잎이다.

95. 장 프랑수아 샹폴리옹(Jean-François Champollion, 1790~1832), 프랑스의 이집트학자. 로제타석을 해독해 상형문자 연구에 대대적인 관심을 불러일으켰다.

96. 소로는 ‘liver lights’라고 적었으며, 여기서 ‘lights’는 ‘폐’의 수술 용어다.

97. 가느다란 잎과 작은 꽃이 피는 잡초.

98. weed는 ‘잡초’라는 뜻인데, ‘(미망인의) 상복’이라는 뜻도 있다.

99. 바로의 《농사론》에서.

100. 개똥지빠귀의 학명.

101. 오비드의 《변신 이야기》에서.

102. "그리고 등불이 활활 타오르는 동안에는/ 가장 극악한 죄인도 돌아올지 모른다." 아이작 와트(Isaac Watts)의 《찬송가와 성가(Hymns and Spiritual Songs)》에서.

103. 맹자, 《언행록(言行錄)》 6편 〈옹야〉에서.

104. 오비드의 《변신 이야기》에서.

105. 지구상의 두 점 사이의 최단거리를 오가는 항해.

106. 윌리엄 해빙턴(William Habington)의 〈나의 명예로운 친구, 기사 Ed. P에게(To My Honored Friend Sir Ed. P. Knight)〉에서.

107. 당시 해도는 탐사되지 않은 지역을 흰색으로 표시했다.

108. 당시 북극에서 행방불명된 영국인 탐험가. 뉴욕의 상인 헨리 그리넬 씨가 존 프랭클린 수색 작업을 재정적으로 지원했다. 수색에서 겨울 야영지를 발견했는데, 그곳에 절인 고기를 담았던 빈 깡통 600개가 높이 쌓여 있었다고 한다.

109. 멍고 파크는 18세기 스코틀랜드 탐험가, 메리웨터 루이스와 윌리엄 클라크는 19세기 미국 탐험가, 마틴 프로비셔는 16세기 영국 탐험가다.

110. 1838~1842년, 찰스 윌크스 대위가 지휘하는 미 해군 탐험대가 남태평양과 남극해를 탐사했다.

111. 로마 시인 클라우디아누스의 〈베로나의 노인(Old Man of Verona)〉에서. 소로는 시대에 좀 더 맞도록 '이베로(스페인 사람)'를 '호주 사람'으로 바꾸었다고 밝혔다.

112. 미국의 군인 존 클리브즈 시머스는, 지구의 내부가 비어 있고 양극에 구멍이 나 있어서 서로 통한다고 주장했다.

113. 스핑크스는 행인에게 수수께끼를 내서 정답을 못 맞추면 잡아먹는 괴물인데, 오이디푸스가 정답을 맞추자 분해서 제 머리를 바위에 찧어 스스로 목숨을 끊었다.

114. 소크라테스의 "너 자신을 알라!"를 말하는 듯하다.

115. 미라보 백작(The comte de Mirabeau), 18세기 프랑스 혁명기에 활약한 정치인.

116. 감자 마름병은 1845년 영국에, 1846년에는 아일랜드에 만연했다.

117. 인도의 고대 전설에 나오는 가상 도시.

118. Kalpa. 영겁. 힌두교에서 '우주가 창조되어 끝나기까지의 긴 시간'을 의미한다.

119. 매사추세츠 주의 민화에 나오는 가공의 인물.

120. 《논어》, 9편 25절.

121. 1811년 이집트의 무하마드 알리 파샤가 마멜루크족을 몰살하라고 명령했다. 이에 모두들 요새 안에 갇혔는데, 한 명이 말에 올라타 성벽을 넘어 도망쳤다고 한다.

122. Daniel Webster. 당시 유명하던 웅변가.

123. 살얼음판 위에서 얼음이 갈라지기 전에 뛰어다니는 아이들 놀이.

World Classic Writing Book **19**

필사의 힘

헨리 데이비드 소로처럼 【월든 2】 따라 쓰기

1판1쇄 2021년 8월 30일

원 작 헨리 데이비드 소로
펴낸이 장영재
펴낸곳 (주)미르북컴퍼니
전 화 02)3141-4421
팩 스 0505-333-4428
등 록 2012년 3월 16일(제313-2012-81호)
주 소 서울시 마포구 성미산로32길 12, 2층 (우 03983)
이메일 sanhonjinju@naver.com
카 페 cafe.naver.com/mirbookcompany

• (주)미르북컴퍼니는 독자 여러분의 의견에 항상 귀 기울이고 있습니다.

• 파본은 책을 구입하신 서점에서 교환해 드립니다.
• 책값은 뒤표지에 있습니다.